10178

Grâce à un programme d'aide à la traduction du Conseil des Arts, il est enfin devenu possible de faire connaître au Québec les oeuvres marquantes d'auteurs canadiens-anglais connues souvent dans tous les pays de langue anglaise, mais ignorées dans les pays de langue française parce qu'elles n'avaient jamais été traduites.

Ce même programme va permettre aux oeuvres marquantes de nos écrivains d'être traduites en anglais.

La Collection des deux Solitudes a donc pour but de faire connaître, en français, les ouvrages les plus importants de la littérature canadienne-anglaise de ces dernières années.

EN ONDES DANS CINQ SECONDES

PATRICK WATSON

EN ONDES DANS CINQ SECONDES

Roman

Traduit de l'anglais par
LAURIER LAPIERRE

PIERRE TISSEYRE
8955 boulevard Saint-Laurent — Montréal, H2N 1M6

Dépôt légal: 2ème trimestre de 1978
Bibliothèque nationale du Québec

L'édition originale en langue anglaise
de cet ouvrage a été publiée
pour la première fois par
Fitzhenry et Whiteside Ltd
à Don Mills, Ontario, en 1974

Copyright, Ottawa, Canada, 1978
Le Cercle du Livre de France Ltée

───────────────

ISBN-7753-0071-3

À Laurier LaPierre
qui inventa le Commando de l'Environnement

1

REPORTAGE — MISSION

Christ! Une nouvelle parlote de politiciens qui s'annonce. Ils osent appeler ça une conférence. Tiens, rien que le mot me met en furie. Et ils ont le front de me proposer ce genre de reportage. Croient-ils vraiment, ces maudits réalisateurs, que j'ai passé ma vie à me démener, à me forger la réputation d'un gars qui n'a pas froid aux yeux, simplement pour aller filmer une bande de ventripotents les fesses confortablement installées autour d'une table?

Mais ils ne cessent de me relancer, et le pire, c'est que je ne peux pas toujours refuser.

Qui sait, je devrais peut-être me sentir flatté. C'est peut-être leur façon de me dire que je suis un reporter de grande envergure et qu'ils me considèrent comme le seul capable de faire un film intéressant à partir d'une chambrée de politiciens nageant dans l'hypocrisie et le mensonge.

Mais c'est plus fort que moi, je rage toutes les fois qu'on me demande de faire un reportage sur une de ces maudites conférences interminables. Je me sens tellement insulté, sali, que j'éprouve le besoin irrésistible de me nettoyer de toute cette merde. Je ferme bruyamment le téléphone, j'accroche Véronique au passage et nous allons nous gaver de bières et de hot dogs « steamés » ou encore de canard et de bok choy au Canton. Repus, nous rentrons chez elle ou chez moi pour un de ces longs voyages d'exploration à travers la chambre, au bas du lit, sur le plancher, sur les murs, par-dessus les meubles — ruisselants, riant, pleurant, chantant, retranchés dans un univers où la folie et la tristesse se chevauchent. Ainsi, je parviens presque à oublier les saloperies de ma profession, du moins jusqu'à la fois suivante.

Mais ce genre de défoulement est un luxe que je ne peux pas toujours m'offrir ; souvent, trop souvent même, mon compte en banque est malheureusement à sec.

Dans ces cas-là, je reste cloué près de ce maudit téléphone qui reste obstinément muet, je nettoie mes caméras, j'engueule les monteurs de film (qui me le rendent bien d'ailleurs) et j'essaie de dénicher quelque chose à filmer, un bon contrat qui me rapportera quelques dollars.

Nom de Dieu ! la vie n'est pas toujours facile !

Ce mois de septembre en est la preuve. Le personnel n'a pas été payé depuis un mois. Véronique et les autres commençaient à rechigner sérieusement. C'est pourquoi n'importe quelle conférence écoeurante est quand même la bienvenue.

Vous savez, j'ai autant de flair qu'un autre et je sais reconnaître facilement les bonnes occasions de faire de l'argent. En fait, avec les politiciens, je gagne à coup sûr. Ils ont un instinct naturel de comédiens qui en font d'excellents sujets pour un film.

Et bien sûr, je le sais! Je sais aussi que je ne voudrais surtout pas en avoir un comme beau-frère!

Il existe, toutefois, quelques exceptions. Okumva Mirabakha aurait pu faire de son pays un modèle de démocratie pour toute l'Afrique et même pour le monde entier. Malheureusement, il est tombé aux mains de ces cochons de mercenaires blancs, beaucoup plus habiles à brûler la cervelle des autres qu'à se servir de la leur. C'était le mari de ma sœur. Mon seul regret, quand il l'a épousée, fut de perdre un copilote et un technicien du son hors pair. Nous avions rencontré Okumva... mais non! c'est une autre histoire.

A. Howard Auerbach est un autre politicien qui échappe à cette règle générale. C'est un homme extraordinaire. Auerbach est ministre de l'Intérieur dans un gouvernement américain qui, à l'exception de ce ministère, est corrompu jusqu'à la racine. Il a accepté ce poste simplement parce qu'il désire de toutes ses forces arrêter le viol insensé des ressources écologiques en Amérique du Nord.

Malgré ses manières nonchalantes de planteur sudiste, Auerbach est un homme lucide, minutieux et implacable. En plus d'être planteur, il est également avocat, millionnaire et créateur-dessinateur de meubles. Il fabrique ceux-ci avec les arbres de son immense plantation en Orégon. Il s'est acquis une réputation internationale grâce à la détermination et à l'ingéniosité dont il fait preuve dans la sauvegarde de son environnement. Il travaille sans relâche pour rajeunir et améliorer ses forêts, protéger ses cours d'eau et combattre la pollution de l'air.

Je recueillais des images et des renseignements pour mon livre sur les cygnes-trompettes lorsque j'ai rencontré Howard Auerbach pour la première fois. Il arriva seul à mon campement, à la tombée du jour. D'un mouvement habile, il accosta son canot à côté de mon Super Cub. Il descendit et nous prîmes le thé ensemble. Après avoir vidé sa bouteille de scotch et dégusté un excellent souper, nous avons tranquillement terminé la soirée en regardant ma collection de photographies. J'avais dix-neuf ans et lui trente-six. Il contribua, plus tard, au financement de la société qui s'occupe encore aujourd'hui de la préservation des grands cygnes.

Cela me chavire un peu de repenser à cet après-midi de septembre où, à cause d'un coup de téléphone, je me suis trouvé mêlé à un formidable complot ayant pour but d'éliminer Howard Auerbach. Cette communication me mit sur la piste d'une sombre conspiration, une des plus vastes de ce demi-siècle. Une nouvelle ironie du sort, sans doute!

Si je me suis laissé avoir c'est à cause de l'argent, de beaucoup d'argent.

Mais j'ai quand même tourné un film du tonnerre!

Je m'appelle Joe Ireton. Ma mère, Mae, est célibataire. Elle est originaire de Montréal. Sa mère était canadienne-française et son père irlandais. Je suis né à Chicago, ville où Mae dirigeait une petite boîte de nuit au nom accueillant de «La Matraque».

Deux ou trois soirs par semaine, Mae dansait pour les clients de son établissement. J'ai souvent entendu dire que son spectacle valait le déplacement. Il m'est difficile de l'affirmer car elle ne m'a jamais permis de mettre les pieds dans sa boîte, mais je le crois sans peine.

Je n'ai jamais connu mon père. Bien que strip-teaseuse, Mae était malgré tout une femme à principes. Elle m'a toujours caché que mon père était célèbre. Mais un jour qu'elle était triste, ce qui n'arrivait presque jamais, elle m'avoua que leur liaison avait été de très courte durée. L'auteur de mes jours était un étranger, un homme de science particulièrement brillant. Elle ne lui garde pas rancune car, dit-elle, « c'est grâce à lui si tu es là ». J'eus cependant la chance de connaître Oncle Charley qui suppléa à mon père pendant de nombreuses années. Il était lui aussi un brillant étranger. Il vint vivre avec Mae, juste après la guerre, alors que nous venions de déménager à Montréal. Le véritable nom d'Oncle Charley était Liang Ch'a Li. Médecin chinois selon la vieille tradition, il possédait un modeste cabinet dans le tout aussi modeste quartier chinois de Montréal. Il connaissait l'acuponcture et il soignait les migraines de ma mère.

Le docteur Liang s'adonnait également à la peinture. Son sujet favori était les oiseaux. D'une main sûre, il exécutait une série de traits rapides : un trait fin et prononcé pour le bec, un trait courbe, plus léger pour les ailes, un petit point précis pour les yeux, le tout sans aucune correction. Je passais des heures et des heures à le regarder travailler avec ses encres et ses pinceaux. J'étais fasciné. C'est de lui que me vient mon grand intérêt pour les oiseaux. Liang Ch'a Li retourna en Chine après la prise de pouvoir communiste en 1949, afin d'aider à la reconstruction de son pays ravagé. Il affirma, avant de partir, qu'il reviendrait nous voir très bientôt et qu'il nous ramènerait en Chine avec lui. J'étais assez vieux pour comprendre que nous ne le reverrions plus. Il laissa beaucoup d'argent dont une partie dans divers trusts pour financer mes études. Mae ne s'est jamais vraiment remise de son départ ; moi non plus d'ailleurs.

Le docteur Liang dessina un jour sur un long rouleau, plusieurs cygnes-trompettes se posant délicatement sur leurs nids. Il est encore suspendu dans le vestibule de Mae à Montréal. Il me parla alors avec tristesse de l'extinction prochaine de ces oiseaux. J'adorais Oncle Charley, il était pour moi l'équivalent d'un dieu. Tout ce qui le préoccupait me touchait profondément. Je me suis juré à ce moment-là, que je sauverais les cygnes. C'est à cause de ces cygnes que j'appris à voler. Je me disais que si je pouvais, comme eux, planer dans les airs et me laisser glisser sur les rivières près des marécages, leur habitat naturel, il me serait alors plus facile de mieux les connaître.

Les placements d'Oncle Charley payèrent mes leçons et mes heures de vol et Mae m'offrit mon vieux Super Cub.

Au cours de l'été 1958, je pris le départ avec un Bolex, un Leica, un cahier de notes et j'entrepris les recherches pour la rédaction de mon livre sur les cygnes-trompettes. Ma passion pour le monde du film remonte à cette époque.

Je fondai l'agence Cinewings Ltée dans les années 60. Au tout début, mon assistante était la fille de Charley, ma demi-sœur Lee. Je lui avais appris à charger le magasin d'une caméra, à faire les prises de son et même à piloter l'avion. Cela me permettait de filmer des scènes en plein vol, de dormir quelques heures entre deux reportages, de rédiger mes notes ou tout simplement de me laisser aller à ne rien faire.

Lorsque Lee se rendit en Afrique, je dus supporter une kyrielle de remplaçants avant de trouver Véronique. Véronique est membre du mouvement de libération des Amérindiens en Amérique du Nord. C'est à l'occasion d'une assemblée de ce mouvement que je l'ai rencontrée pour la première fois. Un séjour à l'Office National du Film du Canada lui a permis d'acquérir une certaine expérience. Elle accepta de travailler avec moi en partie parce que, étant indépendant, je devais couvrir l'ensemble du continent ; elle pouvait donc espérer rester en contact permanent avec le mouvement. Nous nous sommes plu et nous sommes ensemble depuis.

J'avais vendu à Walt Disney, qui produisait un documentaire sur les oiseaux aquatiques, une grande partie de mon film sur les cygnes-trompettes. Mon travail l'intéressait et il me demanda d'autre matériel. Cependant, lorsqu'une communauté du Saskatchewan, pour laquelle j'avais déjà fait un peu de propagande, partit en guerre contre les chasseurs locaux afin de sauver un groupe d'oiseaux nicheurs, je fis un bref reportage sur l'événement et je le vendis aussitôt au réseau NBC. Ils le diffusèrent en primeur le soir suivant. Disney était furieux, ce qui ne l'empêcha pas de m'assigner aux reportages d'actualités comme spécialiste de la préservation de la nature. Mais peu à peu, mes reportages débordèrent du cadre des scènes amoureuses de la vie animale pour s'orienter vers les conflits humains. Je me montrais très habile à saisir le centre nerveux de ces conflits et à en faire ressortir le côté saisissant, spectaculaire. Les directeurs d'information des chaînes de télévision des deux côtés de la frontière me réclamèrent de plus en plus ce genre de reportage. Ainsi, depuis quelques années, en partie à cause du pilotage, en partie à cause d'un sens aigu du dramatique dans tout événement humain et beaucoup grâce à la chance, je me retrouve inévitablement sur les lieux de l'action. Mes reportages sont maintenant très courus et les chaînes de télévision, de même que les agences de presse, se les arrachent. Régulièrement, on essaie de s'assurer l'exclusivité de mes services, en m'offrant d'alléchants contrats à long terme. Bien sûr, je suis tenté par l'argent mais je finis toujours par les envoyer au diable car je tiens avant tout à ma liberté et rien ne me fera changer.

Il faisait une chaleur torride en cette matinée de fin septembre. Nous étions tous très affairés. Il fallait terminer de toute urgence le montage d'un reportage pour une maison indépendante de New York qui produisait un documentaire destiné au réseau éducatif de télévision. Le cachet était peu élevé mais l'histoire intéressante. Il s'agissait d'un film sur la vaste réforme entreprise par les pensionnaires d'un pénitencier au nord de l'État de New York. Cinq ans auparavant, une révolte s'était déclenchée dans ce pénitencier, la plus sanglante et la plus terrible dans l'histoire des prisons américaines.

Je me suis trimbalé avec mon Super-8 pendant près d'un an. J'ai réussi, après quelques difficultés, à extorquer de mes clients la permission d'installer des projecteurs Super-8 dans leurs centres de télécinéma. Je pouvais ainsi ramener la bobine chez moi à Ottawa,

16

procéder au montage, transférer le film sur vidéo et leur livrer le reportage sur bande magnétique plutôt que sur film. La plupart de ces grands personnages acceptent maintenant ce procédé sans réticences.

L'avion est muni d'un laboratoire miniature pour le développement; les cuves de solutions chimiques sont installées dans les ailes, à la place des réservoirs auxiliaires. Ces derniers ont été transportés sous la coque, près des ailerons.

Il est possible de couvrir un événement à Kingston en Jamaïque le matin, de commencer le développement une fois la température des bains stabilisée, — c'est-à-dire environ trente minutes après le décollage, — de sélectionner les clichés au bout d'une heure, d'atterrir à Miami peu après le dîner et enfin de fournir un premier découpage aux réseaux pour diffusion immédiate et premiers commentaires. Il ne reste ensuite qu'à le fignoler pour la mise en ondes de sept heures. Évidemment, ce genre de laboratoire présente de gros risques au point de vue qualité; mais quand il s'agit de rendre compte rapidement d'un événement qui survient à mille lieues d'ici, ce petit labo est notre seule planche de salut.

J'étais en train de visionner quelques clichés tout en pestant contre le grain lorsque je reçus un coup de téléphone de Washington.

« Monsieur Ireton, mon nom est Wilson Rimmer. Je suis le nouvel assistant de M. Howard Auerbach. »

« Ah oui? Et! bien, mon vieux, chacun a ses défauts », répondis-je irrité. « Howard est-il rendu si impotent qu'il n'est pas capable de téléphoner lui-même? Désirez-vous que je vous sorte de ce pétrin ou avez-vous tout simplement besoin de mes conseils pour endurer Howard?»

Après une pause de cinq secondes, Rimmer reprit:

«Ah... bon! Le ministre m'a effectivement averti que vous aviez un sens très particulier de l'humour. Il désire vous parler mais il est présentement avec des gens de la Maison-Blanche. Ils sont sur le point de partir.»

«Eh bien! tant mieux. Vous faites désinfecter?»

«Hum... je vois. Je vous passe le ministre.»

Il ne semblait pas avoir goûté la plaisanterie. Ah merde! Il faudrait que j'arrête de faire des blagues idiotes surtout avec des étrangers. Et maintenant, je devais attendre. Les machines à écrire cliquetaient paresseusement dans les bureaux de la Constitution St. à Washington. Les téléphones sonnaient et des voix lointaines répondaient à des interlocuteurs tout à fait dépourvus d'humour. On m'avait planté là, pour me punir je suppose. Si ce n'avait pas été Auerbach, j'aurais raccroché depuis longtemps.

J'entendis un pas ferme résonner sur le plancher et la voix d'Howard Auerbach:

«Joe, as-tu eu des nouvelles de la chaîne de télévision North American aujourd'hui?»

«La télévision? Je ne crois pas mais je suis rentré vers dix heures seulement.»

«Non, non, pendant la dernière demi-heure. Bon, j'ai de la chance. Je tenais absolument à te parler avant eux.»

Il commençait à exciter mon intérêt. J'en oubliais

complètement mon histoire de grain. Il poursuivit :

« Joe, c'est au sujet d'une conférence à laquelle je dois assister à Ottawa. »

Merde ! Une conférence... et de la part d'Howard en plus. Je m'en désintéressai aussitôt et je me remis à penser au grain du film. Howard s'en rendit probablement compte :

« Écoute Joe, la North American veut absolument que tu couvres la conférence. J'imagine que tu vas les envoyer promener mais je voudrais d'abord t'en parler. »

Évidemment, si Howard tenait absolument à ce que je couvre l'événement, il n'y avait pas grand risque à parier que je me retrouverais caméra en main, en train de filmer une conférence de sourds-muets invisibles. Mais je n'aime pas laisser croire que je cède aussi facilement, aussi me suis-je mis à protester.

« Howard, tu sais très bien ce que je pense des reportages sur une bande de politiciens qui se vident les entrailles publiquement. Je trouve ça tout à fait indécent. »

Il se mit à rire. « Mais ça n'a rien à voir Joe. Il s'agit de la Baie James. Nous allons probablement en venir aux prises à ce sujet. Ces négociations sont d'une importance cruciale pour nos deux pays. »

« Bien sûr, bien sûr, mais ils vont m'interdire l'entrée de la conférence jusqu'à ce qu'ils en soient rendus à l'échange de poignées de mains poisseuses. Je ne vois pas du tout l'intérêt. »

« Écoute, je t'en dirai plus si tu t'amènes ici cet après-midi. Je ne peux pas t'en parler au téléphone. »

Je lançai un coup d'œil à Véronique de l'autre côté de la pièce. Elle me regarda pendant trois secondes et décrocha la seconde ligne pour appeler l'aéroport et faire sortir l'avion.

« Ça va, Joe ? » demanda Auerbach.

« Véronique dit que nous allons accepter. »

« Merveilleux. Sois sûr de venir me voir avant de rencontrer les gens de la télévision. Téléphone à Wilson pour lui donner l'heure à laquelle tu arriveras, j'enverrai une voiture à l'aéroport. »

Il raccrocha.

Eh bien ! On allait finalement vider l'affaire de la Baie James. Et en territoire canadien par-dessus le marché. Les choses commençaient à bouger sérieusement. Depuis trois ans, on se renvoie la balle sur ce projet hydro-électrique du Nord du Québec, de loin le plus important au monde. Washington et Ottawa ne sont pas encore parvenus à s'entendre, ni à se comprendre sur ces milliards de kilowatts et sur ces milliards de dollars qui se déverseront des deux côtés de la frontière.

Pendant ces trois dernières années, les écologistes canadiens, les Indiens et les Esquimaux dont les terrains de chasse sont menacés par la submersion des terres et les nationalistes canadiens qui veulent à tout prix éviter une nouvelle ingérence économique américaine, ont vainement tenté d'arrêter ce projet. Et voilà que tout à coup, Ottawa et Washington allaient en discuter. Et Auerbach se rendait à Ottawa.

Franchement, je ne voyais pas tellement le moyen d'en faire un film valable et rentable. Mais un événement historique allait se dérouler sur le pas de ma porte, je pouvais tout de même bien sortir mes caméras.

Le téléphone sonna de nouveau. C'était Petra Nielsen, responsable des affectations à la chaîne de télévision North American.

« Comment ça va Fied ? Je pensais justement à toi. »

« Ah oui et pourquoi ? »

« Il y a un petit bonhomme qui vend d'énormes ballons au coin de la rue, juste en face du Centre National des Arts. Je le vois très bien de ma fenêtre. »

Il y eut un bruit sec à l'autre bout du téléphone, elle avait raccroché. Petra Nielsen est la plus intelligente et la plus avisée des responsables des affectations que je connaisse. C'est elle aussi qui possède les plus gros nichons, ce qui n'a rien d'étonnant car tous les autres sont des hommes. Mais les siens sont vraiment éloquents. Elle en est d'ailleurs très fière et elle s'arrange pour les mettre en valeur. Ce qui ne l'empêche pas de simuler l'indignation à l'occasion. Je me reprochais une nouvelle fois ces farces ridicules tout en attendant la sonnerie du téléphone qui se manifesta vingt secondes plus tard. Je décrochai et lançai un bonjour des plus doux et des plus conciliants, mais c'était Bill Morgenthaler de la chaîne NBC à New York.

« Bonjour toi-même », imita-t-il, « qu'est-ce qui nous vaut ce ton angélique ce matin ? »

« Ah Bill, tiens c'est gentil de m'appeler. Écoute, Petra Nielsen est sur l'autre ligne, je te rappelle d'accord?»

«LA GARCE», cria-t-il. «Si elle me coupe encore une fois l'herbe sous le pied je vais... qu'elle aille se faire f... Joe, si elle veut ce que je crois, pas la peine de me rappeler, mais rappelle-moi quand même o.k.?» Ce que j'ai complètement oublié de faire.

Comme je raccrochais la première ligne, la seconde se mit à sonner. Cette fois c'était bien Petra et elle fit sa proposition sans plus de préambules.

J'affectai un ennui mortel pour cette mission. Je lui dis que je ne voyais rien de vraiment palpitant à filmer une série de bouches qui s'agitent comme dans un aquarium et que si c'était possible je préférerais ne pas m'en charger.

Elle comprit tout de suite et m'offrit une prime de vingt pour cent à condition que je me rende immédiatement à Washington pour rencontrer les directeurs. Elle fixa le rendez-vous à sept heures trente, juste après le premier bulletin de nouvelles. En partant d'ici une heure, cela me laissait amplement de temps pour discuter avec Auerbach.

Véronique s'occupait gentiment des préparatifs. J'allai dans la pièce où j'entrepose mes caméras et je vérifiai mon Konishi-Weston Super-8 et le Leacock MIT de rechange. Dans une boîte conçue pour transporter une caméra Arriflex seize mm et les accessoires, j'emballai quatre caméras, deux radios microphones avec leurs émetteurs, un récepteur-mixeur-amplificateur transistorisé et son casque d'écoute. Il restait encore de la place pour un Zoom de rechange, un «fisheye» et un objectif téléscopique deux cents mm avec les adaptateurs pour les deux types de caméras. C'est là qu'on se rend compte des avantages d'une Super-8.

Lorsque je sortis de la pièce, Véronique était déjà partie à la banque. Je lui souhaitais mentalement bonne chance. La secrétaire dirigeait le bras vers la lumière clignotante du téléphone. C'était New York de nouveau. Monsieur Ireton pouvait-il attendre, Monsieur Levin du CBS News désirait lui parler ? Monsieur Ireton était sur le point de refuser lorsque Levin vint lui-même au téléphone. Sa voix de basse semblait encore plus grave et plus triste que d'habitude.

Sans lui laisser le temps de placer un mot, je lui dis :

« Ira, je ne sais pas ce que tu veux mais de toute façon c'est impossible. Je pars pour Washington dans cinq minutes, je dois rencontrer Petra Nielsen. J'ai accepté le travail qu'elle m'offrait. Donc, si c'est pour cette semaine, je suis désolé, je suis pris. »

Il y eut un moment de silence, suivi d'un soupir.

« Je t'en prie Joe, fais bien attention à ce que je vais te dire. Je ne te demande pas ce que tu vas faire, mais s'il s'agit d'un travail dans lequel un certain membre du gouvernement très préoccupé par tout ce qui touche à la préservation de la nature se trouve impliqué, fais-moi le plaisir de laisser tomber. C'est un travail très malsain. »

« Pour l'amour de Dieu, Ira, n'essaie pas de m'avoir encore une fois. Tu veux tout simplement que je fasse le job pour toi. N'y compte surtout pas ! »

« Non, non, c'est très sérieux mon bonhomme. Je

ne suis pas devenu président de CBS News en me bouchant les yeux et les oreilles. Je sais que tu es très copain avec un haut personnage de Washington que je n'ai pas besoin de nommer. Sache que si tu entreprends maintenant, un travail relié directement à ce personnage, tu peux être certain qu'on pensera que tu n'agis pas simplement comme journaliste et tu risques de t'attirer de gros ennuis. Comme tu le sais, j'ai un frère qui occupe un poste important dans un des services de sécurité de notre capitale. »

Je regardais l'heure et je me sentais devenir de plus en plus furieux.

« Cesse tes salades Ira. Ton James Bond de frère ne t'a jamais rien dit. Tu as inventé ça de toutes pièces. Maintenant, je dois partir. »

« Calme-toi, Joe, tu vas finir par te faire tuer à vouloir toujours faire le brave. C'est vrai qu'en général Allan ne me dit pas grand-chose. Mais cette fois-ci il m'a laissé clairement savoir que les personnes impliquées dans cette expédition courent un très grand danger. »

Tiens tiens, le travail devenait de plus en plus intéressant.

« Mais, qu'est-ce que j'ai à voir là-dedans ? »

« Tu sais, je connais trop bien ton côté Don Quichotte pour savoir que tu n'hésiteras pas à prendre de gros risques pour te lancer à la défense de tes amis. Mais cette fois-ci, tu pourrais fort bien te faire endommager ta belle petite gueule. Tu n'auras pas affaire à une bande de bonnes sœurs. Je t'en pris sois prudent. »

Il y eut un autre silence suivi d'un autre soupir et pendant que je ruminais tout cela Ira poursuivit :

« Nom d'un chien Joe, mon frère sait très bien que je t'aime beaucoup et il a pensé qu'à cause de tes relations passées, tu serais peut-être embarqué dans cette histoire. Je risque fichtrement gros à te parler comme ça sur une ligne ouverte mais je ne pouvais pas te laisser foncer dans ce traquenard sans au moins essayer de t'avertir. C'est fait maintenant. Passe me voir à New York si tu as un moment. »

« Ira, écoute, c'est incroyable bon Dieu…

Il avait raccroché.

Je pensais à tout cela en descendant l'escalier vers la porte latérale qui donne sur le stationnement. La secrétaire me rattrapa, essoufflée, pour me remettre ma valise et mes clefs que j'avais oubliées sur le bureau de la réception.

« Où avez-vous la tête ? » murmura-t-elle.

De quoi je me mêle ?…

Je pris la rue Queen et je traversai facilement Bronson, peu encombrée en cette fin de matinée ensoleillée, pour ensuite emprunter la voie rapide direction sud jusqu'à l'aéroport. J'étais encore troublé par la conversation avec Ira mais le tout s'estompa très vite au fur et à mesure que je prenais plaisir à me faufiler dans la circulation avec ma Fiat 850. J'espérais avoir la voie libre quelques minutes pour ouvrir le turbocompresseur et pousser un peu la mécanique.

Et c'est comme cela que ça a commencé !

2

TACON

L'inscription collée au pare-choc de la voiture qui me précède dit NE KLAXONNEZ PAS, JE PÉDALE AUSSI VITE QUE JE PEUX. Tiens, dis-je, un autre! Le monde est plein de gens comme cela. C'est une Ambassador bleue sale, âgée de 3 ou 4 ans, immatriculée au Québec. Une petite tête en matière plastique, pend au rétroviseur. Cette voiture occupe une grande partie de la voie de gauche de l'autoroute de l'aéroport, musardant à trente milles à l'heure, « à cheval » sur la ligne blanche, les roues dépassant assez sur la voie de droite pour qu'il soit impossible de la doubler d'un côté ou de l'autre. C'est une zone de quarante milles à l'heure. Je klaxonne.

Le type se retourne aussitôt, pour montrer une bouche étincelante et un visage couvert de marques. Je klaxonne encore. Ses yeux se rapprochent. Violence préméditée. Je klaxonne une troisième fois. Il s'appuie confortablement sur le volant, refusant de me laisser passer. Ah! mon vieux, tu veux jouer! On va bien voir. Je serre à gauche brusquement en surveillant attentivement sa réaction. Il se colle lui aussi à gauche. Comme il doit momentanément quitter des yeux le rétroviseur pour évaluer sa distance de l'accotement de gauche, j'attends le moment précis où il détourne la tête et «ZUM...» je me projette rapidement à droite, et dans un vrombissement de moteur le dépasse sur l'accotement de droite.

À mon grand plaisir je lui envoie une douche de sable et de gravillons soulevés à mon passage. Ça ne lui adoucit pas les mœurs. En le dépassant, j'ai perçu un éclair de vengeance dans son regard. Nos yeux se croisent un moment. Des yeux mauvais. Puis il écrase et me suit à soixante-dix milles à l'heure.

«Ce casse-pieds mériterait une contravention», me dis-je en accélérant pour le semer.

Arrivé au hangar, j'arrête la voiture dans le terrain de stationnement. En me tournant vers le siège arrière pour choisir ce que j'aurai besoin d'emporter à Washington j'aperçois l'Ambassador bleue pénétrant dans le terrain de stationnement quelque dix secondes après moi.

Pendant qu'il descend de sa voiture à quelques pieds de la mienne, je me prépare à une bonne engueulade, mais il s'approche de moi d'un air très différent. Il est tout sourire, un reflet d'or étincelant au milieu de l'ivoire de ses dents, sa peau marquée par la petite vérole, sombre et suintant au soleil, les stigmates creusant des cratères d'ombre sur ses joues et un peu sur son front. Ses yeux sont un peu trop rapprochés, ses dents un peu trop écartées.

«Monsieur Joe Ireton?» dit-il à la façon d'un

vendeur d'assurances. Un léger accent. Cubain?

« Je suis Joe Ireton. »

« Vous partez pour Washington? »

Comment sait-il cela? Il y a moins d'une heure que j'ai reçu le coup de téléphone. J'ai pris une décision très rapide. Et puis, je n'ai pas eu le temps de dire aux journaux que je partais. Ce type se serait peut-être renseigné à mon bureau, mais... une drôle de façon de se présenter.

Je décide de jouer en douce, et d'attendre sans l'interroger. Pendant ce temps je l'examine attentivement de long en large. Complet gris brillant, cravate blanche satinée, chaussures vernies. Non, en fin de compte, ce n'est pas tout à fait un agent d'assurances, mais je parierais qu'il a déjà trafiqué dans une occupation connexe.

La seule chose qui ne soit pas de mauvais goût dans sa mise, c'est une discrète épingle à la boutonnière; les initiales CE, propres, élégantes, vraiment déplacées sur ce type huileux. J'ai déjà vu ce sigle quelque part; ça me rappelle quelque chose, mais je n'arrive pas à déterminer où, quand et quoi.

« Il se pourrait que j'aille à Washington », fais-je.

« Vous prenez un passager? »

Malgré le sourire qu'il affiche, ses yeux me font clairement sentir que si je refuse, il sortira une arme de sa ceinture.

« Pas d'auto-stoppeurs, c'est le règlement de la compagnie. »

« Je ne fais pas d'auto-stop », dit-il en retirant de sa

ceinture — un revolver! — non, un portefeuille, laissant entrevoir le bord d'une épaisse liasse de gros billets dont il retire quelques spécimens.

« Et puis, poursuit-il sans élever la voix, c'est vous la compagnie et si vous voulez forcer le règlement vous n'avez qu'à le faire.

« Alors, combien une place pour Washington sur le vol de Cinewings Limitée? »

Les billets sont alléchants, mais le voyage avec lui plutôt repoussant. J'éprouve de l'agacement pour cet étranger qui en sait si long sur moi et qui, lorsque je demande des explications, ne fait que hausser les épaules en guise de réponse. J'en conclus que ce n'est pas le moment. Et décide que je ne veux pas attendre.

Je dis : « Il y a un vol Eastern à sept heures ce soir, c'est plus rapide, moins cher et on vous y sert à boire. »

« Trop tard », dit-il. « Il est déjà midi, je veux partir immédiatement. Trois cents dollars? »

L'envolée d'Ottawa à Washington me prend habituellement deux heures et demie à cinquante-cinq dollars l'heure que Petra Nielsen me rembourse de toute façon, donc cette somme n'est pas à dédaigner. En voyant les billets orange de cent dollars sortir de cet instrument de persuasion de cuir noir qu'il manie adroitement, je comprends que la somme pourrait même grossir.

« Je n'ai pas de permis pour le transport de passagers, ce n'est pas légal. Ça vaut le double de ça. »

J'aurais pu lui en faire cracher cinq fois plus. Il s'en fout. Il sort trois autres billets et me les tend. Oui ou non? Demain il y a les salaires des deux moniteurs et de la secrétaire. Il y a aussi ce compte de réparation en souffrance à la Aircraft Maintenance Limited. Je regarde l'argent et le trouve bienvenu. Je le prends.

Puis je pense, «imbécile! c'est comme ça qu'on se met dans le pétrin.»

«Écoute», dis-je en lui rendant son argent. «Tu me poursuis sur l'autoroute dans une voiture qui ne t'appartient certainement pas. Tu en sais pas mal long sur moi et nous ne nous sommes jamais rencontrés. Tu as trop d'argent dans tes poches pour un honnête homme et tu veux un passage illégal pour la terre de la liberté. J'aime ton argent, mais pas toi, alors efface-toi. Ma réponse est non.»

Son visage exprime une véritable incompréhension, ou alors, il joue très bien son jeu. Poliment il me dit:

«Mais vous n'avez donc pas reçu notre message?»

«Quel message?»

«Le message du Commando de l'Environnement? Je suis un messager. J'ai des documents dont le secrétaire d'État Auerbach aura besoin pour les rencontres à Ottawa. Je... J'étais sûr qu'on vous avait fait parvenir le message. Je suis désolé Monsieur, mais vous savez à quel point c'est urgent.»

Le Commando de l'Environnement. Ah! c'est ça l'insigne CE. Maintenant je me souviens avoir lu, il y a quelques années, des articles relatant les actes d'un groupe de romantiques qui tentaient d'appliquer les tactiques de guérilla contre les pollueurs. Puis j'ai perdu leur trace sans jamais savoir qu'ils avaient de l'argent mais je savais qu'ils étaient plutôt farfelus.

Ce gars-là dans une telle organisation! C'est difficile à croire. Mais qu'est-ce ça peut me foutre! Et puis, j'ai encore son argent. Il n'y a plus trace de son arrogance de tout à l'heure. J'imagine qu'il a cru vraiment que je l'attendais.

« Comment vous appelez-vous? »

« Tacon », dit-il, « Carlos Tacon. » Il fouille dans sa poche pour trouver sa carte.

« Laissez ça », dis-je, « prenez cette boîte de caméra, aidez-moi à charger les bagages et on file. »

Tacon prend la boîte de caméra en aluminium martelé et me suit sur la pelouse où le C-FEJI nous attend, frais lavé et luisant sous le soleil. On a même pensé à ouvrir la porte pour que la cabine ne soit pas trop surchauffée par le soleil.

Tacon ouvre le compartiment à bagages avec la clé que je lui tends et installe mon matériel et sa petite mallette noire quand Véronique sort du bureau du hangar portant son petit sac de voyage et une boîte de bandes pour le « *Stellavox* ».

Je m'arrête toujours pour la regarder marcher!

Tacon est pétrifié. Il semble avoir perdu le souffle. Inutile de lui dire « ne pas toucher ». Je ne le dis jamais à personne. Véronique sait arrêter les élans qui n'ont pas encore eu le temps de se concrétiser. Elle sait vous décocher un regard noir portant le message lointain et profond d'une réserve néolithique de violence, et se retirer dans cette dignité qui l'élève d'un cran au-dessus de vous et vous fait sentir que vous venez d'échapper à la honte d'avoir fait des propositions indiscrètes à la Vierge-Marie. Un mélange des fumées des cérémonies de scalp et de l'encens du couronnement de Jean XXIII. Pas très gentil.

Véronique dévisage Tacon, ne laissant paraître aucun signe de son dédain intérieur, et me décoche un regard interrogateur.

«Passager payant». «Je vais au bureau pour communiquer mon plan de vol au téléphone.»

«O.K.», dit-elle. «Nous devons être au bureau du secrétaire d'État à quinze heures trente. Vas-tu atterrir au National?»

L'aéroport National de Washington est presque au centre-ville, alors c'est très utile — une fois que vous êtes arrivés. Mais le trafic y est très dense. L'aéroport de Dulles est immense, sous-employé, il est facile d'y atterrir mais c'est très loin de la ville.

«Nous allons à Dulles», dis-je. «Je n'ai pas envie de faire la queue au milieu de tous ces appareils qui attendent pour décoller. Ça pourrait signifier deux heures d'immobilité à brûler de l'essence.»

Véronique me regarde d'un air condescendant.

«Tu t'attends à du mauvais temps demain? Avec un front de haute pression de la grandeur de la Baie d'Hudson qui arrive aujourd'hui! Et bien! C'est toi le capitaine visage pâle, mais moi dire plusieurs soleils de ciel bleu avant grand Manitou envoie nuages de nouveau. Et le bureau météorologique dit la même chose.»

C'est sa spécialité de me battre sur un terrain que

je serais sensé connaître mieux qu'elle, en imitant le parler indien des studios de Hollywood. Je hausse les épaules et cours au bureau du hangar pour déposer mon plan de vol, et Tacon vient à ma suite et me tire par le bras.

«Écoutez, il y a autre chose.»

«Plus il y en a, plus ça coûte cher.»

«Une toute petite chose. Ne soyez pas trop exigeant. Je veux arrêter à un petit aéroport, juste passé la frontière, où, comment dirais-je, on n'est pas trop scrupuleux sur les formalités douanières.»

Quelque chose me dit que tout ça n'est pas très catholique, mais je passe outre. Bien des gens rapportent tout un inventaire de choses qu'il serait ennuyeux de déclarer même si leur valeur n'est pas énorme. En plus, nous pourrions gagner du temps en nous acquittant des formalités douanières dans un petit aéroport parce qu'à Washington, cette corvée est souvent très longue et pénible.

«En passant», dis-je, «qu'est-ce que vous avez pour Monsieur Auerbach? Je pourrais le lui remettre pour vous. Je le vois cet après-midi.»

«Je suis au courant, bien sûr. Son bureau nous en a avertis. J'ai le rapport sur la position officielle du Commando sur la Baie James. Comme c'est la seule copie, je veux la lui remettre en main propre. C'est pourquoi je tiens à passer les douanes facilement.»

Je n'y comprends rien, mais tant pis. Je dépose un plan de vol direct pour la ville frontière de Watertown et cinq minutes plus tard nous sommes au point fixe attendant l'autorisation de décoller sur la piste trente-cinq, pas un nuage dans le ciel.

«L'aérogare National à Washington?» dit Véronique en cherchant une carte de vol à vue.

«Évidemment.»

«O.K. Allons-y directement. Nous gagnerons du temps si nous ne zigzagons pas d'une voie aérienne à l'autre.»

Elle trace une ligne sur la carte installée sur ses genoux.

«Nous passons les douanes à Watertown», dis-je.

«Bien sûr», fait-elle avec un charmant sourire.

«Fox Echo Juliet India, vous avez l'autorisation de décoller» dit la voix dans mon casque d'écoute. Je fais signe à Véronique, «décollage autorisé», je relâche les freins et elle prend les manettes des gaz.

Habituellement, je laisse Véronique piloter dans les décollages. Surtout quand nous avons un passager à bord. Ça les distrait des effets plutôt alarmants des décollages du «Twin Commanche». Véronique dit que je veux la faire mal voir; ce n'est pas ça du tout. Je me tourne et entame une joyeuse conversation avec les passagers quand nous nous mettons à rouler et ils ne s'aperçoivent même pas des secousses. Ou bien, ils sont complètement envoûtés par le charme de ma conversation ou bien complètement terrifiés de constater qu'ils sont lancés à pleine puissance sur la piste et que le pilote regarde en arrière pour leur parler.

J'observe Tacon pendant que nous démarrons

sur la piste. De petits filets de salive s'échappent du coin de ses lèvres, il essaie de les rattraper avec sa langue sans en avoir l'air. Il a les yeux rivés sur Véronique, il est tendu mais pas crispé. Je lui dis qu'il peut maintenant fumer et il cherche son paquet dans sa poche comme un automate, figé. Tout à coup je réalise qu'on n'entend plus le murmure des pneus sur la chaussée. Nous avons décollé presque sans aucune secousse. J'entends le train qui se replie, sens l'accélération, vois le petit changement d'angle comme nous commençons à prendre de l'altitude, puis le sol bascule et disparaît.

Ça devient intimidant de la voir si adroite. C'est le décollage classique le mieux réussi dont j'ai été témoin dans un « Twin Commanche ». Presque imperceptiblement, elle diminue la puissance pour la montée. Les moteurs s'installent doucement en synchronisation.

Tacon lui jette du coin des yeux un regard admiratif. « Magnifique », fait-il en allumant sa cigarette. « C'est vous qui lui avez enseigné ? »

« Bien sûr ! » dis-je.

3

SIGNAL 3100

Pendant que Véronique incline à gauche en direction de Watertown au sud d'Ottawa, j'observe notre passager qui la dévore des yeux. Y-a-t-il autre chose à découvrir au sujet de ce bonhomme-là... Non, pas grand-chose.

Il fume, et rejette la fumée par les narines. Il secoue trop souvent sa cendre sur le bord du cendrier. Il sait que je l'observe ; pendant un moment il soutient mon regard avec l'air de dire : vas-y, pense tout ce que tu voudras, et il se remet à fixer la nuque de Véronique, jette à l'occasion un coup d'œil sur la plaine que nous survolons et sur les méandres de la rivière Rideau. Il éteint sa cigarette et ferme le cendrier d'un geste énergique. Il me regarde de nouveau et dit : « Je me suis permis de remplir une déclaration de douane pendant que vous étiez au bureau. Je les ai trouvées à bord facilement. »

Il me tend la petite formule blanche du ministère de l'Immigration, dûment remplie, signée C. Tacon, indiquant une nationalité américaine.

« Vous devez en remplir souvent des formules comme celle-là ? » dis-je.

Il se contente de hausser les épaules et regarde par la fenêtre.

Il y a seulement quatre-vingt-quatorze milles entre Ottawa et Watertown. Véronique a grimpé à huit mille pieds pour profiter du vent arrière. À quarante milles, elle diminue la puissance et commence la descente. Je prends le micro :

« Radio Watertown, ici Canadian Civil Fox Echo Juliet India, *'on course and on time'*, vol VFR en provenance d'Ottawa. Voulez-vous rappeler au bureau des douanes que nous atterrissons cinq minutes passées l'heure. »

« Juliet India, attendez un instant ; l'agent de l'immigration est au téléphone. Je crois qu'il s'agit de vous. »

L'intuition d'un pépin me revient en tête. J'ai passé outre quand notre passager nous a demandé de passer la douane à un petit aéroport, mais le même signal d'alarme me dit maintenant que j'ai été stupide.

Il m'arrive parfois de brancher le haut-parleur quand nous approchons d'un aéroport ; les passagers s'intéressent à la conversation et oublient de s'énerver à l'atterrissage.

Je suis content d'avoir négligé de le faire cette fois. Véronique m'indique le siège arrière d'un mouvement imperceptible de la tête.

Tacon est assis très droit. De la main gauche il tient sur son oreille le troisième écouteur. De la droite, il tient fermement la raison principale, je présume, pour laquelle il a voulu éviter le vol régulier où on a un bon service de détection de pirates de l'air. Je ne m'y connais pas beaucoup en armes, mais ça me semble être un .38 à canon très court.

Je me rappelle tout à coup l'avertissement de Ira Levin.

Tacon me fixe sans broncher. Le canon ne bouge pas. Il me vise à la tête.

« Canadian Civil FEJI, ici la radio de Watertown. »

Je prends le micro.

Tacon dit : « Faites bien attention à ce que vous allez répondre. Faites exactement ce que je vous dirai. »

Il installe le casque d'écoute sur ses deux oreilles et libère ainsi sa main gauche. Il est très maître de lui.

Watertown s'impatiente. « FEJI, Watertown. Nous entendez-vous ? »

Tacon fait signe que oui. J'appuie sur le bouton.

« Watertown FEJI. Allez-y. »

« Oui, écoutez, le bureau de l'immigration désire savoir si vous n'auriez pas par hasard un passager du nom de Tacon à bord. »

Tacon me fait signe que non d'un calme mouvement de la tête et me montre une carte de visite où je lis Révérend Orville Johnston, Église évangéliste du Christ, Boston. Je serre le micro et dis : « Non, Watertown. J'ai à bord le Révérend Johnston de Boston et Valery de Montréal. Il y a un problème ? »

«Rien. Une enquête de routine à la demande de l'ambassade à Ottawa. Il y a un gars qui arrive du côté du pont. Nous enregistrons votre atterrissage tel que prévu. Attention à un Islander qui est dans les parages. Pas d'autre trafic à signaler.»

Après les formalités d'usage, je prends les commandes des mains de Véronique. Je jette un coup d'œil en arrière à Tacon qui me tient toujours en joue, très calme, cherchant de l'autre main quelque chose dans sa valise. Un collet romain, comme un ecclésiastique. Il le met, passant son arme d'une main à l'autre.

Je regarde devant pour repérer l'aéroport à travers le rouge qui teinte ma vision. Furieux. Je suis furieux. Furieux contre ce casse-pieds qui me menace d'une arme dans mon propre avion. Encore plus furieux contre moi-même pour m'être laissé embarquer dans ce maudit pétrin à cause d'Auerbach et de quelques minables dollars, surtout après avoir été averti par Ira.

Nous nous dirigeons tout juste sur l'aéroport. Cinq milles à l'est, c'est la ville, puis, encore cinq milles et nous serions dans la zone de la base de l'armée de l'air de Wheeler Sack.

J'ai une idée. Si je changeais doucement de cap et allais atterrir à Wheeler Sack? Tacon ne s'en apercevrait pas avant que nous soyons au sol, toute l'armée accourant à notre rencontre pour nous demander la raison de cet atterrissage non autorisé dans ce terrain strictement réservé à l'armée. Mais il pourrait tout aussi bien s'apercevoir de mon stratagème en cours de vol et devenir méchant. Une base aéronavale n'a rien de commun avec un petit aéroport municipal où «on n'est pas trop scrupuleux pour les formalités douanières». Le terrain serait rempli d'avions militaires à réaction et il y aurait cette immense antenne radar qui tournoierait.

Le radar! Si je mettais le code 3100 sur le répondeur et le laissais même une fois atterri? Pour ceux qui ne le savent pas, ce code avise tous les contrôleurs dans votre rayon d'émission, environ cent milles si vous volez assez haut, qu'il y a un pirate de l'air à bord.

Je regarde la carte sur les genoux de Véronique. Wheeler Sack est à trois cent cinquante pieds plus haut que Watertown; il se peut que leur antenne capte le répondeur après que nous ayons atterri. Ils croiront d'abord que c'est une erreur. Mais il faudra qu'ils s'informent ne serait-ce que pour faire taire le signal d'alarme.

Ne les avertis pas trop tôt, me dis-je. Tacon écoute encore. Je décide de signaler 3100 trente secondes avant de toucher le sol. Comme cela ils n'auront pas le temps de poser des questions avant que j'atterrisse.

J'espère que notre ami ne connaît pas les répondeurs et que le radar de Wheeler Sack n'est pas obstrué par quelque gratte-ciel à Watertown.

Peut-être penseront-ils que ce n'est qu'une farce. D'un autre côté ils s'attendent peut-être à quelque chose! Du moins je l'espère. Et le spécialiste de la piraterie aérienne au radar de Wheeler Sack (Y-a-t-il un tel spécialiste, assis là à longueur de journée attendant que l'alarme sonne en lisant des revues comme Oui, Mademoiselle) pourrait — par hasard — appeler le FBI à Watertown. Pour quelle raison? Je ne sais pas! Peut-être!

« Je m'occupe de la radio », dit Véronique.

Nous avons maintenant le vent derrière, à quatorze cents pieds au-dessus de l'aéroport. Je lui fais un signe de tête. Elle prend le micro et en même temps me montre des yeux le répondeur. Je lui souris d'un air rassurant; c'est inouï comme nous avons souvent les mêmes idées. Puis je regarde le répondeur et mon sourire disparaît. Il est à 3100! Elle a déjà signalé. Dieu sait depuis combien de temps. Sûrement depuis assez longtemps pour que les alarmes de tout le nord de l'État de New York se mettent à sonner. D'une minute à l'autre la radio va crier. Et Tacon va tirer. Sur moi! Je jette à Véronique un regard suppliant et avance lentement la main pour éteindre le répondeur mais quelque chose dans son attitude arrête mon geste.

En silence, elle me dit : « fais-moi confiance ». Je cède et laisse le répondeur allumé. Je commence les vérifications avant l'atterrissage.

« Vérifiez vos ceintures, s'il vous plaît », dis-je sans me retourner.

Maintenant, sortir le train d'atterrissage et surveiller le feu vert. Au moment où celui-ci s'allume, la radio revient, avec une voix différente, cette fois, un peu plus sèche peut-être, un peu militaire? Mais très calme et très naturelle.

« Canadian Echo Juliet India. La radio de Watertown confirme votre arrivée sur le parcours de base. Veuillez confirmer que votre train est sorti et signalez 31.»

Magnifique! Pas un mot de plus. Le voilà qui me demande de confirmer que j'ai un pirate de l'air à bord sur le même ton que s'il m'indiquait un numéro de piste!

Les yeux de Véronique me disent « Tu vois bien! » Elle appuie sur le bouton du micro et lui répond d'une voix le surpassant en « naturel ».

« Roger, Watertown, train verrouillé sorti et signal 31. Communiquez vos directives de roulement au sol après l'atterrissage.»

« Côté ouest de l'aérogare pour les douanes, Juliet India. On vous demande d'attendre dans l'avion l'arrivée de l'agent de l'immigration; il pourrait avoir une minute de retard.»

J'incline l'aile gauche et tourne brusquement pour l'approche finale. Un peu trop brusquement. Tacon est projeté en avant entre les deux sièges.

« Que se passe-t-il? Pourquoi avez-vous plongé comme ça?»

« Juste un peu de nervosité. Ça se comprend, non? Maintenant ta gueule et laisse-moi piloter en paix.»

Il reste penché en avant, son visage entre Véronique et moi, du coin de l'œil je peux voir le reflet noir de son accoutrement ridicule et le mouvement de ses yeux oscillant d'avant en arrière. Et par surcroît je sens son odeur d'ail à moitié digéré.

« Tu me rends nerveux », dis-je. « Et ta mauvaise haleine me donne la nausée, j'ai envie de vomir. Veux-tu atterrir en sécurité oui ou non ? » Mais il ne bronche pas.

Comme le savent tous ceux qui l'ont piloté, le « Twin Comanche » demande une très grande précision dans les manœuvres d'atterrissage. Quand vous le mettez à l'horizontale juste au-dessus de la piste, la roue avant est toujours un peu plus basse que les roues principales. Et en descendant sur la piste, si vous ne tenez pas le nez bien haut, c'est la roue avant qui touche le sol la première et vous pouvez rebondir de trois pieds surtout si vous allez assez vite. Résultat : une série d'atterrissages et de rebondissements jusqu'à ce que l'oscillation se calme et que vous alliez assez lentement pour adhérer fermement au sol.

Ce genre de maladresse m'est bien coutumier. Je ne sais pas pourquoi. Je sais que si je fais vraiment attention, je peux placer la roue avant six pouces plus haut que les roues principales au moment où elles touchent le sol, mais, d'une manière ou d'une autre, je n'arrive pas à faire attention. Aujourd'hui je suis particulièrement maladroit. On entend le nez grincer juste au moment où je m'apprête à le lever, et nous rebondissons vers le haut. J'actionne la manette des gaz pour essayer de nous ralentir un peu. Rien à faire. En désespoir de cause, je coupe complètement les gaz et nous descendons de nouveau, trop vite. Au moment même où je tente de relever le nez, nous touchons de nouveau le sol. Nous rebondissons encore, moins haut cette fois, parce que nous avons ralenti, nous retombons sur la piste dans un vacarme inquiétant. Véronique rigole. Elle est déjà passée par là.

Tacon, lui, ne trouve pas ça drôle du tout.

« C'est très imprudent, mon ami. Si vous crevez un pneu ou si quoi que ce soit d'«amusant» se produit, je n'hésiterai pas un instant à abattre la demoiselle avant de vous abattre. Je vous conseille de rouler sur la piste d'une façon tout à fait normale et d'être très, très prudent. »

Sa voix est contrôlée et calme. C'est flatteur. Il croit que j'ai fait exprès d'atterrir comme cela. Je décide d'être très prudent. J'espère que le comité d'accueil le sera aussi.

S'il y en a un. Pas signe de vie pour le moment.

J'appuie sur le bouton du micro. «Juliet India s'arrête devant la barrière des douanes. »

« Parfait, JI. Restez là, le petit vieux arrive. »

« Le petit vieux ». C'est une façon de me dire quelque chose. Ils ont vraiment compris mon message?

Nous sortons au soleil. Tout est très tranquille. D'habitude il y a du monde qui s'affaire sur l'aire de stationnement; aujourd'hui, personne.

Puis une vieille Chevrolet noire fatiguée s'amène de l'autre côté de la clôture, mon cœur s'arrête de battre. C'est un petit vieux qui en sort. Un frêle petit vieux aux cheveux gris!

Il cherche la bonne clé dans son trousseau, nous fait un signe de la main et nous crie joyeusement : « Je suis à vous tout de suite. » Il passe un bon moment à essayer des clés avant de trouver la bonne, nous fait signe de nouveau et disparaît dans le bureau.

Alors, ils n'ont pas compris. Comment se fait-il?

Je reconnais sur le visage de Véronique une expression connue: elle écoute. J'écoute de toutes mes forces: rien. Elle me regarde calmement et ses yeux bougent une micro-seconde vers l'est. Je l'imite. Juste assez longtemps pour apercevoir ce qui pourrait être un gros hélicoptère volant bas à l'horizon du côté de Wheller Sack. Trop bas et trop loin pour qu'on l'entende.

Tacon fait les cent pas sur la chaussée, donnant des coups de pied sur des cailloux imaginaires, tâchant d'avoir l'air d'un pasteur à la conscience tranquille, mais il ne nous quitte pas des yeux. Il n'a pas remarqué l'hélicoptère, si c'en est un. Véronique lui tourne le dos. Elle me montre des yeux l'édifice de l'aérogare, cette fois, mais Tacon me voit et je me force à regarder au loin, sur la route.

«On peut fumer ici?» demande Tacon.

Je le regarde: «Nerveux hein!»

Il me regarde, frondeur. Je dis: «On ne peut rien faire sauter. Je ne crois pas que ce soient les règlements qui vous embêtent, non?»

Je profite du moment où il se penche pour s'allumer pour jeter un rapide coup d'œil sur le toit. Je vois trois canons de carabines braqués et un type casqué qui me rassure du geste, la paume en bas. Puis il s'accroupit et disparaît.

Je baisse les yeux avant que Tacon ait refermé son briquet.

Maintenant on entend distinctement les pales de rotor contre l'air lourd. La porte s'ouvre de notre côté de la clôture et le petit vieux s'empresse hors du bureau.

«Je suis désolé d'être en retard, Messieurs Dames», dit-il aimablement. «Tous ces touristes qui arrivent par le pont nous tiennent occupés, ces jours-ci. Maintenant voyons si je peux me rappeler toutes ces questions judicieuses que je dois vous poser.»

Je lui tends la nouvelle déclaration d'immigration que vient de remplir Tacon et l'observe pendant qu'il la lit. Quel est son rôle, à ce petit vieux-là? Sait-il quelque chose? J'en doute; personne n'arrive à être si calme. Est-ce qu'on se sert de lui pour nous amener à l'intérieur de l'édifice où ils pourraient fermer les portes. Ça n'a pas de sens. De près, il n'a pas l'air aussi frêle que j'avais cru: il est courbé, mais il a l'air plus solide que derrière la clôture quand il cherchait la clé du bureau. Sa casquette est trop grande pour lui.

En riant il dit: «Eh bien, je pense que je ferais mieux d'inspecter vos bagages pour m'assurer que vous n'êtes pas une bande de trafiquants de drogue. Vous d'abord, mon Révérend.»

Tacon sort sa valise noire et la pose sur l'aile de l'avion. «Ouvrez-la, s'il vous plaît!» dit le vieux en s'approchant.

Tacon se penche sur la valise, en défait les loquets et passe sa main à l'intérieur pour soulever la chemise pliée qui recouvre des papiers. Le petit vieux fait un mouvement plus vite que je ne croirais possible de le faire. Sa main gauche est entrée dans la valise comme pour en tâter le contenu, puis elle ressort rapidement, en traînant la main droite de Tacon, la chaîne d'une paire de menottes brillant entre les deux.

« Et je vais prendre votre arme aussi, Monsieur Tacon », dit-il, fouillant adroitement dans la veste de Tacon.

Mais s'il est adroit, Tacon lui, est rapide et pas mal plus brutal. Pendant que le rusé policier fouille sa veste, Tacon entoure la main gauche de son ravisseur des deux mains et tire furieusement sur la menotte, et la sort en lui déchirant sauvagement la peau et en brisant les os du policier.

Tacon a repris son arme et tient le policier dans une solide prise de tête avant que le pauvre homme n'ait le temps de crier de douleur, la main en sang et le pouce disloqué.

« Ne bougez plus, pas un geste », fait une voix venant du toit.

Sans prendre le temps de regarder en avant, Tacon se précipite contre le mur, entraînant avec lui le policier de l'immigration. Il compte qu'une fois près du mur, le tir des policiers sur le toit ne pourra pas l'atteindre. Ils s'écrasent tous les deux sur la brique, Tacon se sert du petit vieux comme bouclier.

Le vieux se plie et tombe, Tacon monte, escalade la clôture comme un singe, son arme entre les dents et la menotte vide tintant au bout de sa main.

Les coups et les cris fusent du toit mais l'angle est mauvais et ils ne peuvent voir avec précision le fuyard cramponné au mur, se dirigeant vers la voiture du policier de l'immigration.

Une balle passe tout près de moi en sifflant et vient trouer l'asphalte à mes pieds, je me jette par terre et roule sous l'avion.

L'ombre d'un hélicoptère nous recouvre et l'engin se pose sur la piste, faisant trembler et ruer le « Comanche » au-dessus de moi, et m'envoyant un nuage de poussière. Je suis aveuglé un moment. Après avoir essuyé mes yeux, je les rouvre : Véronique a disparu.

A-t-elle été touchée ? Ma poitrine se noue et je regarde fiévreusement alentour. Tacon a réussi à se faufiler dans la vieille Chevrolet et il cherche frénétiquement parmi les clés du petit vieux. La voiture bondit et recule à une vitesse folle à travers l'allée. À ce moment des hommes sortent de l'édifice. Trois ou quatre carabines tirent à la fois immédiatement. Les vitres de la voiture volent en éclat, mais Tacon continue de rouler sans regarder, la tête baissée, tâchant de se diriger sur la pelouse, pour s'éloigner des tireurs. Je vois un homme sur le toit qui crie dans une radio, puis l'hélicoptère rassemble ses hommes à l'intérieur et recommence à soulever la poussière.

Les tireurs gueulent, furieux de la poussière soulevée par l'hélicoptère qui prend la voiture en chasse, frôlant la clôture. Je dois fermer les yeux et les essuyer de nouveau avant de rechercher Véronique. Elle n'est nulle part en vue. Je suppose qu'elle s'est réfugiée au bureau des douanes. La porte du bureau bat au vent, le verre éclaté. Près du mur, au bord de la clôture, le vieux policier est à genoux ; il tient sa tête de sa main ensanglantée, cherchant ses verres brisés de l'autre, en gémissant.

Maintenant Tacon a viré dans la voie de service. Il tire sauvagement de la main gauche par la fenêtre ouverte sur l'hélicoptère tout en s'enfuyant. Il a une chance insensée. Quelque chose s'échappe du rotor arrière. L'hélicoptère se met à s'agiter et dévie à gauche doucement d'abord, puis plus vite. À seulement trente pieds, le pilote fait ce qu'il peut. Il tourne, toujours en marche, au-dessus de la route, atterrit, un patin sur la route, l'autre dans le fossé, et penche sur le côté en s'immobilisant. Le rotor principal heurte un poteau de téléphone, faisant voler des éclats de verre.

Les hommes sortent et sautent dans le fossé, penchés pour éviter d'être décapités par le rotor, courent sur la route et tirent quelques coups de feu inutiles : la voiture disparaît déjà à l'horizon.

Où est Véronique ? Les hommes sur le toit tirent encore.

Puis les coups de feu s'arrêtent subitement. J'explore la piste des yeux pour la trouver, me faufile entre les roues de l'avion et cours vers le bureau des douanes. Puis quelque chose me dit de me retourner vers l'avion.

Elle est là, agenouillée sur une aile, l'œil à la caméra, filmant les hommes qui descendent du toit. Le mouvement de la caméra s'arrête quand j'entre dans le champ. Elle montre son visage et me sourit.

«Des prises formidables!» crie-t-elle joyeusement. «J'ai filmé l'atterrissage de l'hélicoptère et les gars sur le toit dans le feu de l'action. Peut-être qu'on verra la silhouette de Tacon dans la voiture mais avec la lentille d'approche, ce sera embrouillé. Où étais-tu? J'avais besoin de toi pour le son!»

50

Plusieurs heures plus tard, je suis convaincu que nous ne parviendrons jamais à Washington. Nous sommes assis au salon du personnel de l'aérogare, une salle gris terne équipée d'une cafetière et d'un vieux frigidaire usé, de trois tables montées sur des chevalets et de chaises pliantes, et tentons de répondre aux questions qui fusent de cinq directions à la fois. Le FBI tient le haut du pavé, les *state troupers* se font damer le pion par l'armée de l'air et sont complètement dominés par les employés de l'Immigration très fiers de l'héroïsme de leur vieux camarade blessé. Le FAA prend tout en note.

Finalement, l'officier du FBI, l'agent Raab, dit : « Écoutez, il faut que je me rende à Washington à tout prix cet après-midi. Je vais passer l'enquête à l'agent Walsh ici et, évidemment, ces messieurs auront d'autres questions à poser.

Ça ne fait pas mon affaire. « Nous devons être à Washington nous aussi. Nous avons rendez-vous avec un membre du cabinet et nous sommes en retard. Pourquoi n'embarquez-vous pas avec nous, nous pourrons causer pendant le voyage. Je peux développer le film de l'écrasement de l'hélicoptère durant l'envolée et en envoyer une copie au colonel MacKillop dès ce soir ».

Ça convient à l'armée de l'air. Raab, Véronique et moi nous frayons un chemin parmi les éclats de verre et les cartouches vides. Raab s'assied en avant à côté de moi pendant que Véronique s'affaire à l'arrière pour développer le film.

Raab dit : « Ce que je n'arrive pas à comprendre

c'est que vous ayiez eu la bêtise de garder ce type avec vous même après qu'il vous ait divulgué son appartenance au Commando de l'Environnement.

Nous roulons vers la piste. « Ça fait des années que je n'ai pas entendu parler de cette organisation. J'ai toujours pensé que c'étaient des types bien. »

Raab me jette un regard lourd. « Je crois que je vais vous accompagner chez votre ami Auerbach, si vous n'y voyez pas d'inconvénient. Il peut vous en dire long sur le Commando. Vous serez plus porté à le croire, lui, qu'à croire un policier. À mon avis, ce groupe est l'ennemi public numéro un aux États-Unis aujourd'hui. »

Première nouvelle. Je tire les manettes des gaz. Quand nous décollons, il est deux heures trente.

4

HOWARD AUERBACH

« Autant que nous le sachions, le Commando de l'Environnement possède un poste de haut commandement quelque part en Arizona. Leurs guérilleros forment des groupes totalement autonomes et indépendants. Ils sont dispersés à travers les villes de tout le continent. En passant, l'écusson CE a été conçu par le regretté Ostrom, le grand dessinateur. Il a même signé leur manifeste, qui en apparence était un appel pour sauver l'environnement de la dépravation humaine. Ostrom, comme beaucoup d'ingénieurs, ne connaissait rien à la politique, pas assez pour discerner la tendance faciste du manifeste. Il fut stupéfait quand il comprit dans quelle histoire il s'était embarqué. Il est mort avant d'avoir pu donner l'alarme. »

Auerbach est étendu sur un élégant divan de cuir, qu'il a lui-même dessiné, et qui couvre sur presque toute sa longueur, le mur face au bureau ; son attitude est calme et ordonnée comme son esprit. Tenant ses lunettes entre trois doigts et le pouce de la main gauche, il parle avec des gestes lents. Sa voix est grave.

«Je me souviens très bien de l'accident», dis-je. «Je devais faire le reportage sur l'inauguration de ce fameux édifice en forme d'ailes de cygnes, dessiné par Ostrom. L'édifice Gateway, à Seattle, je crois.»

«C'est ça», dit Auerbach. «Mais ce n'était pas un accident. Il a été assassiné. Sa voiture a été sabotée. Selon nous, il avait l'intention d'attaquer le Commando dans son discours d'inauguration, le matin suivant».

«Mais comment savez-vous que le Commando est impliqué dans ce meurtre?»

«Nous ne le savons pas, du moins nous n'en avons aucune preuve tangible. Cela fait partie d'un tout. Te souviens-tu des circonstances qui ont entraîné la mort du sénateur Kereluk au printemps dernier dans les Bahamas?»

«Bien sûr! C'est une valve de son scaphandre qui a fait défaut. De toute façon il avait plongé pas mal profond pour un homme de son âge».

«Ç'aurait pu être un accident en effet. Mais souviens-toi que Boris Kereluk était l'instigateur et l'âme d'un immense projet : il voulait remplir et paver plus de la moitié des marécages d'Okefenkee et installer un vaste parc industriel dans cette région de la Georgie. Le Commando voulait à tout prix l'en empêcher.»

«Ça aussi, si je ne m'abuse. C'était un outrage écologique.»

«Ah oui! Ça d'accord! J'ajoute même qu'il fut beaucoup plus facile de mettre un terme à ce projet une fois Kereluk éliminé. Il était… En fait, on ne peut pas dire que sa mort m'a beaucoup chagriné, mais je suis certain qu'il s'agit d'un meurtre et c'est cela qui me désole. Troisièmement : tu as bien fait un documentaire sur l'écrasement du DC8 à Winnipeg?»

«Une manchette seulement. Vous croyez que la bombe… c'est encore le Commando?»

«L'avion transportait trois membres du comité de direction de la Yukon Petroleum. Le 7 mai, la 'Yukon' recevait un télégramme du Commando, menaçant de détruire la compagnie si elle n'abandonnait pas ses explorations dans le delta de la rivière MacKenzie. Le conseil, réuni le 9 mai, décida de ne pas s'occuper de la menace. L'avion s'écrasait le lendemain.»

«Il s'agissait peut-être d'une coïncidence?»

«Allons donc, Joe! Parmi les victimes on a retrouvé un jeune Américain d'origine japonaise du nom de James Osawa. Prends le Readers Digest de février 1970, tu y trouveras un article sur le Commando et dans lequel on cite justement James Osawa. Il déclare que les ennemis de l'environnement sont les ennemis de la vie elle-même et pose en samouraï moderne, combattant pour un idéal sacré. On lui demande s'il est prêt à donner sa vie pour son idéal comme un samouraï le ferait, ce à quoi il répond : «Avec plaisir, même si c'était pour ne sauver qu'un seul acre de nature à l'état sauvage.» Osawa était au Vietnam de 65 à 67. C'était un expert en démolition.»

Il y a un long moment de silence. Raab prend des notes. Véronique fixe un coin du plafond, à mille lieues de là. Wilson Rimmer est assis très droit derrière le bureau de son patron et surveille la réaction de chacun.

«Je me souviens de cet article», dis-je un peu penaud. «Je l'ai trouvé formidable à l'époque. L'auteur de l'article aussi. Un groupe de personnes entièrement dévouées à leur cause, qui voulaient à tout prix empêcher la croissance industrielle et la cupidité organisée qui détruisent le monde. Mais on n'en a plus jamais entendu parler, pas d'autres reportages, plus d'articles. Rien du tout. Exactement comme un autre groupe dont j'avais entendu parler quand j'étais enfant : les hommes planteurs d'arbres. Ils voulaient faire remonter les nappes aquifères jusqu'aux plus grands déserts du monde en y plantant des arbres, et y pénétrer toujours plus loin pour le rendre cultivable. Un seul article sur ce sujet, puis plus rien. Même chose pour le Commando. »

«Nous les avons supprimés. »

C'était la voix de Rimmer. Je me retourne. Rimmer nous regarde, fier de lui.

«Le monde n'en sait que très peu depuis l'article du Readers Digest, et le Secrétaire d'État, a tous ces renseignements à portée de la main pour une même raison : c'est moi le directeur de l'information du Commando de l'Environnement. »

La remarque de Rimmer fait l'effet d'une bombe ; Raab laisse tomber son crayon et doit s'agenouiller pour aller le chercher sous sa chaise. Véronique revient sur terre et fixe Rimmer d'un long regard troublé qu'il évite. Je passe de Rimmer à Auerbach, qui visiblement s'amuse de la situation. Après un moment il se rassoit et enfile ses mocassins. Il lui dit aimablement : «Cessez de vous prendre pour un autre, Wilson. Vous êtes un des directeurs de l'information. Nous ignorons combien il y en a », dit-il en s'adressant à tous. « Wilson ne le sait pas non plus. Il ne fait que recevoir à l'occasion des ordres et quelques notes de la part d'un des deux membres qui l'ont recruté dans le New Jersey. »

Rimmer nous confirme tout cela : « Quand j'ai finalement pris conscience du pétrin dans lequel je m'étais fourré, j'ai très vite compris qu'il n'était pas question d'en sortir vivant tant que le Commando existerait. Je me suis donc décidé à devenir un agent double, en quelque sorte. Mais je n'avais confiance en personne, le FBI pas plus que la CIA, personne. Monsieur Auerbach est alors devenu Secrétaire d'État. Comment y est-il parvenu à travers cette administration pourrie, je ne l'ai jamais su. Mais lorsque j'ai appris sa nomination, j'ai su ce qu'il me fallait faire. Ça m'a pris beaucoup de temps pour en arriver là ; et nous avons beaucoup de besogne à abattre. »

« Le Commando est très heureux d'avoir un agent parmi nous. Je leur fournis des tas de renseignements, toujours exacts, mais inutiles. Nous espérons consolider ma position vis-à-vis du Commando de telle sorte que je puisse finir par en savoir plus long sur l'organisation. Du moins assez pour trouver où se situe la tête et comment la faire tomber. »

« Il s'est mis dans une situation très précaire », dit Auerbach, « ça mérite pas mal de considération. »

Je regarde Rimmer. Un type sec et nerveux, un peu intellectuel, environ trente-deux ans, complet noir classique, cheveux noirs, fins, peignés vers l'arrière avec une raie très nette. De grands yeux ronds, derrière des lunettes rondes à monture d'argent. Un nez droit et aristocratique au-dessus d'une drôle de moustache trop grosse pour être appelée une brosse à dents mais qui en a la forme.

Sans sa moustache, il aurait certainement paru beaucoup plus jeune. En comparaison avec le visage ouvert et bronzé et avec le chic naturel et l'élégance d'Auerbach, Rimmer a l'air endimanché. On le dirait astiqué alors qu'Auerbach est bien mis. Cet aspect tiré à quatre épingles est cependant atténué par ses lunettes à l'ancienne et le regard légèrement inquiet qu'il conserve même lorsqu'il sourit. Mes yeux sont attirés par le reflet du petit insigne de l'A.O.P.A. sur le revers de sa veste et je suis curieux de connaître son passé de pilote.

Mais pour l'instant je me contente de lui demander pourquoi il interdit tout autre article sur le Commando de l'Environnement.

«Nous avons pris cette décision juste après la publication de celui du Readers Digest. Nous l'avions fait paraître dans le but de recruter des membres. Par la suite nous… ils ont choisi la clandestinité. Je n'en ai trouvé la raison que lorsque la vague de meurtres a débuté.»

En fait Rimmer, comme il nous l'a expliqué, avait lui-même incité le Commando à éviter ce genre de publicité. S'il restait invisible et conservait son caractère mystérieux, le Commando n'en aurait que plus de force et d'influence. Il voyait en cet organisme une version vertueuse du Ku Klux Klan, plus efficace, moderne, capable d'agir promptement et d'influencer l'opinion publique par la rapidité de ses mouvements et le mystère qui devait entourer son organisation, sa force et son étendue.

De plus, il faisait valoir, dans les rapports qu'il envoyait chaque semaine à une destination inconnue, que si le Commando se manifestait simultanément dans une centaine de régions différentes par des coups de téléphone anonymes, par de petits sabotages (il ne voit pas de mal à faire sauter quelques bulldozers, des avions, des tanks, ou encore quelques milles d'asphalte, à condition que personne ne soit blessé) et par des actes symboliques tels le largage de cinq cent quatre-vingt livres de poisson pourri du haut d'un hélicoptère sur le patio de l'Hôtel Detroit où se tenait l'assemblée annuelle des actionnaires d'une compagnie de produits chimiques, le Commando deviendrait vite légendaire dans tout le pays et son impact serait beaucoup plus grand et se produirait beaucoup plus tôt que si ses effectifs, sa puissance et l'identité de ses membres étaient connus de tous.

Ses recommandations furent acceptées par le haut commandement, quel qu'il fût et où qu'il se trouvât. Toute manifestation publique fut suspendue et le Commando changea sa manière : des menaces anonymes, l'extorsion, puis l'assassinat. Ça nous mène à la catastrophe de Winnipeg, cent huit personnes massacrées de sang-froid parmi lesquelles cent quatre n'avaient rien à voir dans cette histoire. Le Commando était atteint de démence, la terreur était devenue son arme principale.

En l'écoutant parler je me demandais sérieusement de quelle façon nous, du Canada, étions impliqués dans ce tissu d'intrigues ; comment le projet hydro-électrique de la Baie James s'insérait dans tout ça et enfin ce que la visite du Secrétaire d'État au Canada signifiait.

Je leur pose la question. Auerbach se lève et se dirige vers son bureau encombré de cartes et de dossiers. Raab du FBI le regarde traverser la pièce puis, s'adressant à Rimmer doucement mais de façon à ce que tous puissent l'entendre, il dit : « Vous savez bien sûr que taire tout renseignement sur un homicide constitue un crime aux yeux de la loi. »

« Bien sûr que je le sais », dit Rimmer brusquement. « Je suis avocat avant tout. C'est justement parce que vous êtes assez bête pour soulever une telle question que j'ai dit n'avoir pas confiance en le FBI. Jusqu'où vous seriez-vous aventurés dans cette affaire si je m'étais précipité au Bureau avec ma propagande sur les raisons pour lesquelles Kereluk et Ostrom et ceux qui les ont précédés devaient mourir ? La seule raison qui m'a incité à prendre le risque de vous révéler mes antécédents aujourd'hui, c'est que vous m'êtes apparu une personne sensée lorsque vous questionniez monsieur Ireton quand nous nous sommes rencontrés cet après-midi. J'ai peut-être commis une erreur fatale. Voilà que vous me rendez nerveux maintenant. »

Raab qui maintenant m'apparaît loin d'être stupide devient rouge mais demeure d'un calme impressionnant. « Je suis obligé de vous dire que vous auriez dû venir au Bureau de toute façon. J'ai dit 'obligé' mais je vous laisse une certaine latitude pour donner un sens à ce mot. Vous avez risqué gros cet après-midi ; je m'en vais faire de même. Je n'ai pas l'intention de révéler tout ce que vous m'avez déclaré aujourd'hui. Je devrais en faire rapport à mon supérieur dès que j'en aurai pris connaissance, mais je ne le ferai pas, entre autres parce que le seul élément nouveau dans tout ce que vous m'avez appris est le fait de votre propre participation. Le reste, je le connaissais déjà en grande partie. Vous voyez, je m'intéresse au Commando de l'Environnement depuis presque aussi longtemps que vous. Nous sommes peut-être stupides, mais nous sommes riches et puissants et nous avons réussi à recueillir pas mal de renseignements. Pas assez cependant pour porter une accusation quelconque ; nous pourrions en retenir quelques-unes mais elles risqueraient de foutre en l'air notre projet. Laissez-moi vous parler de Tacon, alias Orville O'Donnell, alias Orville Johnston et nous verrons si je peux vous apprendre quelque chose.»

«Bon. Carlos Mari Ramon Tacon Arango fut un des premiers à quitter La Havane lorsque Castro prit le pouvoir au début de 1959. Ce qui fut intelligent de sa part parce que son frère et lui étaient impliqués dans quelque affaire louche avec les mercenaires de Batista et il n'aurait pas tenu six mois sous le nouveau régime. La plupart des exilés n'allèrent pas plus loin que Miami mais Tacon estima probablement que même là, il n'était pas en sécurité. De toute façon il monta jusqu'à Baltimore avec un dénommé Jimenez. Il s'est tout de suite, semble-t-il, mêlé à la pègre. Il connaissait le commerce de la prostitution, celui du jeu et de la drogue. Il savait manier les armes à feu et il gardait certains contacts à La Havane. On voit clairement pourquoi la pègre s'intéressa à lui, et lui à elle. Les raisons qui l'amenèrent dans les rangs du Commando sont plus mystérieuses. Peut-être était-ce tout simplement l'argent. De toute façon, lorsque Ostrom fut assassiné, Tacon se trouvait à Seattle et se faisait appeler O'Donnell. En passant, Léopoldo O'Donnell est le nom d'un gouverneur cubain du XIXe siècle, un vrai salaud. Comme Tacon. Il était aussi à Miami lorsque deux membres des Panthères furent tuées en 1969. Tout porte à croire qu'ils devaient être des émissaires auprès du Commando, mais nous n'avons jamais découvert le fond de toute cette affaire. Il y a de ça six mois, il passa de la fausse monnaie à Philadelphie ; nous aurions pu l'arrêter pour ça, mais nous avons jugé qu'il serait plus utile à l'extérieur.

« Il y a trois ans le premier ministre du Québec s'est rendu à New York pour trouver des fonds pour le projet de la Baie James. Tacon était descendu au même hôtel que lui ; on l'a vu rôder parmi d'autres types, tous reliés à cette affaire. Il se mit tout à coup à voyager régulièrement à Montréal et à Québec. Il fréquentait quelques bars louches à Montréal et s'immisça dans un groupe d'anciens policiers de la métropole qui avaient monté une affaire très intéressante : ils fournissaient des voitures volées et maquillées aux gens qui avaient besoin de ce genre de véhicules. Il se peut aussi qu'il ait mis sur pied quelques cellules du Commando de l'Environnement au Québec.

« Voyons… hier, non avant-hier, il a piqué une voiture à Montréal. Et hier un agent de la Gendarmerie Royale en civil l'a aperçu à l'aéroport d'Ottawa, arpentant les corridors de l'aérogare, regardant partout et surveillant étroitement les rampes d'arrivée.

Il portait un collet romain. Il s'est ensuite arrêté au comptoir Eastern et s'est informé des vols en partance pour Washington. Je me suis donc rendu à Ottawa dans l'espoir de l'attraper à son passage aux douanes. Mais comme vous le savez, il n'a pas pris ce vol hier soir. Je devais rentrer chez moi mais j'ai décidé d'attendre un jour de plus. À midi aujourd'hui, le même agent se promenait en voiture sur le terrain de l'aéroport lorsqu'il a aperçu la voiture de Tacon dans votre stationnement. Il s'est informé de votre destination au hangar. Le mécano lui a fait la description de votre passager. Vous étiez déjà sur la piste de roulement. Ils m'ont tout de suite fait prévenir. J'ai appelé les gars de l'immigration pour qu'ils essaient de le retenir d'une façon ou d'une autre. Tout ce qu'ils ont trouvé à faire, c'est de vous interpeller si stupidement à la radio. J'ai loué un avion pour Watertown et j'y suis arrivé juste comme la fusillade commençait. »

« Si vous laissez ce gars agir à sa guise depuis tant d'années qu'est-ce qui vous a poussé à vouloir l'arrêter cette fois-ci ? » demande Véronique.

Raab a l'air surpris. « Je ne l'ai pas dit ? Non, je suppose que non. Aujourd'hui nous sommes mardi. Vendredi dernier monsieur Auerbach a annoncé qu'il se rendait au Canada pour discuter du projet de la Baie James avec les gouvernements. »

Il me regarde. « Vous savez, l'Américan Press ne connaît rien du Canada à part la neige et les équipes de hockey. Ils ont très peu parlé de cette nouvelle. Malgré ça, samedi, le Secrétaire d'État a reçu un télégramme du Commando, que nous avons intercepté. »

Auerbach relève la tête, surpris. Il était à

Washington depuis trop peu de temps pour être habitué à la surveillance.

Mais Raab enchaîne : « Samedi soir, Carlos Tacon a pris l'avion pour Montréal. Dimanche, il a été vu quittant cette ville dans une voiture d'occasion en direction ouest, vers Ottawa. Le Secrétaire d'État se rend à Ottawa demain pour entreprendre ses pourparlers. Prenez donc connaissance de notre copie du télégramme. »

Il ouvre une chemise à l'arrière de son bloc-notes et en sort une bande étroite de papier gris qui avait été déchirée d'un rouleau de télex.

Albuquerque.M.M.....

Secrétaire de l'intérieur

Washington D.C.

COMMANDO ENVIRONNEMENT D'AVIS QUE SUPPORT PROJET BAIE JAMES PAR E.U. NETTEMENT INDESIRABLE STOP SUGGERONS FORTEMENT QUE ERREURS OSTROM KERELUK YUKON ET AUTRES NE SOIENT PAS REPETEES STOP SURVEILLONS LE TOUT AVEC GRAND INTERET.

Signé Claudius.

Je donne le papier à Auerbach.

« Claudius ? » demande-t-il.

« Tous leurs papiers sont signés Claudius. »

« Le dieu Claudius ? L'homme infaillible ? »

« Qui sait. Simplement Claudius. »

Auerbach me regarde pensivement. « Tu vois ! Ça commence à devenir intéressant, cette mission ! » dit-il doucement.

Je me tourne vers Raab. « Ils doivent avoir d'autres hommes de main », dis-je.

« Peut-être, mais Tacon est le seul que nous ayons dépisté. »

Il s'adresse alors à Rimmer. « Nous avons aussi mis la main sur d'autres éléments troublants. Quelques indices nous permettent de croire que le Commando a peut-être joué le rôle inverse de celui qu'il affiche, il aurait mené une action anti-environnement. Serait-il possible qu'ils aient obtenu du président qu'il interdise l'assainissement ou la purification du lac Érié ? »

« Je l'aurais su », dit Rimmer sans hésiter.

« Bon. Autre chose. On a souvent vu Tacon avec certains propriétaires de mines à ciel ouvert au moment où le Sierra Club essayait de faire fermer ces mines. Nous avons l'impression que Tacon favorisait les intérêts miniers. Sierra Club a abandonné la partie. »

« Eh bien, je vous ai dit que c'était une organisation très secrète, dit Rimmer en haussant les épaules. J'imagine que je l'aurais su, mais comme je n'ai jamais même entendu parler de Tacon... »

Véronique fait le tour de la pièce, le dos tourné au groupe, examinant plaques de photographies et peintures tout en fredonnant une chanson. Elle s'arrête soudain, se retourne et dit : «Monsieur Auerbach, quand avez-vous passé cette pièce au détecteur la dernière fois?»

«J'ai moi-même dirigé les opérations la semaine dernière», dit Rimmer. «Il n'y avait rien. Pourquoi?»

«Je n'ai pas encore réussi à découvrir comment Tacon a pu apprendre que nous nous rendions à Washington aujourd'hui.»

«Je ne peux pas vous renseigner là-dessus», dit Raab.

Un autre silence! Auerbach lève alors la main gauche en pointant l'index. C'est sa façon de procéder lorsqu'il veut qu'on l'écoute avec grande attention, gardant le doigt en l'air pendant qu'il parle et le rabaissant seulement quand il est certain que vous ayez bien compris ce qu'il avait à dire.

«Point n'est besoin de vous dire, monsieur Raab, que ces démarches sont très confidentielles pour l'instant. Nous voulons garder tout cela sous silence jusqu'à la fin des négociations, il serait trop risqué de nous exposer au point où nous en sommes. Ce sera formidable pour nous par la suite, du moins Wilson le croit et je suis assez de son avis. Après avoir rencontré les représentants québécois à Québec, je me rendrai tranquillement à la Baie James pour participer à une conférence secrète avec les associations amérindiennes. Nous y travaillons depuis un mois. Selon toute apparence, la sécurité est absolue. Maintenant si les premiers ministres du Canada et du Québec acceptent également de s'y rendre, cela créera un précédent magnifique. Ce sera la reconnaissance publique que ces gens ont des droits prioritaires sur cette terre et que ceux-ci prévalent sur les prétentions des parvenus et des arrivistes, sur les privilèges que veulent s'arroger d'autorité les Canadiens et les Américains. C'est entre autre à cela que je voudrais en arriver.»

C'est au tour de Véronique d'être estomaquée. «Jésus, Marie et le Grand Manitou! En effet, votre service de sécurité est efficace!» dit-elle d'un ton admiratif. «J'étais au courant de cette conférence mais j'ignorais que vous y participiez et jamais je n'aurais cru que nous y serions aussi. Et ça c'est bigrement extraordinaire parce que je transporte des tas de messages pour eux, que j'adore. Je sais bien qu'ils ne me disent pas tout, mais ça c'est trop fort. TROP FORT!» Mais elle s'esclaffe malgré elle et son fou rire gagne bientôt tout le groupe. La tension accumulée au cours de l'après-midi se relâche tranquillement.

Je m'approche du bureau, curieux de parler à Rimmer à propos de l'insigne qu'il porte sur sa veste. Après tout on est tous les deux pilotes, et quand deux pilotes se rencontrent... Il me raconte un peu ses expériences et je me sens soudain exténué, affamé et bien peu préparé pour la réunion avec des directeurs de l'information de la télévision North Américan. Je ne me sens pas prêt à les rencontrer, même s'il y a parmi eux la bien nantie Petra Erika Nielsen.

Tout le monde quitte les lieux, laissant Rimmer seul au téléphone. Nous saluons les secrétaires de nuit en passant, prenons l'ascenseur jusqu'au rez-de-chaussée où un garde inspecte nos bagages et daigne nous saluer en apercevant Auerbach. Nous nous retrouvons rue de la Constitution sous un ciel menaçant, la chaussée miroitant sous une averse qui s'achève. Washington sent propre ! Il fait sombre, les phares des voitures sont allumés. Après un court bavardage Howard Auerbach me serre la main chaleureusement. Il propose une brève rencontre d'information pour huit heures le lendemain matin et monte dans sa voiture où son chauffeur l'attend. Rimmer sort en courant pour le rejoindre. un parapluie à la main.

Véronique hèle un taxi et je me retourne pour dire bonsoir à Raab. « Moi non plus, confessai-je, je n'ai jamais été un grand admirateur du FBI, mais je dois admettre que j'ai été très impressionné aujourd'hui. J'espère avoir le plaisir de vous rencontrer à nouveau. »

« Merci », dit-il simplement. « Je connais aussi votre travail et je comprends pourquoi Auerbach vous veut à ses côtés. »

Nous nous serrons la main et je monte dans le taxi. Véronique baisse la glace et lui crie : « Pouvons-nous vous déposer quelque part ? »

« J'ai besoin de prendre l'air », dit-il. Il lui sourit, la salue et descend la rue de la Constitution.

Il est sept heures vingt minutes.

Notes de l'agenda de Joe Ireton.
Mardi après-midi
Quelque chose cloche
Yukon la seule compagnie pétrolière au monde qui a une bonne politique écologique
Comme Auerbach
Pourquoi le CE les menace-t-il ?

Yukon. N'ont-ils pas financé la campagne
électorale de...?
Le seul politicien qui a une chance de battre le
président aux prochaines élections.
Faire vérifier par le bureau

Pourquoi me suis-je foutu les pieds dans une
histoire aussi stupide? Raab dit que le CE est très
dangereux. Je ne voix pas encore comment.

Reparler à Raab à ce sujet.

5

DÎNER AVEC PETRA

Après plusieurs années de Hilton, de Sheraton, de Holiday Inn, d'Americana et de Château Champlain, je me rends compte que je choisis des hôtels soi-disant de seconde classe de plus en plus souvent, plus petits, moins soignés peut-être, mais presque toujours sympathiques.

J'ai déjà beaucoup apprécié le chic et le luxe des hôtels neufs ; mais maintenant ça me rend malade de payer des prix astronomiques simplement pour un endroit où aller me coucher. De toute façon, les bars sont tous pareils, la nourriture est toujours la même et on retrouve partout la même attitude guindée et les mêmes sourires de commande du personnel ; en outre, je pense que je suis un peu juste dans mes finances. Dieu sait que Cinewings dépense autant d'argent qu'elle en gagne et pas seulement pour mon salaire !

De plus, quand je peux m'en abstenir, je ne porte pas de cravate, et ils ont une façon dans ces endroits chics de vous regarder avec dédain, de scruter et vérifier vos cartes de crédit si vous n'êtes pas conforme à l'image habituelle de l'homme d'affaires. À moins que vous ne soyez une célébrité, auquel cas vous pourriez vous présenter à poil, j'imagine.

À Montréal j'aime le Windsor, d'un luxe un peu vieillot avec ses hauts plafonds, ses baignoires profondes et cet air d'élégance déchue et démodée qui ne peut plus vous faire du mal. À New York c'est le Shoreham, également d'un luxe un peu usé, tranquille et au centre de tout. À Washington, je descends toujours au Clarendon, tout près du bureau de la BOAC. Cet édifice étroit, ses petites chambres et ses radiateurs qui cognent créent une ambiance intime et confortable. Attenant au Clarendon mais indépendant de celui-ci se trouve le restaurant Chez Louis. Là, on s'y connaît en vins, en salades, en fromages, en veau et sauces et on me laisse entrer avec mes jeans. Il y a des tables tranquilles à l'arrière où on peut parler sans se crier dans les oreilles. On y parle français chaleureusement et avec délectation. Le maître d'hôtel adore Véronique, si bien qu'il s'efforce toujours de faire préparer quelque chose de spécial chaque fois que nous y allons.

C'est Chez Louis que j'avais donné rendez-vous à Petra et à ses collègues. Véronique avait fait les réservations et on nous avait donné une bonne table. Avant notre arrivée on avait ouvert une bouteille de Dôle Chanteauvieux pour la laisser respirer et on avait disposé un bouquet de freesia dans un petit vase à l'intention de Véronique.

En entrant au restaurant un message de Petra m'attendait : serons en retard de vingt minutes environ. Commencez sans nous si vous avez faim.

« Des champignons farcis peut-être pendant que vous attendez ? » nous suggère monsieur Claude en regardant béatement Véronique. « C'est une petite merveille, Messieurs Dames, vous ne serez pas déçus ! »

D'accord pour les champignons et monsieur Claude trotte allègrement vers la cuisine pour superviser les préparatifs.

Véronique appuie sa tête sur mon bras un moment et dit : « Je suis exténuée Joe, je sens que mes membres vont se disloquer. Je vais prendre un peu de pain et de beurre avec un verre de vin et ensuite je te laisserai admirer les nichons de Petra Nielsen toute la nuit si tu veux. Je tombe de sommeil et je préfère dormir dans mon lit que ronfler dans l'assiette de tes invités.

Soudain, elle se redresse, tout à fait réveillée. « J'ai oublié de te montrer quelque chose. Heureusement que Petra est en retard. »

Elle plonge la main dans son sac pour en tirer un petit objet noir de la dimension d'un paquet de cigarettes, un peu plus étroit cependant. Je le reconnais immédiatement. J'avais failli en acheter un l'année précédente au Japon mais j'y avais renoncé. Il coûte très cher et par certains côtés il est trop sensible pour ce que nous voulons en faire. Ses petites bobines peuvent enregistrer deux heures durant et le microphone intercepter facilement une conversation normale dans une pièce de grandeur normale.

« Devine où je l'ai trouvé ? » dit-elle, espiègle.

Je suis trop fatigué pour de tels jeux ! À Electro

Sonic ou à Sound Specialty ou autres imbécillités du même genre? Elle voulut bénéficier d'un solde et investir dans l'équipement sans me consulter. «Est-ce important que je devine puisque tu vas me le dire de toute façon?»

«Dans le bureau d'Auerbach, collé derrière le cadre de sa lettre de nomination du président. Il était en marche. Il a fonctionné tout le temps que nous étions là. Tu te souviens que je me suis informée à propos de la détection?»

«Ah oui. Donc il était installé depuis moins d'une semaine, et celui qui l'a placé là s'inquiètera quand il se rendra compte qu'il n'y est plus. Et c'est sans aucun doute quelqu'un du bureau. Si quelqu'un de l'extérieur s'était donné la peine d'aller placer un micro, il l'aurait certainement muni d'un transmetteur, n'est-ce-pas? Surtout dans un endroit où il est difficile de pénétrer. Sais-tu que nous avons probablement sauvé la vie de Rimmer, car si le Commando connaissait son rôle d'agent double, il ne ferait pas long feu. Faut-il le lui dire?»

Mais Véronique n'écoute déjà plus, les yeux mi-clos. Assoupie? Plutôt concentrée sur une autre idée; je connais cet air-là et n'insiste pas.

Les champignons arrivent. Véronique sirote son vin et grignote son pain en silence, les yeux fixés sur les fleurs.

Elle se redresse tout d'un coup, se verse un plein verre de Chanteauvieux, le boit beaucoup trop vite, me fait un clin d'oeil, dit bonsoir, se faufile vers la porte. Je la vois embrasser légèrement monsieur Claude sur la joue en passant. Et elle est partie.

J'ai dû m'endormir sur mon verre car lorsque je rouvre les yeux Petra Nielsen est affalée sur la table en face de moi, fumant un petit cigare et buvant de l'Aquavit. Harry Martin, son patron, est assis à ses côtés la main sur la bouteille de Dôle. Lorsque ma vue s'éclaircit, j'aperçois à ma gauche un jeune homme grassouillet et rose que je n'ai jamais rencontré. On me le présente comme un nouveau et talentueux réalisateur du service des nouvelles, affecté aux reportages spéciaux. Son nom est White et il boit ce que je crois être un Bloody Mary mais qui se révèle être un simple jus de tomate.

« Je suis confus. J'ai eu une rude journée. Comment était le film sur Watertown ? »

« Sensationnel !! Quand nous avons eu ton message radio nous n'avions encore rien sur cette histoire. Véronique a bien fait de nous monter cette liste de tuyaux parce qu'aucun renseignement digne d'intérêt ne nous est parvenu depuis la diffusion de la nouvelle sur les ondes. Le FBI, la FAA et l'aviation se comportent comme si nous les guettions pour savoir combien de fois par jour ils se masturbent. Mais qu'est-ce qu'ils ont de travers ces gens-là ? Et qu'est-ce que c'est que toute cette histoire ? Ils ne veulent même pas nous dire qui ils poursuivent, si le type a réussi à s'échapper, d'où il vient, rien ! En passant, j'ai envoyé une épreuve à MacKillop au Wheeler Sack dans l'espoir qu'il me communique quelque tuyau en échange. Mais non. Pas un mot. Pouvez-vous nous donner autre chose là-dessus ? »

« Oui, probablement, mais écoute, je sens que je vais tomber dans les pommes si je ne mange pas tout de suite et si je ne vais pas me coucher bientôt. Alors, ne pourrait-on pas entamer l'ordre du jour de cette réunion?»

Harry Martin se racle la gorge et entre dans le vif du sujet.

«Joe, nous croyons que Howard Auerbach va beaucoup faire parler de lui pendant son voyage au Canada. Nous ne savons pas ce qu'il cache dans sa manche bien sûr. Mais il semble que l'enjeu soit le suivant : d'un côté des millions et des millions de dollars américains à investir dans ce projet hydraulique du Québec. D'un autre côté une opposition massive au projet, que l'on peut diviser en trois groupes, ou plus spécifiquement trois catégories de groupes, car il y a au moins une douzaine de groupes de pression qui s'acharnent contre le projet, en incluant vos commandos imbéciles. Nous croyons que votre gouvernement à Ottawa se trouve dans une situation un peu embarrassante parce que d'une part le pays a besoin de l'énergie, mais d'autre part on craint un conflit international.»

Je renchéris : «Le gouvernement du Québec est également dans de mauvais draps. Il s'est fait élire en promettant 100,000 emplois il y a quelques années. Le parti le pousse donc à commencer les travaux au plus tôt, pour créer ces fameux emplois. Peu importe ce qui adviendra de l'équilibre écologique ou des Indiens, peu importe que le Canada soit vendu aux États-Unis : c'est la seule façon pour eux de garder le pouvoir. Et ceux qui veulent que le Québec se sépare du Canada diront «Bien sûr mon lapin, vas-y», parce que le Québécois nouveau n'acceptera pas la domination américaine, qu'il y ait des emplois ou non. Ils croient que ce projet tournera en leur faveur, et s'ils gagnent une élection sur le contrecoup, ils vont nationaliser le projet, envoyer paître les Américains et ils mettront des garnisons à la frontière. Le premier ministre du Québec craint que les espoirs séparatistes ne soient fondés et il ne sait plus où donner de la tête.»

«C'est encore bien loin de la réalité Joe», dit Martin. «Notre correspondant à Beyrouth affirme qu'au Moyen-Orient la trêve n'est que temporaire. Il s'attend à une guerre en règle dans ce coin-là, qui coupera net cette source d'approvisionnement en pétrole brut. Notre spécialiste des questions scientifiques affirme que la NASA, de son côté, a mis sur pied un programme d'urgence pour isoler des quantités d'hydrogène à partir de l'eau pour en faire un carburant de remplacement. Ce qui entraînera une demande de milliards de kilowatts d'énergie et l'utilisation d'un énorme volume d'eau également.»

«Maintenant», dit Petra, remarquant la direction de mon regard, «si tu peux cesser de reluquer mes seins pour un moment, je te dirai comment le voyage d'Auerbach s'insère dans tout ça. Il a accepté de revenir à Washington dimanche juste au moment où notre super-émission spéciale sur la crise de l'énergie sera en ondes. Nous croyons qu'il nous réserve une surprise pour...»

«Et c'est alors que notre chevalier de la sobriété entre en scène» dit Harry Martin en désignant White qui sirote tranquillement son jus de tomate à mes côtés.

«Bob a imaginé un système comprenant un plan A, un plan B et un plan C emboîtant toutes les unités de production si bien que peu importe comment se déroule notre histoire, ce qui peut s'y ajouter ou se retrancher, nous sommes couverts. Tu es l'élément final. Tout le reste est en place. Tu dois suivre constamment le secrétaire dans la mesure où on te le permet à partir de maintenant jusqu'à la diffusion de l'émission. Trouve un moyen pour nous envoyer de la pellicule tous les jours, donne-nous autant d'informations et de montage que tu le peux et comme tu le peux car tu agiras comme correspondant pour le dernier volet de notre documentaire. Dis-lui ce que tu as pensé pour la fin, Bob.»

«Eh bien», dit White d'une voix si faible qu'on devait lire sur ses lèvres afin d'être certain de comprendre, «le public assistera à l'évolution de l'affaire depuis le début et alors il s'apercevra vers la fin que seul Auerbach peut mettre de l'ordre dans tout cela. Il devient l'homme de l'heure. Avec ton reportage nous connaîtrons une partie de la solution et nous obtiendrons le reste en direct quand le secrétaire arrivera dans les studios pendant les vingt dernières minutes de l'émission. Donc il faudra absolument le voir atterrir à Dulles. Ce sera un retour historique vous voyez. Plus important que les gars qui reviennent de la lune d'après moi. Donc nous voulons que tu le filmes de l'avion, avec un magnétoscope portatif. Après tu atterriras à la piste de Studio City, à trois minutes de Dulles.

Il sortit un crayon feutre et commença à tracer un croquis sur la nappe. Regardez, nous projetterons ce reportage sur un écran muni d'une porte qu'on ne pourra voir. Alors quand nous apercevrons Auerbach sortir de l'avion, la porte s'ouvrira et par elle il entrera dans notre studio. Les autres journalistes vont sauter.

« Quels journalistes ? »

« Irish Allmand du New York Times et Peter North du Post attendront dans le studio. Ils y sont réellement pour aider à réchauffer l'auditoire. Quand Auerbach entrera, — ils ne savent pas qu'il doit venir — , ils, je veux dire l'auditoire, saisiront vraiment le message. Le reportage de la décennie. Nous en ferons le reportage de la décennie. »

« Une minute. Quand cela doit-il être diffusé ? »

« Dimanche à dix-sept heures », Harry Martin regarde sa montre, « dans environ cent quinze heures de maintenant. »

Je lève la tête à la recherche d'air. Monsieur Claude est là debout attendant patiemment. Avant qu'il ne commence son petit numéro je suggère les champignons farcis à tous comme entrée et j'en reprends pour moi. Tout le monde accepte sauf *Jus de Tomate* qui en demande une autre, et du granola croustillant s'il y en a, autrement une salade laitue et tomates sans assaisonnement. Monsieur Claude est magnifique; je peux lire dans ses yeux toute l'insulte faite à ses qualités culinaires mais ses manières demeurent très dignes. Sa figure s'épanouit comme si White lui avait demandé son Ris de Veau Beaubien, la spécialité de la maison. Il fait l'éloge des vitamines et de la valeur nutritive des céréales à grains entiers. Il appelle discrètement un aide-serveur pour l'envoyer, j'imagine, à un de ces supermarchés ouverts toute la nuit afin de trouver du granola. Puis il prend les autres commandes: une entrecôte flambée pour Harry Martin, un boeuf bourguignon pour Petra et des Ris de Veau Beaubien pour moi ainsi qu'une autre bouteille de Dôle.

Nous restons silencieux pour un moment sirotant notre vin, notre Aquavit et notre jus de tomate. Les champignons arrivent encore bouillants, exhumant une merveilleuse odeur d'ail et de romarin ainsi que la salade de White qui semble avoir été conçue par un sculpteur. Je ne peux m'empêcher de remarquer que les tomates sont presque cramoisies et coupées le long des lignes naturelles de leur septa, afin que la pulpe ne puisse s'étendre même si elles sont mûres à leur maximum. Monsieur Claude n'a pu s'empêcher de faire un peu de décoration, (pas pour rien sa médaille d'honneur), et le garçon dépose un modeste plat bordé d'or contenant de fines lamelles de concombre nageant dans une sauce très crèmeuse. White pique distraitement sa fourchette dans les concombres, comme s'il les avait commandés, et finit ainsi le plat tout en discutant. Il continue à piquer dans son assiette, semble légèrement déçu en réalisant qu'elle est vide. Un peu plus tard il constate qu'on lui a à nouveau rempli son assiette, ce qui semble l'enchanter. Si la chose est possible.

«Attendez de voir toute la mise en scène», murmure White, enlevant la crème de sa lèvre inférieure avec ses dents du haut. «Nous avons reconstitué tout le bassin de rivières que ces salauds veulent endiguer. Ça remplit tout le nord du studio. Il est fabriqué de couches de styromousse ou quelque chose de ce genre et il est à l'épreuve de l'eau. Vous voyez nous allons l'inonder pendant l'émission, en direct. Cela démontrera exactement combien de terrain pourrait disparaître. Une reproduction géographique parfaite en trois dimensions. Cela ne nous a rien coûté. Les ingénieurs de l'armée l'ont construit comme exercice. C'est ce qu'ils ont dit du moins. C'est surprenant combien ils en savent sur ce projet des Québécois. Petra a invité quelques généraux à dîner le jour d'après qu'ils aient commencé la maquette». Il glousse là-dessus, fouille dans son assiette momentanément vide, fronce les sourcils et prend un quartier de tomate à la place sans jamais s'arrêter de parler. «Maintenant, à l'autre bout du studio nous aurons des aéromoteurs et des piles à combustible. Ils sont très pratiques et nous avons une machine à vent les alimentant du corridor pour que nous puissions démontrer leur étonnante efficacité».

«Tu ferais mieux d'expliquer les moulins car Joe semble très perplexe», dit Petra.

«Les moulins sont deux différents modèles de générateurs à turbines actionnées à l'air hautement efficaces qui alimentent la nouvelle génération de piles à combustibles Pratt & Witney pour l'accumulation et la récupération d'énergie. Petra avait commencé un projet à long terme il y a deux ou trois ans sur la crise d'énergie. Lors d'un dîner elle a entendu le grand inventeur américain Buckminster Fuller parler de façon enthousiaste de ses nouvelles recherches sur l'énergie éolienne, prouvant à un groupe de diplomates hautement intéressés qu'il n'y a pas vraiment de crise d'énergie si vous vivez d'un apport d'énergie sous forme de vent au lieu de vivre d'un apport d'énergie sous forme de produits pétrochimiques. Le monde a deux cent millions de milles carrés souligna Fuller, mais lorsque l'on soustrait les océans, les montagnes, les glaciers, les déserts et les pôles pendant la période de nuit, il ne reste environ que 10 millions de milles carrés capables de capter l'énergie solaire à travers les plantes, en tout temps, transformant lentement les photons en combustibles. C'est ce que nous brûlons dans nos voitures et nos fournaises et c'est pour cela que nous récriminons sur les prix excessifs. Mais si vous calculez le coût de production de l'énergie naturelle, a dit Fuller, en vous basant sur ce que vous payez pour un kilowatt heure, un gallon d'essence vaudrait un million de dollars.

Et toujours, ces deux cent millions de milles carrés sont constamment chauffés par le soleil ou ils irradient la chaleur dans l'atmosphère même durant la nuit tout en engendrant de vastes courants tourbillonnant d'énergie récupérée sous forme de vent. « Mettez 10 millions de bateaux à voiles sur l'océan pacifique », dit Fuller, « vont-ils manquer de vent ? »

« Buckminster Fuller a bien le droit de défendre la thèse de l'énergie éolienne », leur fais-je remarquer, « mais vous êtes censés être une organisation objective, impartiale dont le rôle consiste strictement à recueillir l'information. Si vous amenez l'argument de l'énergie éolienne dans votre reportage sur la Baie James, qu'advient-il de votre objectivité ? Vous devenez un participant. Vous intervenez ouvertement. C'est de la propagande n'est-ce-pas ? »

Martin se rebiffe. « Le reportage objectif n'existe pas Joe et tu le sais aussi bien que moi. Lorsque nous faisons un reportage sur la Baie James, nous critiquons parce que c'est une façon efficace de faire comprendre à tous que c'est très sérieux. Lorsque nous invitons Howard Auerbach à venir en studio, nous intervenons. Nous affirmons qu'il est plus important que quiconque en ce moment. Ceci n'est pas objectif comme nous l'entendions autrefois. Mais si nous faisons strictement ce que nous devons faire : recherche, reportage honnête des faits, et si nous n'acceptons pas de folies pas plus d'Auerbach que nous le ferions d'un lunatique hystérique : c'est alors que nous sommes justes. Notre métier est de rapporter ce qui est important, comme nous le voyons. Et lorsque nous l'appelons un événement capital : nous ne prenons que nos responsabilités. Il y a encore un tas de conservateurs, de vieilles perruques dans le métier de l'information qui disent que nous devons présenter tous les aspects d'une question ou d'un événement : c'est de la foutaise. Demandez-leur combien de temps ils ont consacré aux organismes ou aux idées qu'ils ne jugent pas rentables. Nous croyons que la thèse de l'énergie éolienne est un argument très solide avancé par Fuller et que personne jusqu'à présent n'y a prêté attention. Nous sommes alors obligé de le mentionner dans notre émission sur la Baie James. Voyez-vous, selon l'avis unanime, ces rivières doivent être endiguées parce que nous allons vers une pénurie d'énergie. Selon nous, ce n'est pas vrai. Nous croyons que tout ceci est rattaché aux recherches de la NASA sur les combustibles à hydrogène. Nous mettons au grand jour l'évidence des faits. »

« Auerbach est au courant de tout ça ? »

« Bien sûr. »

Une flamme jaillit à nos côtés et monsieur Claude nous présente les plats principaux. Tous semblent satisfaits.

White continue son bavardage sur les moulins à vent, tout en plongeant sa cuillère dans les pots de framboises et de crème d'un air absent et il parle la bouche pleine. Personne ne lui porte vraiment attention.

Tout en mangeant je songe au Commando. Qui sont-ils? D'où vient leur argent? Que veulent-ils réellement? Que voulait dire Raab lorsqu'il nous parlait d'une plus grande menace? Certains aspects sont très clairs. Ce pauvre Canada désespérément en mal d'emplois, a compté sur un immense développement industriel dans l'espace vacant du Nord. Comme d'habitude il n'a pas pu trouver de financement chez lui. Les investisseurs canadiens ne prennent jamais de risques; ils n'ont jamais osé miser sur le Canada. Donc le pays a été obligé de se tourner vers son riche et puissant voisin, qui est déjà propriétaire d'une grande partie du Canada.

Je ferme les yeux afin de passer en revue tous les gens qui veulent arrêter ce projet afin de voir si le Commando ne pourrait être relié à l'un d'entre eux.

Les autochtones? Pour eux c'est la même histoire: les Blancs veulent s'emparer de leurs biens et les réduire à l'impuissance en engloutissant sous l'eau leurs terrains de chasse et leurs villages. Ils sont presque en guerre, appuyés de quelques journalistes engagés, de groupements d'étudiants et même de quelques politiciens.

Ont-ils l'appui du Commando ? Fort possible mais invraisemblable. Véronique l'aurait su c'est certain, à moins que ses frères ne le sachent pas eux-mêmes ?

Il y a aussi ces nationalistes du Canada, qui en ont assez de vendre des parcelles du Canada aux États Unis. Sont-ils les alliés du Commando ? Ça se peut fort bien.

Et les défenseurs acharnés de l'écologie ? Je ne les vois guère associés avec des assassins et des terroristes.

Alors ! Je voudrais bien rester là, les yeux fermés, mais il me faut des réponses. Je décide de me secouer et d'aller rendre visite à Raab, il pourrait m'aider s'il voulait seulement en dire plus long devant une tasse de café, qu'il ne l'a fait dans le bureau d'Auerbach.

J'ouvre les yeux, bâille, regarde Petra d'un air endormi et dit : « Désolé, je crois m'être endormi à nouveau. C'est le temps de partir ».

Monsieur Claude nous dit bonsoir et on se retrouve sur le trottoir. Je bâille ostensiblement, afin d'écourter les salutations. Petra m'embrasse fraternellement sur la joue et me pince le bras un peu moins fraternellement. J'attends que leur taxi soit hors de vue. Ensuite je me dirige vers l'hôtel Jefferson où est descendu Raab.

À l'intérieur le bar est tranquille et le hall d'entrée tout à fait désert. Je tousse et le barman lève les yeux à moitié réveillé.

« Monsieur Raab m'attend. »

« Oui monsieur », dit-il. « L'autre monsieur est monté il y a environ une demi-heure, chambre 521. »

«Qui peut bien être cet autre visiteur à pareille heure?» me dis-je. C'est pas catholique! Mieux vaut ne pas téléphoner à la chambre.

Je descend de l'ascenseur au cinquième étage, et longe l'étroit corridor vert jusqu'au bout où une porte est entrebâillée. J'entends des voix venant de l'intérieur. Je frappe mais les voix continuent et je me rends compte qu'il s'agit d'une émission de télévision. Je pousse la porte et entre. Raab est endormi devant le téléviseur. Il fait dos à la porte. La fenêtre est ouverte et le rideau est délicatement soulevé par le vent. Je pense: «Qu'importe, le pauvre type a besoin de sommeil, je lui parlerai une autre fois.»

C'est alors que je remarque une tache de sang qui s'étend sur le plancher. Je m'assois sur le lit la bouche grande ouverte pour avoir plus d'air. «Ça va! Ça va!» dis-je afin de savoir s'il me reste encore assez de voix avant de décrocher le téléphone.

Dix minutes plus tard les policiers étaient sur les lieux et après dix autres, le FBI. Ils sont très polis mais me gardent quand même jusqu'à trois heures du matin. Je leur parlai de l'incident de Watertown sans dire un mot sur le Commando. Cela peut attendre jusqu'à ce que j'aie la chance de parler à Rimmer et à Auerbach. Les policiers fouillent la chambre et constatent que le portefeuille, le revolver, la montre et l'argent de Raab ont disparu. Ils concluent alors qu'il s'agit d'un vol et me laissent partir. Moi, j'en déduis que Tacon s'est quand même rendu à Washington après tout!

Tout en me rendant au Clarendon, je regarde ma montre et fais un bref calcul. Il reste cent dix heures avant l'émission. Et des milles à parcourir avant de retrouver mon lit, me dis-je.

Véronique dort profondément. Je m'assois sur le bord du lit et la regarde pendant un moment. Alors sans avertissement ses yeux s'ouvrent. L'instant d'avant elle dormait et maintenant elle me regarde bien dans les yeux.

«J'ai eu un rêve Joe. Cet homme, Raab, est dans une situation terrible!»

«Il l'était», lui dis-je doucement, «mais il ne l'est plus. Rendors-toi vite.»

Elle referme les yeux; elle ne pensera pas à ce pauvre Raab avant le matin. Mais tandis qu'elle sombre plus profondément dans le sommeil je vois des larmes perler à ses paupières. Elle a tout compris. Je m'étends tout habillé sur le lit et je fixe le plafond en attendant que le jour se lève.

6

SABOTAGE

« Tiens, on nous a rendu visite. »

C'est ce que je me dis en pénétrant dans l'avion quand je m'aperçois que l'interrupteur principal est ouvert. Je m'informe ici et là si on a vu quelqu'un : non, personne ! Même les autorités qui détiennent une clé de l'avion me jurent n'avoir rien eu à faire avec mon Comanche. Alors, qui était-ce ? Il n'y a aucun doute : la batterie est épuisée.

Il faut absolument remédier à cela et le mécanicien de piste nous branche sur une génératrice portative. Tout démarre bien, mais bientôt le moteur de droite flanche. Je ne peux rien y faire. Véronique, témoin de la scène, me fait signe de rester calme. Elle se dirige derrière l'aile et regarde sous celle-ci, près du moteur déficient. Elle revient quelques instants après. Elle sent ses doigts puis passe sa main mouillée à travers la porte. Je sens. De l'eau.

Je descends pour ouvrir la petite trappe des réservoirs filtrants juste derrière les sièges. Je relève les conduits d'évacuation des deux côtés et les laisse ouverts longtemps. Le carburant s'échappe le long des tubes de plastique sur le sol. Les tubes de droite laissent passer alternativement de l'essence vert pâle et des bulles d'autre chose et d'une couleur gris eau de vaisselle. Pas de problème avec le côté gauche. Pour le moment il n'y a plus d'eau de vaisselle à droite. Je fais démarrer le moteur à nouveau et le laisse tourner cinq minutes. Véronique est montée dans la cabine avec une copie du plan de vol et nous établissons un carnet de route en attendant que la batterie se recharge. C'est seulement alors que je me permets d'examiner à nouveau très scrupuleusement l'avion avec Véronique. Bien que rien ne nous échappe, nous ne trouvons rien d'autre qui cloche.

Avant d'ouvrir les réservoirs d'essence, il me vient une idée. Je cours chercher la police et en quinze minutes un expert arrive pour relever les empreintes digitales. Cependant il nous prévient que c'est sans grand espoir. Les taches d'huile et de graisse sont trop nombreuses. Il sort quand même sa poudre, son appareil photo, et se met au travail. Après dix minutes passées à poudrer, regarder, souffler et poudrer de nouveau il relève quatre empreintes passablement nettes. Une que je connais comme étant la mienne ou du moins que je crois reconnaître. Il prend nos empreintes à tous deux et dit qu'il va faire de même avec tous les employés du concessionnaire susceptibles de s'être approchés de l'avion. Il me laisse un numéro de téléphone, je dois communiquer avec lui dans deux jours.

Nous préparons minutieusement l'avion pour le décollage. Il faut commencer par faire tourner à fond chaque moteur et ouvrir les tuyaux d'échappement un bon moment encore. Après nous passons et repassons à travers toute la liste de vérifications avant le décollage. Nous sommes finalement prêts.

Il est onze heures cinq minutes. Tout le monde semble vouloir partir en même temps que nous. Cinq avions nous précèdent. Aucune difficulté ne se présente et bientôt c'est Véronique qui devient pilote. Moi je dors. Et je rêve.

Ma mère se tient dans le hall d'entrée devant les cygnes d'Oncle Charley. «Le dîner est servi Joe. De la Paëlla», dit-elle au ralenti. Les cygnes agitent leurs ailes également au ralenti sur le rouleau peint, s'élèvent et se posent sur les nids. Les invités autour de la table ont tous leurs visages plongés dans l'obscurité. Ils bougent leurs coudes lentement de haut en bas et lèvent la nourriture vers leurs bouches invisibles. La lumière commence graduellement à dévoiler leurs traits. Quelques-uns sont des gens que j'ai déjà vus mais que je ne peux nommer. Il y a Harry Martin et Petra habillée en homme. Ils ont tous de petits trous dans la tête ou le cou d'où le sang s'écoule. Raab y est ainsi que Rimmer. À l'autre bout de la table il y a une chaise vide un peu plus large aux bras un peu plus élevés que les autres. «Nous ne savons pas s'il va venir», dit ma mère tout en se mettant à renifler. L'odeur d'ail de la paëlla m'attire. Dieu que j'ai faim ! Je n'arrête pas de piquer des bouchées de granola croustillant en attendant que le goût d'ail surgisse. Quelqu'un s'offre à me verser du thé. Il sort du bec en bulles d'eau de vaisselle. J'essaie de voir qui me sert mais sa figure est cachée par l'obscurité. Je crois que c'est Tacon et je demande à ma mère pourquoi elle a invité cet individu à dîner. Je ne peux saisir sa réponse.

Le cou me fait mal. Je me réveille et regarde Véronique piloter pendant une ou deux minutes. Elle me jette un coup d'œil : « Près de Williamport », dit-elle. « Rendors-toi. »

« Je n'arrête pas de penser quel imbécile je fais d'aller à l'encontre de mon premier mouvement au sujet d'un gars comme Tacon. Cela m'arrive souvent tu sais. »

Je bâille. Véronique me regarde de biais. « Je pense que tu est un naïf », dit-elle gentiment. « Tu aimes l'idée d'être un dur et un intuitif irrésistiblement attiré par des gens qui ne t'apportent que des ennuis. Mais ce n'est qu'après que tu réagis comme ça. Je pense que tu es une bonne poire qui se laisse facilement berner par quelqu'un qui n'est pas poli avec toi et tu ne te rends jamais compte de ce qu'ils sont qu'après coup. »

« Andouille », dis-je en grognant.

Je referme les yeux. Je me remémore de nouveau la matinée, essayant de tirer quelque chose des réactions de chacun. Quelque chose qui peut justifier la mort de Raab dans cette histoire. William, le collègue de Raab qui contenait à grand peine sa colère, mais qui se contenta d'indiquer qu'il était au courant de tout ce que Raab savait et qu'il tentait de cerner le commando sans éveiller leur méfiance. Il a dit qu'il n'avait aucune nouvelle de Tacon. A-t-il accepté la version officielle sur le meurtre de Raab ? L'histoire du vol ? Il a simplement grogné : « Ceci est la conclusion officielle. Je suis certain qu'ils ont soigneusement étudié le cas. »

Mais chaque fois que j'essaie de résoudre l'énigme du Commando, tout est vague et j'admets que tout ceci est très compliqué.

Il y a aussi Auerbach. Pendant le petit déjeuner à son bureau il ne s'est préoccupé que des dispositions à prendre pour son voyage. Le téléphone n'a pas cessé de nous interrompre pendant toute la duré du repas. Tout ce que je pus en tirer fut un horaire. J'aurais pu tout aussi bien déjeuner avec son secrétaire.

Maintenant je regarde les collines au nord de l'État de New York glisser sous les ailes du Comanche. Le double ruban de l'autoroute menant à Syracuse apparaît dans le décor ; bientôt le paysage deviendra plus plat à mesure que nous nous approcherons de la large vallée du St-Laurent. L'air est doux, l'avion suspendu dans le temps, le ronronnement des moteurs est parfaitement synchronisé. Et comme par enchantement nous volons vers Ottawa.

J'ai dû me rendormir car la première chose que je sais c'est que les pneus crissent doucement sur la piste d'atterrissage d'Ottawa. Pas de secousses, pas de piquage de nez, un atterrissage de manuel. Cette femme a une chance insensée.

Je laisse Véronique changer l'eau et les solutions des bassins de développement et pars à la recherche d'un ingénieur pour vérifier le moteur et le reste de l'avion en détail et essayer de détecter d'autres sabotages possibles. Je file dans la Fiat vers le centre-ville afin de prendre le courrier et les messages, d'indiquer au personnel de préparer tout ce dont nous aurons besoin dans les quatre jours à venir et dresser un semblant d'horaire.

C'est fou tout le courrier que nous recevons en un jour. Des factures pour la plupart.

Service d'entretien des appareils
Aéroport international d'Ottawa

12 septembre

M. J. Ireton
Cinewings
Ottawa

Monsieur,

Notre facture du 19 juin dernier couvrant les frais de réparation du Transpondeur du C-FEJI est encore en souffrance. Notre comptable vous demande de vérifier le montant impayé que vous trouverez sur une copie de votre facture ci-jointe. Si ces chiffres sont erronés veuillez nous en aviser au plus tôt. Si vous avez quelque raison de croire que ce compte ne doit pas être payé, nous aimerions les connaître. Sinon nous apprécierions le prompt acquittement de votre facture.

Evan Evans
Président.

Un post-scriptum écrit de la main d'Evans : Allez Joe, un petit effort nom de dieu !

Je passe les comptes payables en revue avec le teneur de livres pour voir ce que l'on peut faire. Ce pauvre Evans : il va lui falloir attendre encore un peu. Mais il sera content d'apprendre qu'il est devenu notre deuxième priorité après le Diners Club.

Je me tourne vers le courrier intéressant qui n'est pas très épais cette fois-ci. Trois demandes d'emplois en provenance de désespérés de tel ou tel collège, munis de diplômes tout à fait inutiles en journalisme, une invitation pour prendre la parole au cours du banquet annuel du Flying Club et sous la pile, une enveloppe avec l'en-tête de l'Hôtel Château Laurier, le logo élégant du Canadien National et la grosse clé rouge, que l'on a livrée personnellement.

Mercredi matin
Ottawa

Vous êtes intelligent et plein de ressources Ireton. Vous avez aussi la réputation d'être un ami de l'environnement. Il serait dommage que tous vos talents ne vous soient d'aucun secours et que vous deveniez impuissant pour avoir eu la bêtise de vous allier à nos ennemis. C'est ce qui risque cependant de vous arriver si vous n'annulez pas vos projets présents. Croyez-nous, ce serait vraiment dommage.

Claudius

Il fait chaud dans le bureau mais je me sens soudain transi. Particulièrement après ce qui s'est passé hier. Je relis encore la lettre quand le téléphone sonne. C'est Véronique.

95

« Joe, je suis au service d'entretien. Evan ne veut rien faire ; il ne veut même pas entendre parler de mettre un ingénieur sur l'avion à moins que nous lui payions la facture du transpondeur. »

« Dis-lui que c'est une question de vie ou de mort. Nous devons nous envoler ce soir et il pourrait y avoir un défaut quelque part dans l'appareil. Il ne voudrait pas avoir nos cadavres démantibulés sur la conscience, n'est-ce-pas ? »

« Je lui ai dit ça ; et il m'a répondu que cela valait le coup de payer pour ça. »

« On pourrait peut-être demander à l'Italien du Flying Club ? Il accepterait peut-être de le faire pour rien si j'acceptais d'aller parler à leur banquet le mois prochain. »

« Joe, veux-tu arrêter d'être aussi mesquin ! Envoie un chèque ici immédiatement par taxi et arrête de jouer avec mes nerfs ! » Elle me raccroche au nez. Je hausse les épaules et demande au comptable de faire un chèque que j'irai porter moi-même. Il m'arrive parfois de détester signer.

Il me reste une dernière lettre à ouvrir et une réponse à dicter.

Mardi

Mon cher Joe,

Je suis venu passer une heure à Ottawa ce matin pour parler aux avocats de la compagnie de trust ; je t'ai appelé mais on m'a dit que tu étais parti à Washington. J'imagine que je t'ai manqué de peu. Je m'ennuie de toi Joe. Pourquoi n'épouses-tu pas cette jeune femme ? Tu pourrais venir t'installer à Montréal, avoir un travail honnête et passer quelque temps avec moi pendant qu'il en reste encore un peu. Tu n'es pas obligé de l'épouser mais des gens comme vous deux devraient avoir un tas d'enfants et un bâtard dans la famille c'est assez.

Ton ami, le cameraman de Paris avec un nom allemand dont je n'arrive jamais à me souvenir — Érik, le grand qui flirte toujours avec moi — est venu me voir à Montréal la semaine dernière et il m'a rapporté du safran de Beyrouth. Parfois je pense qu'il m'aime plus que toi. Quand m'as-tu apporté du safran, espèce de radin. De toute façon nous pourrions avoir une vraie soupe de poisson la semaine prochaine si c'est vrai que tu dois venir à Montréal quand M. Auerbach sera ici. Ta secrétaire n'était probablement pas sensée me dire ça, mais je peux lui faire dire tout ce que je veux. Amène M. Auerbach pour dîner. Dis-lui que j'ai beaucoup de bonne citrouille et que je pourrai lui faire une tarte à la ferlouche ; ça le persuadera de venir j'en suis sûre. Sois prudent en avion, j'ai la chair de poule chaque fois que je pense à toi si haut dans le ciel. Qu'arriverait-il si tu perdais une aile ?

Ta mère qui t'aime et qui s'ennuie

Mae

Chère Mae,
Nous avons fait, Véronique et moi, un voyage très

97

intéressant à Washington D.C. et à Watertown New York. Nous sommes toutefois heureux d'être de retour ne serait-ce que pour très peu de temps. J'espère être à Montréal vendredi de cette semaine et je transmettrai certainement ton invitation à Auerbach, mais tu dois comprendre qu'il est très occupé avec les affaires de l'État. Il est temps que tu cesses de te tourmenter pour mon pilotage. Crois-moi, c'est bien moins dangereux que de conduire une voiture.

À bientôt, ton fils qui t'aime

Joe

J'envoie quelqu'un mettre à la poste cette lettre pour ma mère. J'ai honte de la faire attendre. Comme j'ai oublié de mentionner quelque chose je griffonne vivement un message sur le dos de l'enveloppe : « Essaie de trouver des écrevisses au marché et nous pourrons avoir une vraie bouillabaisse. »

Il part, je me précipite en bas de l'escalier et prends la Fiat pour me rendre au service d'entretien de l'aéroport.

Pendant le trajet jusqu'à l'aéroport je ne cesse de lire les collants sur les pare-chocs. Je compte deux « Ausable Chasms », un « Appuyez votre président », un « F**K Censorship », un vieux « Boycottez... (quelque chose) », et sur une Landrover bleue décrépie « Ne klaxonnez pas etc... ».

Je me rends compte après un moment que je conduis très prudemment et que je surveille constamment autour de moi. La lettre de Claudius me tracasse beaucoup. J'essaie d'y penser comme issue d'une grande farce à laquelle je ne me suis mêlé qu'en qualité d'observateur. Après tout des choses comme ça ne sont jamais arrivées à des gens que je connais. Et alors l'image d'un homme en maillot enfoncé dans son fauteuil en face de la télévision, dont le sang s'écoulait en formant une mare près de son fauteuil me revient à la mémoire.

Un homme que je connaissais! que j'aimais! Signe de confiance? Je pense que je réussis à communiquer cet espèce de malaise à Evan Evans. Ses yeux pâles gris bleu ne bronchent pas alors que je lui esquisse tout ce qui s'est passé pendant les trente dernières heures. Sans me dire un mot il met deux de ses meilleurs hommes pour examiner scrupuleusement tout l'appareil et accepte de demeurer près de l'avion jusqu'à la fin de la vérification. Et bientôt les capots et le panneau tombent comme des feuilles en automne. Deux jeunes gars s'activent avec un tournevis et les ingénieurs s'avancent près de la mécanique avec des lampes de travail aussitôt qu'une feuille de métal est enlevée. Je me demande combien cela va me coûter. Evans a été tellement captivé par mon récit qu'il en a oublié de me réclamer son chèque. Et cela me convient parfaitement. Maintenant il faut aller rencontrer Auerbach qui arrivera bientôt à Ottawa.

C'est un Air Force Falcon et il est juste à l'heure. J'enligne une prise de vue entre le nez de deux gardes de sécurité qui essaient d'avoir l'air de tout le monde.

Il suffit pour me remonter le moral, d'avoir une caméra dans mes mains et une scène avec laquelle je peux jouer. Un avion blanc brillant que la chaleur en provenance des pistes fait onduler dans les longs objectifs. Toute une distribution de personnages derrière moi qui seront bientôt fixés sur ma pellicule. Mon petit scénario! Qu'en savent-ils?

Je connais d'instinct le sens de l'action. Je l'entends? Le sens? J'en sais rien! Je me tourne juste à temps pour filmer Legault, le ministre canadien de l'énergie, se dirigeant en avant vers le centre du comité d'accueil avec ce petit pas de danse et cette façon de saluer qui l'ont rendu célèbre.

Legault est une vedette, ancien organisateur d'un syndicat de Montréal. Il est court et batailleur. Il porte une moustache grise raide.

Il voit mon objectif du coin de l'œil et me gratifie d'un grand sourire. Pourquoi est-il si gentil? Il ne me connaît pas. La presse n'a pas été invitée à l'aéroport, du moins n'y a-t-il personne d'autre que nous ici.

Vous avez un sens très fort de la solidarité lorsque vous travaillez avec le partenaire idéal. Véronique me voit filmer Legault et s'approche discrètement à trois pieds du ministre. Elle lui tourne le dos et elle a son Leica sur l'œil visant en apparence à croquer l'arrivée de l'avion. Dans le creux de sa main, le doigt sur l'interrupteur elle tient un petit cylindre en aluminium pointé sur le ministre. La corde de ce cylindre passe dans la manche de Véronique et le transmetteur est dans une petite bourse de daim attachée à sa ceinture. Nous sommes à vingt pieds l'un de l'autre mais nous aurions pu être aussi bien à deux cents ou deux mille pieds de distance. Je peux passer en revue ce qu'elle fait et si je veux l'enregistrer je n'ai qu'à actionner la caméra, le son s'enregistre sur la bande magnétique sur le bord du film. Je vois Legault se pencher vers Taylor, le ministre de l'environnement qui se trouve juste derrière lui, tenu officiellement à un rang inférieur, même s'il est ministre depuis plus longtemps. J'actionne ma caméra de nouveau. Legault prend un air anodin suggérant que sa conversation porte sur la température, tournant un visage souriant vers l'avion qui se dirige vers l'aérogare. Véronique me voit faire et s'approche de six pouces vers Legault. Comme subterfuge elle place son Leica par dessus son épaule tout en cherchant autour d'elle une scène à saisir. Le micro est donc encore quelques pouces plus près.

Dans mes écouteurs j'entends Legault dire à Taylor : « Tu sais Bill, quelles que soient ses propositions nous devons les prendre au sérieux. Il est le meilleur homme qu'ils possèdent. Je sais qu'il a quelque chose d'important dans sa manche, et je parie que c'est quelque chose d'ingénieux. Te souviens-tu du pont aérien qu'il a mis sur pied pour replanter des pins en Orégon, vaporisant de l'eau, des fertilisants, des hormones de départ et des graines tout à la fois ? Tout le monde le traita alors de fou. Il avait dépensé deux millions de dollars, mais chaque dollar lui donna cinquante arbres. Je dois admettre que je suis très curieux d'entendre ce qu'il a à nous vendre maintenant. »

Il se met à crier à la fin de ses remarques et place ses mains en porte-voix car le Falcon fait beaucoup de bruit en se plaçant devant le comité d'accueil.

Les moteurs s'éteignent et les portes s'ouvrent. Puis Rimmer sort et se tasse sur le côté pour laisser passer Auerbach qui les mains tendues va rejoindre

Legault. Véronique se rapproche avec le Leica. Je filme encore quelques pieds et je regarde autour de moi sans trop savoir pourquoi. Mais il le faut. Je commence par la tour, puis le long du toit de l'édifice, à travers les vitres du restaurant sur le deuxième étage, pour redescendre plus bas sur la piste d'envol, où s'affairent camions, mécaniciens, etc.

Tout semble être normal, mais j'ai l'impression d'être surveillé.

J'entends Véronique siffler pour ramener mon attention sur l'arrivée d'Auerbach. Lui et l'entourage s'avancent vers l'aérogare. Auerbach a son bras autour des épaules de Legault. J'actionne la caméra et marche derrière eux pendant que Véronique se balade à leurs côtés. Rien d'excitant. Mais c'est gentil : le public va aimer cela.

Auerbach : « André, je parie que vous ne saviez pas que j'avais fréquenté l'école publique au Canada ».

Legault : « Bien sûr que je le sais. Crossfield, Alberta, en fait. Nous avons nos trucs (rire). Mais je parie que vous ne vous souvenez pas que j'ai déjà travaillé pour vous. »

(Auerbach s'arrête, l'air surpris.)

Auerbach : « Dans l'état d'Orégon ? Au début des années 50 ? Je me souviens que nous avons eu quelques étudidants canadiens qui vinrent chez nous faire un stage pour apprendre nos méthodes et gagner un peu d'argent en même temps. C'était ça ? »

Legault : « C'est ça ! Mais j'étais là pour apprendre à organiser un syndicat et non pas des arbres. »

(Rire des deux)

Auerbach : « Bien, j'ai entendu dire que vous faites maintenant un travail magnifique dans l'organisation des ressources d'énergie ; peut-être devrais-je venir travailler avec vous pour un temps. »

(Et d'autres plaisanteries comme celles-là !)

Un secrétaire : « Par ici messieurs s'il vous plaît. »

Les portes de l'aérogare se ferment derrière eux. Je me penche, j'agrandis l'ouverture de mon objectif, met au point sur la grosse inscription Ottawa en haut de la porte et je laisse la bobine se terminer là-dessus.

Je me sens soudain ragaillardi. L'humeur des politiciens était joyeuse et elle m'a influencé. C'est comme s'ils étaient venus se rencontrer cordialement avec bonne humeur, chacun étant intéressé par les idées de l'autre.

Cela me fait oublier un peu la démence d'hier quelque part au sud de la frontière. Ces affaires n'arrivent qu'aux États-Unis et jamais au Canada où les choses sont règlementées, où tout se déroule doucement, sans violence, sous la garde de Dieu et de la Gendarmerie Royale.

Je regarde ma montre pendant que la bobine se vide. Dix-sept heures, mercredi. Vingt-six heures avant la diffusion me dis-je. Pas si mal jusqu'à présent.

7

ENTRACTE

Évan Évans se tient dans la porte du hangar avec un sourire poli sur les lèvres. Il me dit que je pourrais avoir les clefs de mon avion quand je lui remettrai un chèque pour les réparations du transpondeur plus un autre de trois cent cinquante dollars pour l'inspection de cet après-midi.

« Trois cent cinquante! Mais qu'as-tu fait par-dieu? Des panneaux en or! »

« En fait tu t'en tires à bon compte. Nous avons fait une vérification de cent heures et le livre de vol est signé. Tu en aurais eu besoin dans onze heures de toute façon, donc je t'ai fait économiser beaucoup d'argent. Nouvelles bougies, changement d'huile, et tout le tra-la-la. Nous n'avons rien trouvé qui ait été saboté — ni aucun saboteur. Tout le monde a travaillé fort et vite. Le tout s'est terminé vers dix-sept heures trente, et comme c'était toi, les mécaniciens n'ont pas voulu te compter du temps supplémentaire. Alors paye, et je te verse un verre. »

Je prends le chèque, corrige le montant et le lui

tends. Comment pourrais-je prendre un verre avec un homme comme ça? Je vérifie l'heure à nouveau. Dix-huit heures vingt, Auerbach et les ministres doivent dîner ensemble et rencontrer la presse à vingt-deux heures pour une demi-heure. Je ne vois pas la nécessité d'y être; s'ils disent quelque chose de nouveau ce sera sur tous les réseaux et si White veut quelques éléments de cette conférence pour remplir son dossier il n'a qu'à demander aux agences ou à Radio-Canada. Je décide donc d'accepter un verre, et ensuite d'aller me reposer quelques heures à l'appartement. Je verrai ensuite si je peux obtenir un entretien privé avec Legault, Taylor et Auerbach après que les autres en auront fini avec eux.

Nous nous installons dans le bureau d'Évans pour une petite consommation et célébrer le retour de la paix. C'est contre la loi de boire si je dois piloter un avion le même jour, mais un petit peu d'alcool m'aidera à dormir.

Les nuages s'étaient accumulés tout l'après-midi et maintenant au sud de l'aéroport, une grande colonne, brillante sur tout le côté ouest dans le soleil couchant laisse échapper des trombes grises de son fond noir. Bientôt, sur l'asphalte, à l'extérieur, apparaissent quelques gouttelettes, puis de plus en plus. Quelques Cessnas bleus brillants, du club de vol, se dirigent vers la rampe. Il est trop tôt pour fermer le club à moins que le temps ne commence à se gâter.

« Véronique, pourquoi ne vérifierais-tu pas avec les Comédiens pour voir quelles sont les prévisions d'ici à Québec, pour ce soir minuit. »

Elle compose le numéro du bureau météorologique. Je la vois prendre en sténo les prévisions sur le dos d'une enveloppe. Le symbole TRW semble vouloir revenir à intervalles réguliers. Des orages. Mon sport favori.

En dessous de nous sur la rampe les gars attachent le Grumman Goose vert et jaune d'Évans à des blocs de ciment double. Une rafale secoue les ailes de cet amphibie bien astiqué. Je l'avais piloté à quelques reprises les étés précédents quand Évans n'avait pas de pilotes. Il était alors d'un gris terne là ou la peinture ne pelait pas. De plus il était en mauvais état. Mais depuis, Évans a remédié à tout cela. Il l'a réparé et aujourd'hui l'avion est comme neuf. Même s'il sert à transporter des ingénieurs et de l'équipement dans les régions éloignées du Québec, Évans congédierait tout pilote qui salirait ou endommagerait ce qu'il appelle « sa petite vieille ».

Parfois, lorsqu'il en a le temps, il fait lui-même des envolées afin de se sentir libre et de démontrer à des débutants comment poser ce bateau sur l'eau avec soin. Ça prend toute une expérience et tout un talent. En examinant l'avion d'Évans je ne peux m'empêcher de songer combien j'aimerais moi aussi le piloter. Si par hasard il n'y avait pas de piste pour poser mon Comanche quand nous irons visiter les premiers habitants de la Baie James, qu'est-ce que je ferais ? Et si Évans me prêtait son Goose ? Aurai-je le courage de le lui demander ?

Comme s'il pouvait lire dans mes pensées Évans me dit : « Joe, il te faudrait bien le piloter un de ces jours. C'est un appareil sensationnel. Ça se pilote tout seul. On pourrait aller à la pêche, bientôt, au mois d'octobre. Les truites du Québec!»

Je lui fais signe que oui. Il faudrait faire cela. Mais aujourd'hui, il y a une autre envolée et le temps est loin de nous favoriser. Il fait très mauvais, surtout dans la région de la ville de Québec, et on s'attend même à des orages assez importants. Ça sera intéressant, au moins. En attendant, finissons ce scotch et allons dormir.

«Évans, mon vieux, je te le dis : octobre, bonne idée! Je ne croyais pas que tu me laisserais y toucher à ta maîtresse de Goose...»

«Ah, je comprends. Tu as d'autres chats à fouetter. Je comprends. En attendant le mois d'octobre, mets donc tes initiales sur ce chèque, puisque tu en as changé le montant. Comme cela, je n'aurai pas de problèmes à la banque.»

«Ah, merde! Pris, encore une fois.»

Dehors il fait déjà noir. La pluie a cessé, mais le vent joue avec l'eau, la fouettant ici et là. Dans la Fiat, Véronique me dit : «Viens chez moi, nous mangerons un peu.»

«J'allais t'offrir la même chose.»

«J'ai un bon bifteck et la voisine peut toujours me prêter de quoi faire une salade. Ou bien il y du poisson, on pourrait l'apprêter à la chinoise. Je sais que tu préfères manger chez moi, car c'est moi qui paye.»

Après une douche froide, on s'installe à table, sur le plancher près de son grand lit. On bouffe bien, puis on écoute les nouvelles à la T.V. On voit Auerbach et Legault arriver à la salle de conférence — mais ils ne disent rien! Pourquoi?

En les regardant, j'ai un pressentiment que je ne peux définir mais qui me fatigue.

Véronique me prend la main.

« Tu es inquiet ! » Ce n'est pas une question, mais plutôt une observation.

Mais sa main guide la mienne sous sa robe, et comme par enchantement toute tension disparaît soudain. Il en est toujours ainsi !

« Pas d'inquiétude en ce moment. Ah ! si ça pouvait durer toujours. »

« Non, mon Joe — mon Joe si merveilleux. Pour avoir si envie l'un de l'autre, il faut s'abstenir, et revenir. »

Passion ! Amour ! Je ne sais — si ce n'est qu'il n'existe aucune autre réalité. L'éternité c'est ici, en ce moment où nos deux corps disent tout ce qu'il y a à dire et font tout ce qu'il y a à faire. Dans une heure, ce moment sera terminé, et il faudra faire autre chose. En attendant... c'est à nous et nous sommes seuls !

8

LE COMMANDO FRAPPE

« Alors Ireton, en retard comme toujours ? »

C'est ainsi que Charles Gratton du TIME Magazine, impeccable dans son léger complet de toile, me reçoit avec son sourire malicieux, lorsque je fais irruption dans la salle, tout empêtré dans mes câbles d'éclairage et mes fils de microphones.

La conférence est terminée. Et voilà Gratton qui s'en va. Cependant j'aperçois Legault et Auerbach qui continuent à discuter autour de la longue table avec Cameron McNab, de la Presse canadienne, mon presque sosie et très grand ami, ainsi qu'avec une journaliste de la presse parlée (d'un consortium de postes de radio.) La plupart des autres reporters sont déjà partis et les techniciens rassemblent en hâte leur matériel dans l'espoir d'arriver en bas à temps pour prendre un dernier verre à prix réduit avant la fermeture du bar.

Je vais rejoindre Gratton à la porte.

« Ais-je manqué quelque chose, Charlie ? »

Il soupire et ouvre son carnet. Gratton a reçu une solide formation, rue Fleet, à Londres. Il prend des notes en sténo avec un stylo. Il tourne quelques pages.

«Non. Tu n'as rien manqué. S'ils ont parlé de quelque chose, c'est des conneries, pas d'énergie. Je n'en sais pas plus long aujourd'hui qu'hier. Je te fais un peu de lecture si tu veux?»

Quelle ironie tout de même de constater qu'à l'heure de l'électronique, l'invention de Pitman, vieille de plus de cent ans, soit encore la meilleure méthode pour repérer un passage précis et en faire rapidement la lecture.

«Je veux bien», dis-je.

Gratton me lit quelques lignes à propos «d'étroite collaboration», «d'assurance du respect le plus strict des besoins des parties concernées», et de banalités du même acabit.

«Ça va, j'en ai assez entendu!»

«Et ça continue comme ça jusqu'à la fin», soupire-t-il. «Voilà à quoi servent mon talent et ma coûteuse formation. Affreux gaspillage... Bonsoir, cher collègue. Bonsoir, Mlle Valéry.»

Il salue Véronique de la main. Celle-ci s'est frayé un chemin vers un coin discret de la salle de conférences et braque déjà sur Auerbach et les ministres la Konishi-Weston, parée à tourner. Je glisse la main dans ma poche pour mettre le micro en marche et avance vers la table.

Pendant que la journaliste de la radio termine son reportage et que mon ami McNab prend des notes, je

112

regarde autour de moi. La femme s'acharne.

« Mais vous n'avez pas dit que le projet se poursuivrait », insiste-t-elle. « Vous esquivez la question. »

« Mais oui », répond Auerbach, toujours aimable. « Tout homme politique doit savoir être nébuleux parfois. Nous apprenons à faire de beaux discours qui ne disent pas grand-chose. C'est notre métier. Vous êtes trop perspicace, nous voilà cernés. En réalité, nous ne sommes pas prêts. Donnez-nous encore deux jours. »

Désarmée par tant de candeur, la femme le remercie et prend congé.

McNab s'éloigne aussi en repliant en rouleau son traditionnel bloc de papier jaune. Puis il se ravise et revient sur ses pas. Il regarde Auerbach par-dessus ses lunettes, se gratte le crâne avec son crayon, penche la tête et dit avec un demi-sourire :

« Si je ne m'abuse, tout au long de cette conférence, il n'a pas une seule fois été question d'énergie, par contre, vous avez parlé d'eau à plusieurs reprises. »

Auerbach se contente de hausser les épaules. Legault l'imite et détourne son regard. Taylor entasse consciencieusement les documents dans sa serviette. Personne ne souffle mot.

McNab comprend qu'il n'a plus rien à tirer d'eux et referme son carnet, pour de bon cette fois. En contournant la table, il m'aperçoit et me fait signe d'approcher. Nous nous serrons la main.

« Salut ! Bon Dieu, ça fait des siècles ! »

Cam McNab me ressemble tellement que bien des gens sont persuadés qu'il est mon frère. Ce soir-là, en plus, nous portons tous les deux une veste de velours côtelé vert. Quand il enlève ses lunettes, j'ai l'impression de parler à un miroir.

«Tu travailles là-dessus pour les Américains, Joseph?»

«Oui!»

«À ta place... Non, écoute un peu ce que j'ai l'intention de faire. Je retourne au bureau et je mets deux de mes gars à la recherche de renseignements. Je veux avoir en main d'ici la fin de la semaine la meilleure documentation qu'il m'est possible de rassembler sur la question des rivières du versant nord dont on voudrait détourner le cours vers le sud en direction de... Te souviens-tu de ces histoires au sujet de barrages secrets de l'autre côté du Bouclier canadien... on en parlait en 1973?»

«Oui, parfaitement. Radio-Canada a tourné deux ou trois films là-dessus. Puis l'intérêt est tombé. J'imagine qu'il n'y avait plus matière à reportage.»

«Au contraire. Je soupçonne qu'il y a encore anguille sous roche. Ce sont les journalistes qui ont abandonné trop tôt. Salut, Joseph!»

Il roule négligememnt son carnet jaune et nous quitte.

Je fouille ma mémoire à la recherche d'un indice.

En me retournant vers Auerbach je m'aperçois que Rimmer est là, juste à côté de moi. Il a écouté la conversation! Ça ne lui plaît pas, ma foi.

« Vous n'étiez pas à la conférence ? » me dit-il.

« Oh ! Vous vous en êtes aperçu ! J'ai pensé qu'après la conférence de presse on pourrait s'asseoir quelques instants pour faire le point, rassembler le matériel nécessaire à l'émission etc. C'est mieux comme cela ! »

« Vous croyez que vous avez droit à un entretien privé, pour vous tout seul ! Le Secrétaire d'État est fatigué. Vous avez déjà accaparé beaucoup de son temps. À mon avis, vous feriez mieux de plier bagage et de filer avec les autres. La conférence de presse est terminée et il rentre se coucher. »

« Qu'est-ce qui te prend, Rimmer ? » lui dis-je abruptement. « Est-ce que tu parles au nom de M. Auerbach ou bien pour toi ? C'est plutôt toi qui as besoin de repos. Plie bagage toi-même et fous le camp avec les autres. Je m'entends très bien avec le ministre, merci. Je saurai bien m'arranger avec lui. Mais à ta place, je m'inquiéterais, il y a sûrement quelque chose qui ne tourne pas rond dans ta petite tête. »

« Ce n'est pas un ministre mais un Secrétaire d'État et, pour répondre à votre question, oui, je parle en son nom », dit Rimmer d'une voix sifflante. « Puis baissez le ton, s'il vous plaît ! N'oubliez pas ça dans vos prières, Ireton, si vous désirez tirer votre épingle du jeu dans cette aventure : c'est moi qui fixe les rendez-vous du Secrétaire d'État ; j'ai les moyens de rendre votre tâche très difficile si vous mettez des bâtons dans les roues. »

Je l'examine. Il veut que je parle moins fort ! Ça

prouve bien qu'il n'a pas intérêt à ce qu'Auerbach entende notre conversation.

Je me penche au-dessus de lui et lui chuchote à l'oreille.

« Écoute, et écoute bien, ton patron nous observe et il n'a pas l'air content du tout. Il a de bonnes antennes, tu sais. C'est lui-même qui est venu me chercher pour que je m'occupe de cette stupide affaire, et je commence à regretter d'avoir accepté ; mais toi, tu vas le regretter encore plus si tu continues à faire tant de sottises. Si c'est ta première visite au Canada, il est probable que c'est le choc culturel qui te déboussole. Prends un bon calmant, mets-toi au lit et ça ira mieux demain matin. »

Il est blanc de colère. De la main gauche, je le tiens fermement par l'épaule ; ça paraît bien innocent de l'endroit où se trouve Auerbach, et de la droite, je m'amuse à lui broyer le poignet.

« Lâchez-moi », s'étouffe-t-il.

« Bien sûr, mon p'tit », dis-je, et je lui donne une grosse bise sur la joue, recule pour le regarder rougir à loisir, et attends qu'il ait repris assez de contrôle sur lui-même pour s'enfuir à grands pas hors de la salle. Puis je me retourne et souris à Auerbach.

« Heureux de voir que vous et mon assistant faites bon ménage », dit-il un peu déconcerté.

« Ah ça ! dis-je. Je lui racontais une blague un peu salée. À la fin, il faut embrasser le gars. C'est peut-être un peu gênant pour les gens qui sont aux prises avec des angoisses latentes. J'aurais pû l'épargner. Comment ça s'est passé votre conférence ? »

116

«Au dîner ou tout à l'heure?»

«Au dîner, évidemment. Le Time m'a donné un aperçu des batteries oratoires que vous avez déployées à la conférence. Ça me donne l'impression que vous faites exprès de ne pas tout dire. Mais il y a un journaliste qui a tout de même compris où vous vouliez en venir... un seul, parmi toute cette armée!»

Je tiens maintenant le petit micro dans ma main. Du coin de l'oeil je peux voir Véronique qui épaule la Konishi-Weston, à son poste, quinze pieds en retrait. Je lui fais le signal convenu et elle commence à tourner. Je souhaite que l'éclairage soit suffisant. Auerbach me connaît depuis longtemps. Il sait donc exactement ce que je mijote; mais il aime le risque et ne recule jamais devant un défi à moins d'y être forcé. Il esquisse un sourire et attend la suite. Taylor, le ministre de l'Environnement, connaît lui aussi ma technique; il se garde bien d'attirer mon attention. Legault, lui, s'empresse de se joindre à la conversation, tout sourire, battant des paupières, affichant toujours cette cordialité et cette familiarité à mon égard que je n'arrive pas à m'expliquer; ma foi, il n'a même pas aperçu Véronique.

Auerbach dit: «Et où croyez-vous que je veuille en venir?»

Je me dis, Howard, ça me répugne de te porter ce coup-là, mais ça va faire une maudite bonne séquence pour le film! Je fais un pas de côté pour bien placer le micro entre les deux hommes, jette un coup d'oeil du côté de Véronique pour vérifier si elle les cadre bien tous les deux et prononce la question fatidique.

« Messieurs les ministres, si vous avez l'intention de transporter les eaux du bassin de la Baie James jusqu'au désert américain, ce projet nécessitera bien la plus forte concentration de puissance nucléaire depuis que Moïse a écarté les eaux de la mer Rouge ! »

Auerbach en a le souffle coupé. Pendant une fraction de seconde, je vois qu'il perd contenance. Il jette un regard furtif du côté de Legault, celui-ci toujours figé dans son aimable et déconcertant sourire, puis il retombe sur ses pattes.

« Vous êtes bien malin, mais si vous le permettez, je vais faire durer le suspense encore un peu. Après tout, votre émission de télévision n'en est même pas à mi-chemin. »

À ces mots, c'est Legault qui est estomaqué.

« Quelle émission de télévision ? » demande-t-il sèchement. « Je croyais que cet homme faisait partie de l'équipe privée des archives sur le film du premier ministre. Vous ne m'avez pas tout dit, Howard, je n'aime pas ça du tout ! »

Auerbach s'excuse avec grâce. Jamais il n'avait entendu parler du passe-temps historico-cinématographique du premier ministre. Il n'a pas de mal à convaincre Legault qu'il n'y a rien de louche dans ce reportage. Celui-ci retrouve aussitôt sa bonne humeur.

« Tout de même », dit Legault avec regret, « c'est dommage que ce ne soit pas le cinéma du patron. Vous savez, figurer dans un de ces documents, c'est la plus sûre garantie de succès à Ottawa. Quand j'ai vu votre petite huit mm, j'ai tout de suite cru qu'il s'agissait de cela. Alors vous voulez diffuser cette

118

pellicule ? »

Je lui promets d'envoyer une copie du film au premier ministre du Canada et l'assure que celui-ci sera sans doute heureux de pouvoir l'ajouter à sa collection, d'autant plus qu'il y est question de pourparlers entre les deux pays sur la question du bassin hydrographique. À cet instant il me vient une idée. Je demande la permission de poser une autre question.

« Allez-y », dit Auerbach innocemment. « De quoi s'agit-il ? »

« Le Congrès américain n'est pas encore au fait de cette question, n'est-ce pas ? Réussirez-vous à lui vendre l'idée ? C'est incertain. Dites-moi : avez-vous l'appui du président ? Est-ce qu'il pense que le Congrès ratifiera ce traité ? »

Auerbach sourit tranquillement.

« Le Congrès n'est pas encore au courant. Il y a un énorme travail d'information à faire. Quant à l'appui du président, je crois que je vais laisser planer le mystère là-dessus aussi. »

Je continue de le regarder. Quand la caméra tourne et qu'à une question difficile vous avez obtenu une réponse incomplète, si le gars sait que ce n'est vraiment pas satisfaisant, il arrive parfois qu'un silence d'une dizaine de secondes le force à en dire davantage. Dix secondes qui vous font l'effet de trois minutes de silence de mort... la plupart des interviewers répugnent à utiliser ce truc-là parce que les silences les rendent nerveux. Mais quand ça réussit, c'est sensationnel !

Pas cette fois. Ça n'a pas marché. Auerbach ne veut pas se laisser prendre. Il me regarde. J'abandonne. Coupé! On emballe.

« Voulez-vous monter avec nous jusqu'à Québec? » C'est à Auerbach que je m'adresse.

« Non merci. Je déjeune avec le premier ministre à sept heures demain matin. »

« OK. Donc, je pars ce soir. Je veux attraper le premier ministre O'Leary avant vous demain matin. Je vais camper à sa porte. »

« Bon. Dans ce cas, vous devez savoir une chose. Au dîner, ce soir, nous nous sommes mis d'accord, les ministres canadiens et moi, sur la question des droits des autochtones. Nous sommes avec eux quoi qu'il arrive. S'il y a mésentente avec O'Leary, ce sera sûrement sur cette question. »

« Merci et bonne chance », dis-je !

« Ne pose pas de questions indiscrètes, Joe » ajouta-t-il.

« Il n'y a pas de questions indiscrètes ; rien que des réponses indiscrètes. Vous savez cela. »

Véronique s'amène déjà avec notre attirail rangé et emballé.

« En passant », glousse-t-elle, « j'ai réussi à prendre sur une demi-cassette ta scène d'amour avec Rimmer. Ça peut lui être utile pour sa prochaine scène de séduction. Mais tu y as été un peu fort, Joe. Tu ferais peut-être mieux de t'excuser. Je n'aime pas du tout ce type-là, moi non plus, mais il va falloir l'endurer quelques jours encore. »

Mais Rimmer avait disparu depuis longtemps.

Dehors la chaussée est parsemée de flaques d'eau. Un ciel noir et menaçant pèse au-dessus de nos têtes ; on entend de lointains coups de tonnerre. D'ordinaire, les sentiers qui longent le canal sont peuplés de couples d'amoureux qui viennent se balader par les douces nuits d'été. Ce soir, ils sont déserts.

Legault, Taylor et Auerbach s'entassent dans la Cadillac et des policiers en civil emplissent la voiture derrière eux.

«Ils sont là pour vous, Howard», lançai-je au Secrétaire d'État. «Personne ici n'essaie jamais de descendre nos politiciens.»

Les voitures démarrent et disparaissent à l'intersection ; la place est déserte.

La ville semble endormie, il n'est pourtant que vingt-trois heures quinze. On aperçoit au loin la tour de la Paix dont l'horloge sonne le quart du haut de la colline.

Sur l'autre rive du canal, l'édifice hideux du Centre national des Arts semble tapi au flanc de la colline et, plus bas, les grands peupliers de Lombardie, debouts, tels des géants endormis, projettent leur ombre sur la ville.

Nous traversons en direction de la voiture, quand Véronique s'arrête net et s'agrippe à mon bras.

«Écoute», chuchote-t-elle.

Je tends l'oreille. Rien.

«Qu'est-ce qu'il y a ?»

« Quelqu'un nous suit ! »

Je regarde derrière. Rien.

« J'ai entendu des pas derrière nous », dit-elle.

Le vent est tombé complètement. Une rafale s'élève brusquement. Les peupliers gémissent en frissonnant.

« Allons ! » dis-je avec un peu d'humeur.

Mais comme nous reprenons notre marche, j'entends aussi. J'ai l'étrange impression que quelqu'un marche sur nos pas, juste derrière nous. Je m'arrête. Les pas s'arrêtent également.

« Oh, merde, ce n'est que l'écho renvoyé par la bâtisse », dis-je, un peu honteux de ma frayeur. « Regarde. »

Je marche. Tac tac tac tac, claquent mes talons sur le ciment. Ttac ttac ttac ttac répond l'écho. C'est à s'y tromper. Cet écho est une véritable présence, je ne peux m'empêcher de loucher vers les ombres qui nous entourent. Rien.

Je m'arrête. L'écho se tait. Je regarde Véronique. Ses narines frémissent légèrement ; je lis l'inquiétude dans ses yeux.

La porte de l'édifice nous envoie un rayon de lumière mais les angles de la façade se noient dans une obscurité totale. C'est comme une boîte de magicien bordée d'ampoules éblouissantes derrière lesquelles se cache un assistant vêtu de noir, invisible, qui fait apparaître et disparaître les cercles d'or et les gerbes de fleurs. Je mets ma main en abat-jour sur mes yeux et scrute minutieusement les coins sombres.

« Pas là », dit Véronique dont les narines soufflent de grandes bouffées d'air.

On recule lentement vers la voiture, nos regards balayant la rue et la place. À mesure que nous nous éloignons de l'édifice, l'écho diminue et il finit par s'évanouir complètement.

Quand j'estime être arrivé à l'endroit où est stationnée la voiture, je tâte derrière moi pour tâcher d'attraper la poignée de la portière. J'y arrive sans quitter la rue de yeux. Elle est encore mouillée de pluie. J'appuie sur le bouton. Le déclic se fait entendre et je tire.

La porte résiste bêtement. Je porte alors mon regard en direction de ma main. De l'autre côté de la glace, accrochés au bouton de la serrure, je vois les doigts d'une autre main. Un reflet, pensé-je désespérément pendant un instant, avant de me rendre compte de la nature véritable de l'humidité qui poissait mes mains. Ma gorge se dessèche subitement. Quelque chose m'empêche de regarder à l'intérieur de la voiture. J'ouvre la bouche pour appeler Véronique, qui tourne encore le dos à la voiture, inerte dans l'ombre. Je ne peux prononcer qu'un son rauque.

« N'ouvre pas ! » crie-t-elle dans une sorte de sanglot sans se retourner.

Je lâche la poignée et regarde à l'intérieur. Le visage est caché. Je vois les vêtements froissés. Une paire de pieds, étrangement tordus, sont coincés entre le dossier de la banquette et la lunette arrière. J'aperçois alors l'autre main, reposant sur l'appui-bras, tenant un carnet jaune roulé entre ses doigts rigides.

«McNab! McNab! McNab! Ils pensaient que c'était moi! McNab!!»

Un bruit de moteur approche le long du canal. La lueur sautillante d'un unique phare apparaît.

Véronique me crie encore : «N'ouvre pas!»

Elle court jusqu'au coin de la rue et fait signe de s'arrêter à deux jeunes gens sur une vieille Honda.

«Il y a un accident», je l'entends hurler, pour couvrir le bruit crachotant du moteur. «Pourriez-vous avertir la police?»

La moto rebrousse aussitôt chemin en direction de la colline.

Je reste planté là bêtement, à fixer le toit de la voiture, mes yeux se voilent. Au bout d'un instant, ma vue se rétablit et je vois deux mots gravés à la pointe du couteau dans la peinture juste au-dessus de la portière.

QUEL DOMMAGE!

9

ROUSSEAU

Les deux dernières nuits je les ai passées à expliquer aux policiers la découverte d'un cadavre. Ce soir, c'est beaucoup plus facile. En 1971, l'inspecteur Gaétan Rousseau de la Gendarmerie Royale du Canada a mené l'enquête sur l'affaire du scandale des trois chevaliers. Un film que j'avais tourné sur la corruption à Montréal avait été utilisé comme preuve devant une audience parlementaire et avait aidé à innocenter trois de ses meilleurs hommes dont la pègre s'était servi comme boucs émissaires.

Rousseau possède un dossier sur le Commando. Il connaît Raab pour lui avoir déjà parlé. Il se doute bien que les assassins ont eu d'autres intentions que de le voler. Il donne des ordres. Un jeune agent aux cheveux blonds et vêtu d'un uniforme prend des notes sur un bloc-notes.

Nous sommes réunis dans la salle des détectives, rue Nicholas, à quelques pas du Centre des Conférences. Je suis étonné de voir avec combien d'égards les agents d'Ottawa traitent Rousseau. Même s'ils sont

125

souvent appelés à collaborer avec la Gendarmerie Royale, ils n'aiment pas toujours cela.

Rousseau est de petite taille pour un policier. Une histoire raconte qu'il avait suivi des exercices d'étirement de la colonne vertébrale pour pouvoir entrer dans les services de la gendarmerie. Il avait gagné trois quarts de pouce après s'être astreint pendant six mois à une discipline rigoureuse. Ses exercices l'obligeaient à se pendre par le cou à un appareil en forme de collier. Depuis, un nombre important de personnes peu recommandables ont eu des raisons de souhaiter que l'exercice n'ait pas donné de résultat ou que le collier se soit transformé en nœud coulant.

De leur côté, les détectives d'Ottawa se considèrent privilégiés de travailler avec lui. On est toujours prêt à aller lui chercher du café, les cigarettes fusent de toutes parts. C'est à qui trouvera une idée géniale à lui proposer. «Inspecteur Rousseau, que pensez-vous de cette possibilité? Ou de celle-ci?»

Sous le regard de Rousseau, l'interrogatoire semble se dérouler deux fois plus rapidement; au bout de quarante minutes, nous apposons nos signatures sur le compte rendu et nous sommes prêts à partir. Rousseau triple le nombre des agents assignés à la protection d'Auerbach ce qui me rassure et envisage la possibilité d'envoyer un homme avec nous à Québec dans le Commanche. Ce qui ne me rassure pas. Comme je le lui fais savoir.

Pendant qu'il est au téléphone, Véronique se tourne vers moi et me regarde droit dans les yeux; je peux lui demander: «Qu'est-ce qu'il y a ?» mais ce n'est pas nécessaire. Au premier coup d'œil, à voir le léger haussement de sa peau au-dessus de ses joues, je devine ses questions.

« Ça va aller, ne t'inquiète pas », lui dis-je. « Si je ne pilote pas, je serai incapable de dormir. Et il faut être à Québec pour demain. Partons ce soir ! Je parviendrai peut-être à ne plus voir le corps de ce pauvre McNab. »

Je la regarde. « Mais comment vas-tu, toi ? »

« Je ne me sens pas aussi en forme que toi. Au besoin, je peux encore t'aider à lire tes cartes, mais bien sûr, tu les connais par cœur. Il ne faut pas trop compter sur moi. Tiens, Rousseau revient. »

« J'ai quelqu'un de compétent pour me remplacer ici demain matin », dit-il. « Je pense qu'il serait préférable que je sois moi aussi à Québec demain. Me permettez-vous de vous accompagner ? »

Quelle chance, me dis-je. Je n'aimerais pas avoir assis derrière moi un de ces jeunes caporaux arrogants qui passerait son temps à guetter s'il ne voyait pas surgir un Messerschmitt, à trébucher dans l'équipement ou à faire le joli cœur devant Véronique. Je me serais senti comme avec un chien de garde qui pète.

Pendant qu'il s'affaire à ses préparatifs, moi je téléphone au bureau météorologique de l'aéroport d'Ottawa pour connaître les prévisions atmosphériques. J'écoute pendant plusieurs minutes et j'en viens à la conclusion que même si c'est loin d'être drôle, il n'y a rien qui puisse nous empêcher de voler. Bien sûr il va y avoir des tourbillons de nuages, de la pluie, du vent, des orages, mais ce n'est pas trop effrayant. De plus, l'envolée au-dessus du fleuve St-Laurent, c'est un voyage magnifique et reposant. Véronique et moi le faisons souvent, rien que pour nous changer les idées après une période de travail.

Nous survolons le fleuve à basse altitude juste assez pour ne pas accrocher les ponts. Au passage, nous jetons un coup d'œil sur tous les cargos et tentons de deviner leur port d'attache. Vers minuit, nous atteignons l'Ancienne Lorette. De là, nous nous rendons en taxi jusqu'à un petit hôtel en pierre, de deux étages, de la Basse Ville. Si les nuits sont froides, on nous remplit comme autrefois d'eau chaude un cochon en céramique que l'on place au fond de notre lit jusqu'à ce que nous montions à notre chambre après avoir pris un verre en compagnie de notre hôte.

En pensant à tout cela je me sens mieux même si, du côté est, je peux apercevoir de temps à autre un éclair dans le ciel.

Juste au-delà des pins qui se dressent au coin de la route de l'aéroport, on peut voir le hangar Evan Evans. Ce soir-là tous les projecteurs sont encore allumés et la porte du bâtiment grande ouverte, inondant la piste d'une lumière bleue jaillissant des tubes fluorescents éclairant l'intérieur.

Evan est assis sur une chaise plantée sur le plancher du hangar, juste à côté de l'aile du Commanche qu'on n'a pas encore sorti à l'extérieur. À notre entrée, son gros chien Clameur, qui est couché sous l'aile, s'accroupit. La tête levée, les poils dressés, un grondement sourd roulant dans sa gorge, il regarde tantôt du côté d'Evan, tantôt de notre côté.

Sur l'aile du Commanche, une bouteille de whisky presque vide.

128

Evan redressant ses six pieds quatre se lève dans un mouvement qui rappelle un phoque de cirque jouant le « God save the Queen » sur une flûte. D'une voix un peu empâtée, je l'entends me dire : « Je suis ici depuis ton départ. J'ai fait venir du poulet et un hot-dog plutôt tiédasse. J'ai veillé pour tenter d'attraper quelques-uns de ces lutins dont tu t'étais plaint. Je n'en ai pas vu un seul depuis la guerre. J'en ai aperçu beaucoup dans ce temps-là lorsque, en plein vol, au-dessus de l'Allemagne, à seize mille pieds d'altitude, l'oxygène commençait à diminuer. J'aimerais ça en voir un encore. Pas chanceux. Je pense que je peux m'en retourner à la maison maintenant. »

Après nous avoir aidé à rouler l'appareil à l'extérieur, il laisse les lumières allumées, le temps d'embarquer les bagages et de monter à bord.

Je dois vous faire une petite confession. Une sensation de bien-être, que seuls connaissent les pilotes d'avion, commence à vous envahir au moment de vous attacher à votre siège dans le cockpit d'un appareil qui vous est familier. Même si le temps est maussade et ajoute un élément de risque au vol, même si vos nerfs sont surexcités par les prévisions météorologiques et par les fatigues de la journée, vous vous sentez de nouveau en confiance au moment où vous commencez la vérification du tableau de bord, des commutateurs, de l'essence et où vous entendez le moteur se mettre en marche avec son ronronnement familier tandis que les aiguilles des jauges et les lumières du tableau de bord vous rassurent sur son état de fonctionnement. C'est dans cette euphorie, ce calme, que je demande les instructions nécessaires à la tour de contrôle. Puis en saluant Evan une dernière fois, je lâche le frein. Un léger frisson! Une bourrasque de vent! Plus de fatigue!

Avez-vous déjà ressenti cette sensation agréable de bien-être et de sécurité que l'on éprouve lorsque, assis dans une cabane au milieu de la forêt, on se réchauffe près d'un feu de foyer, tandis qu'à l'extérieur tombe la pluie? C'est ce repos que je ressens toujours dans le cockpit. Je me trouve en toute sécurité. Mais Rousseau lui? Son éternelle pipe à la bouche, il me signifie qu'elle est vide. Lui aussi se sent en toute sécurité. Dehors, c'est la noirceur!

Finalement, on peut partir. Véronique est trop fatiguée pour prendre les commandes. Alors je les garde et c'est comme cela que nous nous sommes envolés en direction sud.

10

VOL DE NUIT

Au sud et à l'est de l'aéroport d'Ottawa, le terrain est plat. Même des vents très puissants ne causeraient pas de turbulence dans les airs, comme ils le feraient au-dessus de collines ou de forêts. La première partie du voyage s'écoule dans le calme.

Comme nous approchons du Saint-Laurent, nous pouvons apercevoir de gigantesques colonnes de nuages, hautes de plusieurs milles, d'où s'échappent au nord des éclairs.

Elles disparaissent au fur et à mesure que les nuages au-dessus de nous s'épaississent et s'assombrissent.

Obliquant à gauche le long de la rivière j'ai les lumières de Cornwall directement en face, et une couple de grands navires dans le canal juste au-dessous de nous.

La pluie s'abat soudain bruyamment sur le pare-brise et dix minutes plus tard, la visibilité diminue brusquement. Sans doute devons-nous être à la lisière de cette barrière orageuse, dont un nuage « pas encore mûr » a dû s'écarter pour nous causer des ennuis.

Nous survolons le fleuve à cinq cent pieds seulement. De temps à autre, un rai de lumière traverse le rideau de pluie au-dessous de nous, mais dans de telles conditions on ne peut que se fier aux instruments pour rester de niveau. Tout indique que notre voyage de plaisance est foutu. Merde !

Avant que je puisse prendre un peu d'altitude, la pluie cesse brusquement et le ciel redevient clair. Devant nous, les lumières de Montréal.

« As-tu pensé que le type qui a tué McNab pouvait savoir exactement ce qu'il faisait ? »

« Véronique, tu m'agaces, moi qui commençais à oublier ! »

« Eh bien ? » Elle veut une réponse :

« Eh bien non. Je ne sais pas où tu veux en venir. Veux-tu dire qu'ils savaient que c'était McNab ? Que ce n'était pas une erreur ? »

« C'était peut-être un avertissement. »

« Je l'ai eu mon avertissement. Dans la lettre. Qui irait jusqu'à tuer un innocent pour insister sur la menace ? »

« Le Commando le ferait. Ils en ont tué cent rien que pour prouver qu'ils ne plaisantaient pas dans l'affaire des pétroles du Yukon. Une tête de pipe de plus ou moins, qu'est-ce que ça peut bien leur faire après ça ? »

Je réfléchis en passant au-dessus de Valleyfield. « Véronique, écoute : ils se sont trompés ! J'ai été averti. Je n'ai pas obtempéré. Les mots gravés sur le toit de la voiture sont les mêmes que sur la lettre, « quel Dommage ». C'est bien le genre de signature qu'ils affectionnent. Ils ont pensé que c'était moi, et qu'ils étaient débarrassés de moi. Peut-être qu'ils le pensent encore. » Ça me donne le temps de reprendre mon souffle. Je pense que Rousseau a raison.

Rousseau s'est approché pour entendre ce que nous disions. Puis il s'adosse de nouveau et tire une bouffée de sa pipe en fermant les yeux.

« Connaissez-vous une raison qui aurait pu les mener à tuer McNab ? » me demande-t-il.

« Non, je n'en vois pas. Il a été le seul des reporters à penser à cette histoire de l'eau et le seul qui a parlé de fouiller dans ses dossiers. Mais, à part moi, qui était au courant de ça ? Non. Ils l'ont pris pour moi, pauvre diable. C'est tout. »

« Je pense que vous avez raison. »

Véronique regarde par sa fenêtre. Elle n'a pas tout dit ! Rousseau descend son chapeau sur ses yeux. Nous volons en silence.

Les lumières de Montréal se déploient « sous l'aile », comme nous contournons la ville par le sud, à l'écoute de la tour de contrôle de Dorval au cas où il y aurait du trafic à éviter. Puis les lumières sont derrière nous, le fleuve n'est plus qu'une bande noire, ponctuée ici et là d'un bateau ou d'un village.

C'est en s'approchant de Sorel que la pluie recommence, une pluie fine dont le bruit sur la vitre du pare-brise est comme un sifflement et non plus un martellement. En face, le ciel est encore plus noir.

Nous devrions commencer à apercevoir Trois-

Rivières. C'est à trente-cinq milles seulement de Sorel! Non, pas de Trois-Rivières. Mais tout est noir devant nous, là où le fleuve s'élargit pour former le lac Saint-Pierre.

Un pâle éclair passe soudainement comme une balle de golf au bout de l'aile.

À l'approche du radiophare de Trois-Rivières, à quelques milles au sud du couloir aérien, la pluie se fait plus abondante et l'air plus turbulent.

Un peu au-delà de Trois-Rivières, l'aérogare de Québec nous annonce une mauvaise nouvelle.

« FEJI, notre radar nous indique une accumulation de nuages se dirigeant nord-sud à vingt-cinq milles au nord de votre droite, jusqu'à Thetford Mines. Vous allez entrer dedans dans environ onze milles.

« Roger, Québec, y a-t-il de l'orage là-dedans ? »

« Je regrette, monsieur, je n'en suis pas sûr. Ils ont l'air pas mal solides. Je vais vous donner une direction à travers la partie qui semblera la moins encombrée, ou, si vous préférez, vous pouvez toujours essayer de les contourner... »

« Un moment ! »

Pour me donner le temps de réfléchir, je réduis la vitesse. Dieu que je suis fatigué ! Et Véronique aussi ! Si j'essaie de contourner ces nuages, ça nous fera une heure de plus à voler. Si je passe à travers, nous aurons du grabuge pendant quelques minutes et après ce sera terminé et on pourra aller se coucher. Mais il y a Rousseau :

« Seriez-vous prêt à endurer quelques solides

soubresauts, pendant quelques minutes ? »

« Vraiment solides ? »

« Pas mal costauds. »

« Si vous le pouvez, moi aussi, j'en suis sûr. »

« O.K. Écoutez : attachez votre ceinture, aussi serrée que vous le pouvez, et fixez votre valise avec la ceinture à côté de vous, que vous attacherez à la poignée. »

Pendant quelques instants, je l'entends faire ce que je lui ai demandé. Mais avant qu'il ait eu le temps de resserrer sa ceinture, l'avion tombe tout à coup, happé dans un courant descendant dont il sort avec un solide choc.

Rousseau s'est frappé la tête sur le plafond de la cabine. C'est peut-être mieux comme cela !

La pluie devient abondante. Je n'entrevois pas avec plaisir la perspective de me débattre dans cet amas de nuages et tout ce qui s'y trouve, mais un second appel de Québec m'évite de prendre la décision.

« FEJI, le prévisionniste dit que ce mauvais temps atteindra l'aéroport dans cinquante minutes environ ; il semble que même si vous essayez de le contourner vous allez quand même finir par y passer. Il pense que la visibilité ne dépasse pas un huitième de mille là-dedans, vous ne pourrez donc pas atterrir avant la fin de la tempête. Qu'avez-vous l'intention de faire ? »

« Je vais prendre la direction que vous me donnerez, si vous trouvez une brèche quelque part. Nous commençons à entrer dans la tempête. »

« O.K. monsieur. Tournez à droite maintenant, à cent degrés. »

Je fais un virage en douceur.

La pluie maintenant s'installe pour de bon. C'est comme si quelqu'un déversait des seaux de gravier sur le pare-brise : le fracas est assourdissant. Pour couper le bruit de la pluie, je monte le volume de la radio et mets le casque d'écoute. L'air est cahoteux depuis quelques minutes, ce qui secoue rudement les ailes par moments et j'entends des grincements que je n'avais jamais entendus avant. Je ralentis et me propose de ralentir encore plus quand les cahots s'adoucissent un peu pour faire place à des remous vertigineux qui nous emportent vers le haut puis nous font redescendre de deux, trois cents pieds en quelques secondes.

Dans mon casque d'écoute, la voix calme du contrôleur : « FEJI, quelles sont vos conditions de vol à l'heure qu'il est ? »

J'ouvrais à peine la bouche pour lui répondre quand soudain nous faisons une chute de quatre cents pieds, s'il faut en croire l'altimètre. Puis nous sommes poussés de nouveau par un courant ascendant, notre vitesse aérodynamique diminue sensiblement, la lampe rouge se remet à clignoter et je m'efforce de maintenir le nez à l'horizontale contre la force de cette main de géant qui nous pousse toujours plus haut.

« VIOL-ENTE T-URBU-LENCE », voilà tout ce que je réussis à prononcer.

« Bon », me dit-il calmement. Virez à gauche à quatre-vingt dix degrés, vous devriez sortir du pire dans trois milles. Vous pouvez descendre maintenant et vous tenir à trois mille cinq cent. »

Bon. Ça sera peut-être plus calme à cette altitude. Nous commençons notre descente quand nous sommes de nouveau happés dans une forte bourrasque ascendante. Vivement je vérifie la vitesse verticale et tout à coup mes cheveux se dressent sur ma nuque.

« Les roues sont sorties », que je crie à la pluie.

Dans un éclair j'entrevois sur l'écran de ma mémoire tout ce que j'ai pu lire d'horrible à propos de pièces d'avions jaillissant au sommet de nuages orageux à quatre mille pieds, d'ailes en aluminium déchirées en lambeaux, de... et puis l'aiguille hésite un moment et retombe à zéro indiquant de nouveau une descente, heureusement, je sens ma ceinture se resserrer, et la vitesse aérodynamique monte dangeureusement. Tant bien que mal dans ces soubresauts je remets l'avion à l'horizontale à trois mille cinq cents. Mon bras accroche le fil du micro. Je me penche pour vérifier qu'il est toujours bien solidement fixé à son support à côté du commutateur principal, quand un dernier courant descendant me soulève « au bout de ma ceinture ». Mais cela ne dure pas plus de trois secondes et se termine par un choc violent qui nous plonge instantanément dans l'obscurité la plus totale. Toutes les lumières se sont éteintes.

Véronique allume sa lampe avant que la mienne soit sortie de ma poche et la dirige exactement là où il faut : sur l'horizon artificiel.

Nous sommes assez stables, les ailes de niveau,

grimpant légèrement, ce qui me permet de vérifier tous les instruments. Véronique m'aidant de sa lampe, je m'aperçois assez vite que nous volons droit et de niveau — et pas trop bas. Notre vitesse aérodynamique : stable à cent vingt nœuds. Altimètre : trois mille six cents. C'est parfait. Ailes au même niveau. Vitesse verticale : zéro, d'un côté et de l'autre. O.K. En jetant un coup d'œil un peu plus loin : là c'est une autre histoire !

L'aiguille de l'indicateur de virage ne bronche pas, ni à gauche, ni à droite, elle pointe obstinément la marque centrale. Comme nous sommes toujours bercés par la turbulence, je sais qu'elle est débranchée. Le gyroscope de virage fonctionne à l'électricité.

Les deux autres gyroscopes principaux, l'indicateur directionnel et l'horizon, sont mus par dépression et les deux pompes fonctionnent. À l'extérieur, l'air est légèrement plus calme. Le tumulte de la pluie sur le pare-brise s'est affaibli en un sifflement. C'est à ce moment-là que je réalise que les crachements de l'électricité statique dans mon casque d'écoute ont disparu et que la radio s'est tue en même temps que le tableau de bord s'est éteint. En silence nous volons pendant une minute. La pluie a presque complètement cessé ainsi que le louvoiement et les cabrioles.

Il est exactement deux heures trente et je file à cent soixante nœuds. La tempête nous a retardés d'environ cinq minutes. Dans dix minutes, on devrait être aux alentours de Québec !

Mais où exactement, comment le savoir ? Sans radio, sans aucun moyen de communication. « Quelqu'un veut de la gomme ? » C'est Rousseau qui me tend son paquet. En mâchant énergiquement, je continue à fixer le tableau de bord d'un air maussade. Il est deux heures trente-deux. Vingt milles, disons des milles marins, d'ici à l'aéroport, filant à une vitesse de cent soixante nœuds.

« Dans dix minutes. »

Mais attention. Non. Quelque chose ne va pas. C'est un ou dix et quelque chose. Oh, mon Dieu! L'unité c'est une heure : soixante minutes ; un dixième d'une heure. Six minutes. Toujours tout vérifier.

« Sors les tables d'approche et donne-moi tous les chiffres. Dis-moi la distance exacte entre l'aéroport et le fleuve qui doit se trouver à l'est. Dis-moi si c'est bien la partie la plus étroite, avec Lévis sur la rive sud. Compris ? »

« Si nous avons été capables de voir les lumières du petit village de Donnacona à travers une couche de nuages de quatre ou cinq cents pieds, il sera assez facile de voir celles de Québec. Et si nous avons de la chance, nous pourrons même apercevoir le trait noir du fleuve entre les deux villes de Québec et de Lévis. » Si seulement nous pouvions leur parler aux gars de l'aéroport !

Mais nous pouvons leur parler ! Imbécile ! Sous le siège, il y a une radio de repérage d'urgence qui envoie un signal sonore semblable aux horribles sirènes des voitures de police parisiennes, au cas où l'on s'écraserait en pleine forêt. Elle est aussi munie d'un micro et d'une antenne comme un « walkie-talkie ». Je me penche et la retire de sous le siège pour la tendre à Véronique. Devant nous le ciel est submergé de lumière jaune au-dessous de nous. Il faut que ce soit

Québec!

En approchant de l'extrémité ouest de cette île de lumière tant attendue, je ralentis à cent dix noeuds et passe les commandes à Véronique. Puis j'ouvre la petite fenêtre à côté de moi et étend au-dehors l'antenne de la radio d'urgence. Véronique sourit, un sourire fatigué. Pour capter l'attention du contrôleur, je déclenche l'alarme. C'est un féroce hurlement électronique annonciateur de désastre.

Après dix secondes, j'appuie sur le bouton du micro pour faire cesser le signal d'alarme et leur faire entendre ma voix. D'après mes calculs nous sommes quelque part au sud de l'aéroport. Ne lâchant pas des yeux le nuage sous l'aile gauche, je me mets à crier pour couvrir le bruit venant de la fenêtre ouverte :

« Tour de Québec, ici FEJI, je vous « Transmet », par la radio d'urgence, 121.5. Je n'ai ni récepteur, ni répondeur.

Si vous me captez, s'il vous plaît, faites clignoter tous vos projecteurs de piste à leur intensité maximum. »

Puis je recommence au commencement et répète tout le message. Rien.

Mais, en parcourant le ciel des yeux une seconde fois, j'aperçois, un peu derrière moi à gauche : un pâle clignotement rythmé, à peine perceptible. Mais qui se distingue des lumières jaunes de la ville par sa blancheur. « Alors ils ont compris ! »

« Tour de contrôle, j'amorce les manoeuvres d'atterrissage dans quarante secondes. Fin de l'émission maintenant. Au revoir ». Je replie l'antenne et ferme la fenêtre pour pouvoir me concentrer.

La pâle lueur a dévié imperceptiblement, sur la gauche. Le vent de travers me pousse à droite de ma voie. Je n'ai plus le temps de tâtonner. «Si je ne descends pas maintenant, j'aurai dépassé l'aéroport depuis belle lurette quand je sortirai des nuages.»

Véronique braque sans broncher sa lampe de poche sur les cadrans. Je baisse le nez abruptement et installe la puissance au régime ralenti. Je force mon cerveau à se concentrer sur deux cent quatre-vingt-seize degrés et pour le faire calmement, je le fais comme d'habitude, je me parle tout haut !

Ton cap est deux cent quatre-vingt-seize, deux cent quatre-vingt-seize ton cap. Très bien, maintiens-le, deux cent quatre-vingt-seize, le cap. Tu te remets à l'horizontale à huit cents au cadran.

Ça ne fait que six cent soixante-dix pieds au-dessus du sol, si ton altimètre est juste. Mon Dieu ! Tu ne l'as pas réglé depuis très très longtemps ? Depuis quand ? Sorel ? Est-ce qu'il avait tendance à monter ou à descendre ? Je ne m'en souviens plus.

DEUX CENT QUATRE-VINGT-SEIZE-SACRE-BLEU ! J'ai viré à gauche. Nous entrons dans le nuage et sommes enveloppés d'une douce lumière clignotant dans toutes les directions, un bain de lumière tourbillonnante, changeante et rythmée. Pourquoi dévie-t-il toujours à gauche ? Je fixe la commande de direction à droite pour compenser.

Véronique dit : «L'aile gauche est basse.»

Vérification de l'horizon artificiel. Aile gauche très inclinée ; voilà donc pourquoi il a tendance à tourner.

Rectification. Vérification de l'altimètre. Mille pieds maintenant. Des lumières brillantes, brillantes dansent au-dessous de nous. Finis les clignotements, rien que des tourbillons. Deux cent quatre-vingt-seize! Deux cent quatre-vingt-seize! Un ordre bref à Véronique: «Les yeux dehors.» Neuf cents pieds. On devrait en sortir. Ils ont dit que le plafond est à sept cents pieds du sol et le sol est à deux cent trente pieds environ du niveau de la mer.

Huit cent cinquante, on descend vite. Huit cents pieds. Les éclairs ne cessent de fuser. On peut risquer encore cinq cents pieds, mais pas plus. Alors soudain la noirceur inonde le pare-brise devant nous, un rayon de néon vert à l'extrême gauche et une lueur rouge à droite tout près. Véronique saisit la roue, donne un rapide coup de barre à gauche, en marmonnant en cree, et d'un regard à droite, j'aperçois la structure rouge et blanche d'une antenne de radio frôler le bout de l'aile qui se lève à moins de quinze pieds. Son signal rouge imprime une tache brûlante sur mes yeux fatigués.

Nous plongeons, semble-t-il, en direction d'un motel.

«O.K.», dis-je calmement. «Je l'ai.» Et je remets les ailes de niveau. Je scrute l'horizon à la recherche de l'aéroport, j'en aperçois à droite les signaux lumineux, à pas plus d'un mille à angle droit. La pluie a cessé. La visibilité est bonne à trois milles.

J'incline à gauche doucement et me dirige droit sur la tour de contrôle. À un demi-mille, une lumière verte s'allume à la fenêtre de la tour, «autorisé à atterrir». C'est aussi bien, me dis-je. Si vous me foutiez une lumière rouge à la place, je rentrerais direct dans votre fichue serre.

Je vire au sud, au-dessus de la route. À bonne distance de cette antenne-radio. Le plafond est plus bas que prévu mais la visibilité est meilleure. Mon altimètre doit indiquer une centaine de pieds trop bas. Je tourne vers Cap Rouge et reviens vers l'aéroport. Devant nous, l'enseigne verte au néon du motel au-dessus duquel nous sommes sortis des nuages. Un camion de transport roule sur la route en direction de l'Ancienne Lorette, ses phares rayonnent dans l'obscurité et font reluire la chaussée mouillée. Je rase les toits. À la tour, la lumière verte éclaire encore comme j'amorce les manoeuvres d'approche.

J'effectue mécaniquement les vérifications avant l'atterrissage. Le train est toujours sorti ; pas de signal vert, mais je distingue confusément le reflet noir de la roue avant dans le miroir du fuseau moteur, grâce aux lumières de la ville au-dessous de nous. Attention, je suis un peu trop bas mais peu importe ; il ne devrait plus y avoir d'obstacle maintenant.

« Magnifique, tout simplement magnifique ! » dit Rousseau.

Mélange riche. Hélices réglées. Vérification routinières des commutateurs : les quatre dispositifs magnétiques (mags) en haut, allumés. Un commutateur principal.

Commutateur principal.

Une montée de sang chaud et embarrassé afflue à mes joues.

Commutateur principal, en bas et fermé !

La seule chose que je n'ai pas vérifié quand les lumières se sont éteintes. Jamais personne n'éteint la lampe principale des instruments en cours de vol. Mais voilà. Le commutateur est bien fermé, à l'extrême gauche du tableau de bord, sous la saillie protectrice qui est là pour empêcher qu'il soit heurté par accident. C'est impossible, il ne peut pas être fermé. J'ai dû l'accrocher quand je me suis penché pour vérifier le support du micro et qu'il y a eu cet affreux soubresaut.

Un commutateur principal en bas et fermé.

Avec toute cette fatigue, j'ai conscience que je rougis. Je dois lutter contre mon envie de le laisser fermé et m'en remettre au bon sens qui dit : bon fonctionnement des instruments, atterrissage sans problème.

Que dirais-tu d'un pilote qui fonctionne bien ?

Je sens la rougeur monter de ma nuque à la racine de mes cheveux. Je laisse échapper un long soupir, «lined up on final», relève le commutateur. Tous les cadrans s'allument.

«Eh bien ça alors», dit Véronique. Nous survolons les balises d'approche. La radio se met à grésiller quand j'arrondis, un peu bas. La roue avant frôle le sol, maudit! On rebondit. Je me reprends, résigné. Je lève le nez, redonne un soupçon de puissance et fais cette fois un très bon atterrissage, m'arrête gentiment à l'intersection de la piste 06, et la traverse.

C'est alors que j'aperçois les camions extincteurs pas très loin de l'intersection sur l'autre piste et un autre au bout de la voie de circulation. Bravo, attendant comme des vautours, en mal d'occupation. Bredouilles, encore une fois, me dis-je.

Je syntonise le 121.9.

«Québec sol, ici FEJI. La secousse de l'atterrissage a rétabli le courant il me semble. Autorisation de rouler jusqu'à l'aire de trafic, S.V.P.»

«Reçu, FEJI. Puis-je vous rappeler que vous devez remplir un rapport d'urgence le plus tôt possible. S.V.P., appelez la tour avant de quitter l'aérogare.»

Je fais demi-tour sur la piste.

«Je ne me souviens pas avoir déclaré un état d'urgence», fais-je sèchement.

«Dans ce cas nous allons devoir inscrire contre vous une charge de violation pour approche non autorisée FEJI; un rapport d'urgence vaudrait mieux pour vous. Nous croyons que c'était une urgence, de toute façon. Et, en passant, bravo pour votre sang froid! Vous nous avez impressionnés.»

Ah! Voilà bien la charmante hospitalité québécoise, me dis-je. Je stationne à l'opposé de l'aérogare, éteins les radios, tire les manettes des gaz et des mélanges. Les hélices tournent un moment dans la lumière jetée par l'édifice, ralentissent et s'arrêtent. Je laisse retomber ma tête sur ma poitrine, complètement relâchée et ferme les yeux. J'entends la voix de Véronique.

«Vous autres, les hommes, vous êtes tous les mêmes»

J'ouvre les yeux. Elle me fait un signe vers le siège

arrière. Le dossier est à son plus bas. Rousseau a couvert ses yeux de son chapeau. Un long ronflement résonne dans la cabine.

11

O'LEARY

Daniel Patrick Pierre Fernand O'Leary fut baptisé par une mère illettrée mais intelligente ; elle savait même du fond de sa pauvre maison de deux pièces, de sa maison de mineur du Nord-Ouest québécois, que si son beau poupon voulait faire son chemin dans ce monde appartenant aux Canadiens anglais et dirigé par eux — on les appelait simplement « les Anglais » à cette époque — il fallait qu'il passe pour l'un d'eux. Elle lui donna donc cette série de prénoms qui pouvaient lui servir d'un côté de la clôture comme de l'autre, le prénom de Daniel étant lui-même utilisable dans les deux langues.

Plusieurs années plus tard, les jeunes collègues du premier ministre du Québec ne manquèrent pas d'observer que Daniel, du moins prononcé à la française, est non seulement un prénom bilingue, mais aussi un prénom bissexuel. Bien sûr, ils se gardèrent d'ébruiter la chose et ils auraient encore moins osé en parler devant madame O'Leary, qui entretenait à Montréal, pour son fils et pour elle-même, une grande maison au pied de la montagne, dans le quartier d'Outremont, où vont s'installer ceux qui veulent garder leur identité française tout en vivant comme la bourgeoisie anglaise.

Elle envoya le jeune Daniel Patrick (elle-même ne connaissait pas un mot d'anglais et prononçait les deux prénoms en mettant l'accent sur la dernière syllabe) à l'école anglaise, quand ils déménagèrent à Montréal après la mort d'O'Leary « père » dans un accident minier, conséquence flagrante de la négligence patronale. À une époque où les travailleurs canadiens-français étaient exploités à outrance, ce qui fit dire plus tard à un révolutionnaire qu'ils étaient les nègres blancs d'Amérique, les poursuites menées par un jeune et preux avocat montréalais réussirent tout de même à obtenir de la compagnie — par un règlement hors cours, évidemment — une pension substantielle pour les veuves des quatres victimes.

Peu après, le jeune avocat mourut dans un accident de voiture mystérieux et pendant vingt ans, personne n'osa plus poursuivre la compagnie pour des accidents de ce genre.

L'école anglaise réussit au jeune O'Leary. À seize ans déjà, il s'inscrivait en science politique à l'Université de Toronto. À vingt ans, détenteur d'une bourse Rhodes, il étudiait au Balliol College. À Oxford, on le mit sur un piédestal, grâce, en grande partie, à son charme irrésistible et à son accent canadien-français, superbement teinté de sonorités britanniques.

À Oxford, il connut une expérience sexuelle d'un genre assez particulier à laquelle jusqu'ici il n'avait jamais laissé s'arrêter sa pensée, même quand il brûlait

148

du désir inconscient de s'y attarder. À Londres, il vécut une autre expérience de ce genre, sous des formes plus conventionnelles cependant, mais qu'il apprécia presque tout autant.

Il se fit rapidement des amis, il était de bonne compagnie. Un de ses amis, qui fut aussi son amant un certain temps, était le cadet du deuxième homme le plus riche de Montréal, et même avant son retour au Canada, au printemps 1954, Daniel Patrick était reconnu comme un bon « investisseur », il avait doublé l'argent emprunté à son riche ami et le lui avait rendu. Cet argent, il l'avait investi selon les bons conseils de Papa en acceptant sans scrupule des tuyaux sur le marché des valeurs qu'il n'avait pas le droit de connaître et qu'il transmit également à sa mère. Il devint, à l'époque où il terminait son droit en 1956, l'un des célibataires les plus avidement recherchés des grandes familles anglaises de Montréal et des grandes familles françaises de Montréal.

Il resta célibataire.

Il joignit les rangs du parti en 1965, fut élu à l'Assemblée nationale du Québec en 1967, devint premier ministre en 1968, et brigua de nouveau les suffrages en 1970 pour consolider sa majorité, qui était trop mince à la première élection.

D'une taille de presque six pieds cinq, il est direct et spontané, rougeaud, extraverti, et commence à prendre de l'embonpoint au détour de la quarantaine.

Il reçoit beaucoup. Avec sa mère, il organise à Montréal de grandes réceptions où sont conviés des couples de tous les milieux. Même les indépendantistes viennent aux « soirées du p'tit Daniel » et s'y amusent beaucoup, car O'Leary est un hôte magnifique. À Québec, dans sa suite du Château Frontenac, où nous nous rendons en ce moment, il donne des réceptions qu'on dit d'un genre assez différent.

Que l'inspecteur Rousseau de la Gendarmerie Royale ait décidé de me tenir à l'œil pendant un ou deux jours, n'est pas finalement si encombrant; il nous est même plutôt utile quand il nous faut nous introduire à l'étage occupé par la suite d'O'Leary dans le vieil hôtel et que nous nous installons devant sa porte. Rousseau, pratiquement, s'est mis de mon côté. Au sortir de l'ascenseur, il se fait reconnaître par l'agent de garde et nous fait signe de le suivre.

L'un des gardes du corps en faction devant la porte est un ex-agent de la Gendarmerie Royale qui a déjà travaillé avec Rousseau à Montréal. Notre présence à cet endroit l'agace manifestement, mais il prend le parti de nous dire que le premier ministre « n'aimerait probablement pas ça ».

Heureusement, O'Leary est d'une humeur particulièrement joviale lorsqu'il franchit la porte à huit heures trente précises. J'ai moi-même dormi quatre heures et me sens en excellente forme.

Véronique commence à filmer dès que la porte s'ouvre. O'Leary semble d'abord surpris, mais, presque immédiatement, il s'empresse de présenter à la caméra son bon profil: il me force ainsi à changer de place pour pouvoir lui adresser la parole en face. J'en viens directement au fait.

« Monsieur le premier ministre, au cours de la réunion que vous aurez plus tard dans la matinée avec les ministres fédéraux de l'Énergie et de l'Environ-

150

nement et avec le Secrétaire d'État aux Affaires intérieures des États-Unis, ceux-ci vous demanderont de reconsidérer votre position sur les droits des autochtones dans le cadre du projet de la Baie James ; qu'allez-vous leur répondre ? »

« Eh bien, monsieur Ireton, j'espère qu'ils ne me demanderont pas de reconsidérer ma position. Je suis sûr qu'il ne le feront pas. C'est pratiquement clair comme de l'eau de roche : ils ne le feront pas. Les deux hommes se sont engagés à protéger les droits des autochtones. Ils savent que j'ai répété maintes et maintes fois que je souhaite respecter ces droits. Il est très peu probable qu'ils me demandent de reconsidérer ma position. Non. Non. Ce sera à *moi* de les persuader de reconsidérer *leur* position et de se joindre à moi dans cette tâche d'éducation, et de leur démontrer que le projet est tout à leur avantage. »

Sur ce, il dirige un regard bien calculé directement sur la lentille, pour donner plus de poids à sa réponse.

« J'espère qu'ils accepteront d'aider mon gouvernement à mettre sur pied le programme de formation destiné à donner à la main-d'œuvre locale les qualifications qui lui permettront de profiter des emplois très rémunérateurs qui seront créés là-bas, emplois qui sont créés présentement, emplois qui sont disponibles à tout Québécois, qu'il soit Indien ou blanc, qu'il parle français ou anglais, cree ou esquimau. Ce sont eux qui doivent changer, voyez-vous, et je suis certain qu'ils changeront. »

Je ne puis qu'admirer l'adresse avec laquelle il sait retourner une question à son avantage. Je m'apprête à formuler ma seconde question, mais il continue.

« Évidemment, s'ils refusent de collaborer à ce programme, mon gouvernement l'entreprendra seul. Nous avons promis des emplois aux Québécois et s'il faut les former pour qu'ils puissent les occuper, eh bien, nous le ferons.

« Maintenant vous étiez sur le point de me demander si la population autochtone veut bien de ces emplois? Ne préfèrent-ils pas leurs occupations traditionnelles, la chasse et le trappage? »

J'acquiesce; ce devait être effectivement ma prochaine question.

« C'est bien ce que je pensais. Évidemment c'est la question qu'il faut se poser. Et je réponds que ce sera à la population locale de décider. La décision lui appartient. À elle de trancher la question. Il ne fait pas l'ombre d'un doute que certains d'entre eux décideront de rester dans la forêt. Les autres viendront travailler au projet de la centrale hydro-électrique. Et il reste un très vaste territoire pour ceux qui décideront de continuer à vivre dans la forêt, en dépit des affirmations de vos amis les protecteurs de l'environnement. Le pays est immense.

« Mais ceux qui vivront des ressources de la forêt ne sortiront pas de leur misère. Le marché des fourrures n'est plus ce qu'il était. Êtes-vous déjà monté jusque-là? Avez-vous vu comment vivent ces gens? Imaginez-vous que même pour eux, les conditions de vie seront améliorées parce que notre gouvernement remplira de poissons leurs maudits lacs? Les nouvelles routes, les nouvelles pistes d'atterrissage vont amener des touristes qui les emploieront comme guides, il y aura plus d'argent à faire, même pour les chasseurs et les trappeurs.

«Donc, vous voyez, monsieur, le seul problème que nous ayons dans ces négociations avec nos frères amérindiens c'est de les aider à comprendre qu'ils ne peuvent que bénéficier de notre grand projet, et cela fait, naturellement, le coûteux mouvement d'opposition qu'ils entretiennent en pure perte disparaîtra de lui-même.»

Il regarde encore une fois directement dans la caméra.

«Vous, les spécialistes de l'information, vous pourriez aider, si vous le vouliez. Vous avez le devoir de nous aider. Vous devez nous aider si vous voulez que les autochtones et le peuple québécois se partagent au même titre les droits à la prospérité que recèle leur terre. Si vous décrivez la situation telle qu'elle est au lieu de mettre l'accent sur la nostalgie d'une époque révolue, nous pourrons alors tous ensemble marcher vers l'avenir.»

Puis il me regarde de nouveau.

«N'est-ce pas votre avis que les autochtones ont droit autant que quiconque aux avantages économiques considérables apportés par le progrès?»

Qui interviewe qui? pensai-je. Mais je dis:

«Je crois que le véritable problème c'est de savoir si les autochtones ont vraiment le choix. Je suis persuadé que vous êtes déterminé à poursuivre le projet même si vous n'arrivez pas à les convaincre.»

«Le véritable problème, monsieur, est le suivant: est-ce que les Québécois auront les emplois dont ils ont besoin? Je le leur ai promis. Je crois que ça répond à votre question. Au revoir. »

Sur ce, il se dégage et avance dans le couloir. Mais je n'ai pas fini, et j'avance avec lui. L'ascenseur mettra bien au moins deux minutes à monter.

Véronique se glisse le long du corridor à nos côtés, filmant notre marche à la suite des gardes du corps. Rousseau se tient derrière, mais à portée de voix. Il a l'air de s'amuser ferme.

« Le gouvernement des États-Unis doit avoir une opinion sur la question », dis-je. « Si vous voulez que M. Auerbach investisse des milliards de dollars dans votre projet, vous serez bien obligé de faire ce qu'il veut, non ? »

Il tourne le coin. Merde ! L'ascenseur est déjà rendu et l'agent tient la porte ouverte, il n'y a plus que dix pieds à franchir. O'Leary marche sans répondre.

« Bonjour m'sieur le premier ministre, lui dit la demoiselle de l'ascenseur ; voici pour votre boutonnière », et elle s'avance pour épingler une rose au revers de sa veste.

« C'est parfait, Marielle, comme toujours. Merci. » Il se retourne vers moi, me fait un grand sourire et agite sa main en signe d'adieu. L'agent lâche le bouton et les portes commencent à se refermer. Je m'écrie :

« Vous n'avez pas répondu à ma question ! »

O'Leary coince sa mince serviette entre les portes juste avant qu'elles ne se ferment, actionnant ainsi le mécanisme de sécurité qui les fait se rouvrir d'un mouvement de ressort. L'agent, les yeux fixés sur la serviette, appuie sur le bouton. O'Leary me sourit encore de son air malicieux, mais ne dit rien pendant cinq bonnes secondes. À la fin, il retire sa serviette, fait signe à l'agent, attend que les portes bougent et dès qu'elles s'ébranlent il me lance :

« Pensez à Bernard Shaw et à la femme qui lui avait dit : Qu'est-ce que vous croyez que je suis ? »

Les portes se referment sur ces derniers mots. Véronique dit :

« Qu'est-ce que ça peut bien signifier ? »

« Bien, Shaw a demandé à une femme si elle voulait bien coucher avec lui pour un million de livres. C'était à un cocktail. Du moins on présume que c'était Shaw... on a dit ça de bien des célébrités. En tout cas... La femme a accepté et Shaw lui a alors demandé si elle le ferait pour une livre. La femme, tout insultée, lui aurait dit « Qu'est-ce que vous croyez que je suis ? » et Shaw lui aurait répondu « Ça, nous le savons déjà ; maintenant nous discutons du prix » ou quelque chose du même genre. »

« Alors il s'entendra avec Auerbach si le prix lui convient. »

« Je pense que ça ne veut pas dire grand-chose ; c'est un comédien dans l'âme. Il a voulu nous faire rire, tout simplement, il sait que sa boutade est trop obscure pour passer en ondes ; et comme ça il a éliminé la question sans se compromettre. »

« À moins que tu décides d'expliquer la boutade à l'écran. » Rousseau ajoute, caustique.

« Il espère peut-être qu'Auerbach l'invitera à coucher avec lui. »

J'appuie sur le bouton pour faire revenir l'ascenseur.

Rousseau continue.

«Je n'ai pas souvent affaire aux politiciens, heureusement. Si j'avais à traiter avec quelqu'un qui me répondrait par ce genre de plaisanterie, je l'écraserais.»

«Si vous aviez affaire à O'Leary, j'ai l'impression qu'il serait direct et concret avec vous, et je parierais que c'est un «tough Tomato». Il nous a joué ce numéro rien que pour amuser la galerie.»

«Et le public accepte ça!» dit Véronique agressivement. «Hommes blancs, vous devez être stupides. On dirait qu'il étudie les discours de Richard Nixon.»

«Ou de Joseph Smallwood, dis-je. Admets que c'est assez brillant de prendre une question comme il le fait et de la retourner de façon à faire de toi ou de ses critiques les méchants de l'histoire, selon leurs critères d'évaluation. Je voudrais bien le voir en face de Auerbach. La discussion sera serrée, ça va faire des flammèches. Les gars d'Ottawa ne seront pas de taille pour participer au débat.»

L'ascenseur est arrivé et nous descendons à la suite que le gérant de l'hôtel nous a dénichée pour tous les trois. Rousseau aime dormir. Il veut rattraper les heures de sommeil perdues. Rien à faire avant la conférence de presse qui aura lieu après la réunion, c'est-à-dire à quinze heures. Je décide de vérifier le matériel et de rassembler mes notes pour téléphoner à Petra et Bob White. Véronique veut prendre une caméra et se rendre à dix heures trente à l'arrivée officielle de Taylor, Legault et Auerbach, au cas où il se passerait quelque chose. Mais Rousseau la fait patienter une demi-heure avant de lui trouver un garde du corps.

Deux minutes après son arrivée, elle s'élance hors de la chambre, direction aéroport, suivie d'un jeune constable en uniforme, grassouillet, les joues roses. À cet instant, le téléphone sonne. C'est le bureau du premier ministre. On me prie d'attendre un moment, monsieur O'Leary voudrait me dire un mot. En moins d'une minute il est à l'appareil.

« Ireton, pouvons-nous parler franchement quelques minutes ? »

« Si ça doit être tenu secret, non, je ne crois pas que ce soit une bonne idée ; cette histoire-là est trop compliquée et mon échéance approche. Je n'ai pas envie d'avoir en main des munitions dont je ne peux pas me servir. »

Pause.

« Parfait, je vais respecter vos conditions. Je vous permets de publier mes paroles parce qu'il y a des choses que vous devez savoir. Mais je ne veux pas d'interview filmée, cependant vous êtes libre d'utiliser comme bon vous semblera les renseignements que je vais vous donner. Mes invités seront ici bientôt, pouvez-vous venir à mon bureau quinze minutes ? »

Officiellement ou non, quand un vieux politicien vous appelle c'est qu'il veut quelque chose et quelque chose à sa façon. C'est louche, mais O'Leary a accepté mes conditions et ça me semble du tout cuit ; j'accepte d'y aller.

La porte de la chambre de Rousseau est entrouverte. Je glisse un œil dans la chambre pour l'apercevoir étendu sur le dos et ronflant. Je lui laisse une note sur le tapis.

«Parti au bureau d'O'Leary, sécurité sûrement suffisante là-bas. De retour dans une demi-heure.»

Nous nous asseyons dans son bureau aux murs lambrissés de bois sombre et poli et j'écoute O'Leary parler tandis qu'un jeune secrétaire prend des notes.

«Monsieur Ireton. Je ne sais pas si vous avez beaucoup lu sur l'histoire du Canada. Si oui, vous savez que les Américains ont fortement essayé de s'approprier notre pays à plusieurs reprises ; ils ont fait la guerre pour cela, ils ont misé sur les troubles de Riel pour affaiblir et diviser le pays pour qu'il tombe facilement entre leurs mains et finalement ils ont décidé de l'acheter morceau par morceau, ce qui est déjà fait, en grande partie.»

«Je sais ça. C'est pourquoi je vous ai demandé si vous aviez l'intention de leur vendre le pays.»

«Bien alors, si vous en savez tant, vous devez savoir que le meilleur moyen pour le Canada de tomber aux mains des États-Unis, c'est de se séparer comme il a failli le faire il y a un siècle alors qu'il n'existait que depuis quelques années. Les indépendantistes ici au Québec croient qu'ils peuvent être plus forts en retirant le Québec de la confédération canadienne. Ils ne semblent pas voir que pendant qu'ils seront occupés à établir des relations avec le pays qu'ils viennent de quitter, le dollar américain s'installera chez eux avant qu'ils n'aient le temps de réagir. Et ne croyez pas que le reste du Canada de son côté s'en tirera sans problèmes avec les États-Unis. »

Il se lève et quitte son imposant bureau pour aller au réfrigérateur encastré dans le mur. Il en tire une grosse bouteille d'eau de Vichy, coupe deux tranches de citron qu'il met dans des verres, ajoute des glaçons, verse et m'offre un verre.

« Yves, en veux-tu ? » dit-il à son secrétaire en élevant la bouteille. Le jeune homme fait signe que non. Il est encore en train d'écrire.

« Non ? Eh bien... ». Songeur, il fixe un moment le fond de son verre.

« Vous savez, Ireton, j'aime le pouvoir. Je l'aime comme tous les hommes politiques. Et le pouvoir me réussit. Je sais bien m'en servir. Je tiens à ce projet parce qu'il me gardera au pouvoir. Mais je peux vous dire ceci, si je n'obtiens pas d'emplois pour les Québécois, ce n'est pas moi que la jeunesse va blâmer, ce sera Ottawa et le reste du Canada, et le mouvement séparatiste ne sera plus contrôlable. Peut-être croyez-vous qu'il est fantaisiste d'imaginer que les Américains s'apprêtent à s'emparer du projet, hmmmm ? »

« Je ne vois pas quel besoin ils en auraient, ils ont déjà acheté tant de territoires et d'industries. »

« Bien. C'est ce que vous croyez. Mais il y a les faits : certains intérêts américains sont déjà impliqués dans le mouvement indépendantiste. Aux premiers jours des années soixante, le mouvement était très pur. Ses adeptes refusaient même de parler aux Américains. Maintenant ils se rapprochent du pouvoir et ils ont besoin d'argent, les Américains sont là pour leur en donner, les pourparlers vont bon train. »

« Vous me dites ça pour que je ne vous égratigne pas trop au sujet de l'attitude que vous allez prendre face à la question des droits des autochtones, pas vrai ? »

« Si ce sont les Américains qui prennent en main le projet, qu'est-ce qui va arriver, croyez-vous, aux droits des autochtones ? »

« Je crois que vous réservez une surprise à monsieur Auerbach quand vous vous assoirez pour négocier. »

« Vous avez peut-être raison. Je ne sais pas ce que monsieur Auerbach me présentera. Vous me laissez croire qu'il a des idées très avancées sur la sauvegarde des autochtones et de leurs droits. On verra bien. Mais soyez certain qu'Auerbach et le gouvernement américain ne s'attendent pas à ce que je vais leur dire. »

« Avez-vous l'intention de me mettre au courant ? »

Il me regarde avec attention.

« Je vais vous faire part de mon analyse de la situation et de mes prévisions. Nous verrons tous les deux ce qui peut en sortir. »

Il boit quelques gorgées d'eau de Vichy avant de continuer.

« C'est assez rare qu'un membre important du gouvernement américain se déplace pour venir au Canada, d'accord ? »

J'acquiesce.

« Quand cette même personne prend la peine de faire les arrangements diplomatiques nécessaires pour traiter directement avec les représentants d'une province du Canada, c'est encore plus inaccoutumé, hein? Êtes-vous toujours d'accord?»

« Ça se tient.»

«Très bien alors. Cela m'amène à conclure que monsieur Auerbach cherche à obtenir quelque chose qui ne faisait pas partie de nos premières négociations quand nous sommes allés à la recherche d'investissements il y a quelques années. Et je crois connaître la nature de ce quelque chose.»

Il attend que je lui donne la réplique. Et je ne vois pas pourquoi je ne l'encouragerais pas.

«Et qu'est-ce que c'est?» fais-je consciencieusement.

«Vous voyez, ils ont toujours été intéressés à nous acheter de l'énergie électrique. Pas assez intéressés pour se précipiter ici pour investir, mais intéressés. Maintenant, après notre rencontre ce matin à l'hôtel, j'arrive à mon bureau ici et en lisant le compte rendu de la conférence de presse d'hier soir dans le Soleil de ce matin, je suis frappé par le fait qu'on n'y fait pas mention de puissance électrique, mais qu'on parle de divers autres usages.»

«Je vous ai précédé», dis-je. «J'ai parlé à Auerbach après la conférence de presse. C'est de l'eau qu'ils veulent.»

Il ouvre de grands yeux étonnés. Puis il dit:

«Je vous félicite.»

«Je vous retourne ce compliment. Qu'est-ce qui se passe après?»

« Ce qui arrive, c'est qu'en retour du droit à notre eau, monsieur Auerbach va nous offrir de nouvelles conditions économiques pour l'aménagement de la Baie James, les investissements proposés monteront à plusieurs centaines de millions de dollars, investissements qui rendront possibles tous les emplois, tous les projets d'aménagement, encore plus que ce que j'ai proposé au Québec. C'est ça que je prévois. »

Le fait de le voir tenir devant moi le même raisonnement que celui sur lequel Cam McNab m'a aiguillé la nuit dernière déclenche dans ma tête une succession d'associations très rapides. J'observe l'expression amusée du premier ministre pendant qu'il attend que je lui pose la question qui le fera larguer sa bombe. Une série de relais clignotent en même temps, la lumière se fait et — je n'y peux rien — je dois lui gâcher son plaisir.

« Et cette surprise », dis-je sans lui donner le temps de le dire, « c'est que vous allez refuser ! »

Sa mâchoire tombe.

« Vous allez refuser », fais-je encore, « parce que vous avez l'impression que vous tenez les guides pour la première fois. L'énergie électrique, c'était intéressant, mais ils pouvaient toujours la produire chez eux si besoin était. Mais de l'eau, il ne peuvent pas en produire. Vous avez de l'eau. Vous allez mener un marchandage plus serré. »

Maudit que j'aime ça en sortir une comme ça !

Il secoue la tête, faussement ennuyé.

« Vous êtes diabolique ! » dit-il. « Mais vous avez raison. »

162

«Mais ce que j'ignore», dis-je, «c'est ce que vous allez exiger en retour qui soit plus profitable que ces millions de dollars d'investissement.»

«Je suis content que vous me laissiez quelque chose», dit-il en riant. «Vous voyez c'est très simple, vraiment, mais c'est aussi très audacieux et j'irais jusqu'à dire que c'est brillant. Et tout ça s'est précisé dans mon esprit à la suite de votre remarque sur la vente du Québec aux États-Unis et après avoir lu les journaux.»

«Dans le passé», continue-t-il, «les Canadiens ont toujours accueilli les investissements américains comme une jeune paysanne son premier amant; on s'étendait en les priant d'entrer. Et ils sont entrés. Encore et encore. Et maintenant ils ont tant de possessions dans ce pauvre pays qu'il ne nous est plus possible de prendre une décision tout seuls.»

«Et cette fois?»

«Cette fois, je dirai non. Non, nous ne voulons plus d'investissement. Quand nous sommes venus frapper à votre porte vous avez hésité à nous ouvrir. Maintenant, vous avez besoin de quelque chose que vous ne pouvez obtenir nulle part ailleurs au monde et c'est *vous* qui venez à nous. Nous voulons bien conclure un marché équitable avec vous. Mais...!»

Il se lève, exultant.

«Mais vous allez nous payer d'avance! Payez maintenant, buvez après! Vous allez nous donner l'argent pour construire toutes les installations nécessaires et nous allons livrer la marchandise quand les installations seront à même de nous la fournir. Mais c'est nous qui serons propriétaires des installations, pas vous. Vous nous donnerez des dollars maintenant et nous vous fournirons de l'eau plus tard. Quand le temps sera venu. Pas mauvais comme marché, hein ? »

« C'est un pari énorme. »

« C'est évident. »

« Et si vous perdiez, s'ils refusaient ? »

« S'ils refusent, je me rends aux Nations unies avec des documents, des enregistrements, des photographies et je vais dénoncer sous serment les agissements des agents du gouvernement américain qui travaillent depuis des années à encourager l'indépendance du Québec. Et je crois que ça ne va pas plaire du tout à l'opinion publique américaine qui vient de traverser la crise du désengagement au Viêt-Nam, et tout ce gâchis. Je crois qu'ils en ont assez de passer pour des bandits internationaux. Je ne crois pas que le président des États-Unis soit heureux d'une telle intervention à la veille d'une élection. »

« C'est du chantage. »

« Comment ça s'appelle quand ils veulent acheter notre pays ? »

« Monsieur le premier ministre, je pense que vous avez oublié quelque chose. »

« C'est-à-dire ? »

« Vous m'avez dit que je pouvais utiliser cette conversation. Si je rapporte vos paroles à propos de votre intention de sonner l'alarme au sujet de la CIA et de quiconque se mêle du mouvement indépendantiste québécois, que devient votre pouvoir de négociation ? »

164

«Monsieur Ireton, je m'apprête à vous quitter pour rencontrer monsieur Auerbach et les ministres fédéraux. D'ici quatre heures j'aurai obtenu une promesse ou j'aurai échoué. Je ne pense pas que vous puissiez me nuire avant cela. Si je réussis et que vous décidez tout de même de rendre public ce que je viens de vous révéler, je vais naturellement nier tout ça. Je dirai que je vous ai dit que certaines personnes au Québec prétendent qu'il y a eu intervention américaine et que je fais enquête là-dessus, je dirai que vous m'avez mal compris. Les notes du carnet d'Yves confirmeront que ce que je dis est la vérité et que ce que vous dites est pure fantaisie. Franchement je ne vois pas pourquoi vous risqueriez ainsi de ruiner votre réputation. »

J'essaie de me composer un air indigné, mais l'audace de cet homme me plaît trop, je ne peux empêcher les coins de mes lèvres de se retrousser au lieu de s'affaisser. Il se lève et me tend la main. L'entrevue est terminée, mais je décide de tirer une autre flèche. Je reste assis et dis :

«Et qu'est-ce que le Commando de l'Environnement vient faire là-dedans ?»

O'Leary se rassoit lourdement.

«Yves, je dois te demander de sortir», dit-il lentement.

Yves prend son carnet et sort. La porte se ferme silencieusement derrière lui.

O'Leary fait pivoter son fauteuil et regarde par la fenêtre un moment. Il me tourne le dos. Quand il reprend la parole, c'est d'une voix calme qu'il me dit :

« Que savez-vous au juste du Commando ? »

« Je sais qu'ils sont dangeureux. Ils ont tenté de me tuer hier soir. Je sais qu'ils ne sont pas ce qu'ils paraissent et je pense qu'ils sont plus puissants qu'on l'imagine. Je ne sais pas ce qu'ils cherchent. »

« Je crois que je le sais », dit O'Leary. Il revient de mon côté et me regarde intensément.

« Voulez-vous cesser d'être reporter pendant une minute ? »

Il paraît si sérieux que j'abandonne la défensive et accepte.

O'Leary dit :

« Vous avez dit qu'ils ont tenté de vous assassiner. »

« Je crois que oui. Ils m'ont menacé de mort si je couvrais le voyage d'Auerbach. Hier soir, ils ont tué un reporter qui me ressemble beaucoup. Nous — la police — croit que c'est moi qu'ils voulaient avoir. Ils essaient d'arrêter Auerbach, voyez-vous. »

« J'aurais bien aimé qu'Auerbach me parle de ça. Mais ça commence à se dessiner. Il faut que je trouve une minute pour le rencontrer seul. Ireton, l'enjeu dans tout ça est encore plus important que mon projet ou que votre vie, vous allez me pardonner. Je viens de commencer à y voir clair. Vous avez raison au sujet de l'ampleur du Commando et au sujet de son apparence trompeuse. Et après que j'aurai parlé avec votre ami de Washington, nous serons à même tous les deux de vous en dire plus. Pour que vous le publiiez. »

Yves entrouvre la porte, y passe la tête et dit :

« Ils viennent d'arriver en bas, m'sieur le premier ministre ».

O'Leary se lève, prêt à partir.

Je dis :

« Une dernière chose. Pourquoi avez-vous pensé que je devais savoir tout ça maintenant, je n'en ai pas la moindre idée. Je veux dire, quels sont vos plans ? »

Il se retourne à la porte.

« Vous faites un programme pour le réseau North American, je crois ? »

« C'est exact. »

« On pourra le voir à Montréal et dans toutes les villes proches de la frontière et tous les Canadiens abonnés à un réseau de câblo-distribution capable de capter les postes américains pourront le voir également. Si je gagne mon pari, Washington et Ottawa devront publier un communiqué conjoint. C'est le protocole dans le cas d'accords internationaux. Je connais ces Américains et je connais encore mieux ces gens d'Ottawa. Ils vont se fendre en quatre pour essayer de faire croire que ce sont les deux gouvernements fédéraux qui ont encore une fois tiré le Québec d'un mauvais pas. Je voulais m'assurer qu'un journaliste responsable sache d'avance que je tenais la solution de nos problèmes avant le début des négociations. Pensez-vous que vous pouvez me souhaiter bonne chance sans violer vos principes professionnels d'impartialité ? »

« Bonne chance, » lui souris-je. Nous nous serrons la main.

Son personnel et ses gardes du corps l'entourent pendant que nous traversons le corridor ensemble. Je les quitte avant qu'ils avancent pour accueillir leurs invités. Véronique se chargera bien de prendre tout ce qu'il nous faut, au point où nous en sommes. Je me jette dans une porte latérale qui conduit aux escaliers de service de l'Hôtel du gouvernement, et dévale les marches deux par deux, la tête bouillonnante.

Une fois dehors, ma vieille curiosité, mon vieil instinct pour les Grands Événements m'envahit un moment et me pousse vers l'avant de l'édifice pour voir les voitures et les agents et voir s'ils vont prendre la traditionnelle photo officielle sur les marches du perron.

Il y a des microphones et plusieurs caméramen sur les marches et au moment où j'émerge de la foule, O'Leary apparaît, guidant courtoisement les trois autres. Ils s'arrêtent tous pour les photographies officielles, mais un assistant s'avance au micro et annonce qu'il n'y aura pas de déclaration pour le moment. On entend de vagues applaudissements d'un côté de la foule. Puis un jeune homme en jeans délavés portant une barbe blonde se met à crier « Yankee go Home ! Yankee go Home ! »

Trois ou quatre agents se jettent sur lui avant qu'il puisse crier une troisième fois. Pendant qu'ils l'entraînent brusquement, on entend un « Vive le Québec libre ! » surgir de cet amas de casques et de bottes, puis un cri étouffé, puis plus rien. Un murmure discret parcourt la foule : l'atmosphère est malsaine. Je cherche Véronique des yeux, me demandant si elle a pris cette scène et regrettant de n'avoir pas emporté de caméra après tout.

O'Leary, les ministres et Auerbach supportent l'épreuve en souriant et en saluant comme s'il n'y avait que des amis dans ce monde, puis se dirigent à l'intérieur de l'édifice gouvernemental. Je ne trouve pas Véronique. Je retourne donc à l'hôtel.

Arrivé au vieux mur de pierre qui longe la rue juste avant l'entrée de la cour intérieure de l'hôtel, je m'aperçois qu'une voiture me suit.

Je suis à cent cinquante pieds de la grille seulement. Je jette un regard à la voiture pour constater qu'il y a deux personnes à l'intérieur et que la fenêtre de droite est ouverte, de mon côté. Je réprime mon réflexe de courir. Il y avait des gens dans la rue tout à l'heure, mais à cet instant précis la rue est déserte. Je sens la voiture qui s'approche. Je n'en peux plus. (Je me mets à courir en changeant de direction, en «tricotant»... en «slalom»...)

Devant moi j'aperçois Rousseau qui sort de la cour en courant, il porte la main à sa poche, il me crie quelque chose. Mes veines battent dans ma tête et je me sens comme si j'allais m'étrangler. Je me retourne pour voir la voiture qui s'est approchée tout contre moi. J'aperçois le canon d'une arme passer par-dessus la glace de la voiture, je trébuche sur quelque chose, une douleur intense traverse ma cheville et je vire et je tombe.

En touchant le sol, je vois un éclair sortir de la voiture. Mais je n'entends pas un son. Ma tête est pleine d'explosions de lumière, mais je m'enfonce dans le noir. J'étouffe. J'essaie d'appeler mais ma bouche est pleine de sable sec. Je ne réussis pas à proférer un son.

12

BONNE MÉDECINE

Rousseau est mort. C'est certain. Je vois son corps à la dérive, les bras étendus, la tête en bas. Quelque chose fait rouler le corps. Ce n'est plus Rousseau. C'est Cameron McNab. Je sens deux larmes tièdes couler le long de mes joues. Les larmes tombent dans l'eau du canal. D'autres cadavres flottent à la dérive. Il y en a un qui ressemble à Véronique, mais il est sous l'eau et je n'arrive pas à le voir distinctement. Je me mets à crier « Non ! Non ! ». Le corps se retourne. C'est Véronique, mais elle sourit et je sais qu'elle se sent bien. Je peux l'entendre parler des profondeurs de l'eau. Elle dit : « Calme-toi, tout va bien ». Je sens sa main sur mon front et une douce étoffe essuie mes yeux mouillés. Une douleur aiguë étreint le haut de ma tête, j'ai peur d'ouvrir les yeux. Sans les ouvrir, je dis : « Je sais qu'on l'a déjà dit, mais où suis-je ? »

« Tu es dans ta chambre au Château Frontenac. Je suis Véronique. Je t'aime. Tu es bien. Rousseau est à côté de moi. Mon frère Tono aussi. Il est 14 heures. »

Toutes les données nécessaires, dans le bon ordre.

« Je ne veux pas ouvrir les yeux tout de suite. Ma tête va se fendre », dis-je. « Qu'est-il arrivé ? »

« Je te raconterai ça tout à l'heure. J'ai quelque chose pour toi. » J'entends le bruit d'un liquide qu'on verse. Je sens la chaleur de son corps qui s'approche de moi, et son ombre sur mes paupières m'indique qu'elle se penche au-dessus de moi. Je l'entends boire un liquide dont je sens la vapeur piquante au parfum purifiant et stimulant, comme du cidre. Puis ses lèvres viennent toucher les miennes. Je pense qu'elle est un peu bizarre de faire ça devant tout le monde. Ses lèvres sont humides et chaudes, elle les sépare tout doucement. Un baume de tendresse. Ma bouche s'entrouvre sous la pression délicate de ses lèvres. Un liquide chaud et amer, comme du thé, d'un goût qui m'est inconnu, se déverse de sa bouche dans la mienne et coule aisément dans ma gorge. Tout cela sans le moindre mouvement pour déplacer ma tête douloureuse.

Elle retire ses lèvres de ma bouche et les approche de mon oreille. Elle me dit des mots dans sa langue, des mots qui sont comme de la fumée.

Je sens la vapeur de la potion s'infiltrer dans mon crâne et soulager la terrible tension de ma gorge et de mon cou. La douleur commence à diminuer presque immédiatement. Entre les élancements, elle a complètement disparu. Je me risque à ouvrir un œil, juste assez pour regarder les siens. Ses yeux me disent « paix ». Je referme les yeux et cinq secondes plus tard, je sombre dans le sommeil.

172

À mon réveil, je suis affamé. La douleur a disparu, il n'en reste qu'une sorte de souvenir, une sorte de raideur du cuir chevelu. J'ouvre les yeux immédiatement. Véronique est assise sur une chaise au pied du lit. Elle m'accueille dans le monde avec un lent sourire.

« Quelle heure est-il ? » dis-je.

« Quatre heures et demie. »

« Nous avons raté la conférence de presse. »

« Auerbach est dans l'autre chambre avec Rousseau. Il t'en parlera quand tu seras prêt. Rien ne presse. »

J'avance la main avec précaution à l'endroit où je ressens les tiraillements sur mon crâne. On a tondu mes cheveux sur une petite surface couverte de diachylon.

« Ce n'est que ça ? » dis-je. « Je me sentais comme les canons de Navarone. »

« C'est bien assez, ma vie, mon amour. Un quart de pouce de plus et ils t'enlevaient à moi pour toujours ; c'est ce que les médecins ont dit. »

Elle est à mes côtés maintenant, ses yeux sont humides mais elle sourit. Je passe mes bras autour de son cou et me soulève pour m'asseoir. Mais je tremble un peu et la douleur se remet à élancer. Je me force quand même à rester assis.

« Est-ce qu'il reste de cette tisane ? De ce thé ? Qu'est-ce que c'était ? »

« C'est Tono qui a apporté ça. Il est venu de la réserve. Je lui ai téléphoné dès que j'ai su. Tu te moquais de moi quand je disais que mon frère est un guérisseur, t'en souviens-tu ? »

« Remercie-le pour moi. »

« Tu peux le faire toi-même. Il reste avec nous quelques jours. Il dit qu'il le faut. Je crois qu'il a fait un songe. Mais je n'en suis pas certaine. Quelque chose l'inquiète mais il ne veut pas me tracasser pour l'instant. Mais essaie de comprendre. Il va veiller sur toi. Tu dois l'accepter. »

Elle va dans l'autre chambre et en rapporte une tasse fumante.

« N'en bois pas trop. Ça te ferait dormir trop longtemps. »

Je prends quelques gorgées. Peu après la douleur se calme de nouveau.

« Je crève de faim », dis-je.

Nous nous asseyons autour de la table de la chambre principale et avalons deux pleins bols de soupe aux pois, épaisse et jaune, riche et salée, du pain blanc avec du cheddar et plusieurs tasses de café noir.

Rousseau raconte comment, après avoir trouvé mon message, il s'est précipité pour prendre un taxi. N'en trouvant pas devant l'entrée de l'hôtel, il a couru jusqu'à la rue au moment où je courais moi-même dans sa direction. Il a sorti son pistolet à l'instant où je tombais et la balle qui m'a effleuré le crâne est allée ricocher sur le mur et siffler à son oreille, ça lui a fait perdre l'équilibre et manquer son premier coup. Il a l'impression que sa deuxième balle est allée se loger dans la porte arrière de la voiture, mais celle-ci disparaissait déjà à l'intersection dans le vacarme strident de ses pneus sur le pavé. Il n'a pas eu le temps de vérifier. Tono, qui m'a serré gravement la main quand je suis entré dans la chambre, boit son café à petits coups sans dire un mot. Il semble écouter quelque chose qui vient d'ailleurs. Il a la peau plus sombre que celle de sa sœur, les yeux plus écartés, et les pommettes moins saillantes. Mais il a le même nez étroit et une bouche presque identique. Ses cheveux longs sont enserrés dans une étroite bande de cuir, de la même couleur et de la même texture que celui de sa veste, qui est décorée au-dessus de la poche de quelques plumes formant une sorte de dessin cabalistique ressemblant à des chiffres et des additions. Il est de petite taille, comme Rousseau, mais, même à côté de la silhouette élancée et imposante d'Auerbach, il donne l'impression d'être grand. Il prend de la place dans une pièce, il occupe de l'espace, vous voyez ce que je veux dire?

Auerbach, qui a perdu son air inquiet aussitôt qu'il m'a vu dévorer cette soupe, est excité au plus haut point.

« Ça ne pouvait pas mieux se passer, Joe! O'Leary est un homme intelligent et dur en affaires. Il m'est arrivé avec une proposition inattendue — je ne veux pas en parler tout de suite — une affaire difficile. Mais je pense qu'on va en arriver à un résultat formidable tous les deux. Et le plus beau, c'est qu'il a accepté de venir à Matagami parler avec les chefs indiens. C'est un fameux joueur, je peux te dire ça. Il prend des risques en venant là-bas. Mais il est de notre côté, je crois. Je pense que nous sommes à l'aube d'une nouvelle ère de... bien, je regrette d'être si mystérieux, Joe, mais j'ai promis de rester muet sur tous les détails jusqu'après la conférence de Matagami au moins ; tu en apprendras au cours de la réunion.»

Je décide de rester muet moi-même pour le moment. Je dis :

«Je ne crois pas que je serai à la réunion. Je me sens mieux, mais pas assez pour me rendre à Matagami ce soir. Véronique ira à ma place.»

«Non non, ça a été remis», dit Auerbach. «J'ai oublié de te le dire. O'Leary tenait absolument à y aller et il est pris à Montréal ce soir. Mais il viendra demain et les chefs ont accepté d'attendre une journée.»

Demain. Vendredi. Connaissant la façon dont les chefs indiens mènent des réunions, je suis sûr que ça va durer au-delà de minuit, quelle que soit l'heure à la laquelle commencera la conférence. Les hommes blancs établissent un ordre du jour et un horaire pour leurs réunions, c'est notre conception de l'efficacité. Mais les chefs indiens disent : c'est le jour que nous avons choisi pour nous rencontrer ; nous emploierons cette journée. Et c'est ce qu'ils font. Toute la journée. C'est leur conception de la fraternité.

Donc je ne pourrai pas être à Washington avant samedi pour mettre la dernière main au reportage. Disons samedi midi. Ce qui nous donne moins de trente heures pour fignoler tout ça. Je dis :

«Howard, quels sont vos projets pour le reste de la journée, et comment vous rendrez-vous à Matagami ?»

«Je vais faire je trajet Montréal-Matagami par vol nolisé. Wilson Rimmer et moi nous nous rendons à Montréal avec O'Leary dans l'avion du gouvernement

176

du Québec, à six heures. Je descends au Ritz pour la nuit et je vais tâcher d'aller à un concert ou de sortir quelque part dans la soirée. Mais c'est important que je passe quelque temps seul avec le premier ministre, en-dehors des cadres officiels. Non, rien d'officiel, Dieu m'en garde! Le premier ministre du Canada appellerait notre ambassadeur si jamais je négociais officiellement sans qu'un ministre fédéral veille à ce que tout soit correct. Mais nous avons beaucoup à nous dire, euh... socialement.»

Un projet tentant se dessine dans ma tête.

«Quel temps fait-il?»

Véronique répond:

«Beau VFR. Couvert jusqu'à demain matin, mais la visibilité est excellente.»

Je me lève en flageolant pour aller téléphoner dans l'autre chambre. À mon retour, Rimmer est arrivé pour mener son patron à l'aéroport. Je le revois pour la première fois depuis la conférence de presse. Il me regarde, impassible. Je décide que les excuses peuvent attendre jusqu'à mon rétablissement. Je prends Auerbach à part juste avant qu'il nous quitte.

«Oubliez votre avion nolisé pour Matagami. J'ai tout arrangé pour nous. J'ai des amis dans l'aviation. Et puis j'aimerais avoir une conversation pendant le voyage, si vous le voulez bien.»

«Bien sûr; merci.»

«Bon maintenant la suite; pourriez-vous vous débarrasser de votre ombre pour ce soir? J'aimerais que vous veniez dîner avec nous à Montréal; quelque chose d'un peu spécial. Qui n'a rien à voir avec nos affaires. Puisqu'on a le temps de se détendre, détendons-nous. »

« Pas de problèmes avec Rimmer ; mais avec eux, je ne sais pas. »

Il pointe du menton vers le corridor. Deux agents en civil se tiennent à la porte, imperturbables.

« Ils ne sont pas obligés de manger avec nous, non ? »

« Bien, ce sont de bons gars », dit-il malicieusement.

Je me sens de mieux en mieux. Je téléphone à Washington pour mettre Petra Nielsen au courant des derniers développements mais je ne lui parle pas du plan de chantage de O'Leary. Ni, évidemment, de sa mystérieuse allusion au Commando.

« C'est une histoire formidable, Joe ! La séquence avec Auerbach et Legault est une merveille. Je pense que quand nous lui aurons fait raconter toute son histoire sur cette affaire d'eau, nous aurons le « scoop » le plus incroyable de toute l'histoire de la presse télévisée. Tu sais, les documentaires sont sensés interpréter la nouvelle, non la faire. Nous allons marquer une étape. »

« C'est justement ce que je pensais. Je veux un plus gros cachet. »

« Quoi ! Maudits artistes, vous êtes tous des voleurs. Tu as déjà vingt pour cent. Qu'est-ce qu'il te faut de plus ? »

« Une prime pour métier dangereux. J'ai reçu des balles dans la tête, imagine-toi donc ! » Et je lui raconte les événements depuis la lettre de Claudius, en passant par la mort de McNab et ce qui est arrivé aujourd'hui.

« Oh, bébé ! » dit-elle, réellement émue cette fois. « Est-ce que ça va mieux maintenant ? Vraiment ? »

« Je serais mieux si je pouvais reposer ma pauvre tête sur ta… Mais je me tais avant de me faire engueuler. Tout ce que je veux c'est un bonus de 50% Petra. C'est sérieux. C'est ce que tu m'as donné pour le Viêt-Nam. »

« Harry va me tuer. »

« Qu'est-ce qu'il va faire s'il n'a pas le reste de l'émission ? »

« Je vais voir. »

« Non, tu ne vas pas voir. Tu te décides maintenant ou je retourne chez moi. »

« Salaud ! Voleur ! Maître chanteur ! Je suis inquiète pour toi. Pourquoi ne laisses-tu pas Véronique et ne viens-tu pas vivre avec moi ? Je vais te faire oublier tous ces dangers, bébé ! »

« Merci Petra. Donc, c'est entendu, cinquante pour cent ? »

« Bien sûr, idiot ! Repose-toi bien, ce soir, toi, hein ? »

Plus tard Véronique s'assoit à gauche, prend les commandes et nous mène le long du fleuve encore une fois pour que Tono puisse voir tout ça. Nous arrivons à la rampe de l'aéroport de Montréal à dix-neuf heures cinquante quatre. Un homme de Rousseau nous attend pour nous mener au Ritz où nous prenons Auerbach. Il est environ vingt heures trente quand nous grimpons les marches du 2332 La Poussière, et ma mère nous attend sur le seuil, radieuse, son petit sourire espiègle au coin des lèvres, dont elle ne manque pas de laisser l'empreinte fortement orangée sur la joue du Secrétaire d'État aux Affaires intérieures des États-Unis.

13

DÎNER CHEZ MAE

La maison respire une vivifiante odeur de safran et d'huile d'olive, de poisson, d'huîtres et de homard, d'ail et de vin blanc. Comme d'habitude, Mae en a préparé assez pour toute une armée. Nous apportons des bols de bouillabaisse bouillante et des tranches de pain de seigle aux deux chiens de garde d'Auerbach, dont l'un est posté à la porte arrière, assis sur le perron et l'autre dans la voiture devant la maison, le moteur en marche et la radio allumée.

Mae est déçue que Rousseau ne porte pas la tunique rouge et le chapeau de cowboy.

«Madame», dit-il, «si j'avais connu votre désir, j'aurais envoyé chercher au quartier général mes habits rouges de cérémonie. (Qui n'existent pas, chuchote-t-il ostensiblement à Véronique).»

«Et sans doute un cheval», dit-elle. Et tous éclatent de rire.

Un gallon de blanc fait le tour de la table jusqu'à ce que l'énorme soupière soit vide et qu'il ne reste plus du pain que les miettes. Puis Mae apporte son saladier de verre taillé débordant de tranches de poires, de pommes et d'ananas frais, de crème épaisse, une bouteille de porto lourd et foncé et une autre de madère doré.

Rousseau, laissant de côté sa pipe, sort sa boîte à cigares et en offre aux hommes. Véronique et Mae sont les seules à en accepter.

Ma mère hume son cigare en connaisseur, approuve d'un mouvement de tête, coupe entre ses dents le bout qu'elle crache par-dessus son épaule dans le géranium à la fenêtre, le lèche, le fait tourner dans sa bouche et prend l'allumette que lui tend Rousseau, aspire sept fois (je les compte pour vérifier si elle respecte le rituel), elle exhale un anneau de fumée légèrement déformé, vers le plafond et un autre vers la surface polie de la table, elle ferme les yeux comme au souvenir de choses passées, soupire (un lent filet de fumée s'échappe de ses narines et se suspend dans l'air), rouvre les yeux et fixe résolument Auerbach.

« Eh bien, M. Auerbach. Vous êtes gentil de venir nous rendre visite. Mais je crois que vous nous devez des explications.»

Auerbach, qui a observé la scène du cigare avec un plaisir non dissimulé, relève un épais sourcil.

« M'expliquer ?»

« Absolument », dit Mae, « le vice-président des États-Unis ou quoi que vous soyez, ne se déplace pas pour rencontrer des ministres canadiens ou des premiers ministres québécois à moins qu'il n'y ait quelque chose de très important qui se trame. Qu'est-ce que c'est ? Allez-vous nous le dire ou bien allez-vous nous monter un autre bateau sur l'immunité diplomatique ? »

Tout le monde rit de nouveau. Mae nous regarde sévèrement.

« Je suis sérieuse », dit-elle, « je pense qu'il est temps que cet homme nous explique ce qu'il fait dans ce pays. Ce n'est certainement pas la Presse canadienne qui nous le dira. »

Elle a raison. Les journaux ont rapporté la visite d'Auerbach dans les termes des communiqués officiels parlant d'étroite-collaboration-dans-l'établissement-de-politiques.

« Et n'allez pas nous faire le coup du renseignement secret à ne pas divulguer », poursuit Mae. « Je n'ai pas envie de me sentir coupable si je bavarde de tout ça avec mes amies demain, comprenez-vous ? »

Auerbach me regarde d'un air faussement contrit.

« Je vois que vous y venez sans détour », dit-il. Puis il se tourne de nouveau vers Mae.

« D'accord, Mae. Je vais vous le dire. En fait, j'essaie moi-même de faire le point et ça m'aidera peut-être si je pense tout haut et si vous me posez des questions. Ça vous va, inspecteur ? »

Rousseau est légèrement gris, très peu professionnel ; la maison ainsi gardée, il sirote son madère en toute tranquillité. Il lève son cigare d'un geste ample.

« Moi aussi je suis curieux », dit-il.

« Eh bien », dit Auerbach. « C'est une histoire

excessivement compliquée. Je vais tâcher d'être aussi clair que possible. Dieu sait que ça peut m'aider. Y'a-t-il encore du café? Merci.»

Il fronce les sourcils au-dessus de sa tasse et y mélange un peu de cette crème épaisse, regardant apparaître et se mêler dans la vapeur, les courants beiges, dorés et bruns.

«Vous savez, toute nappe d'eau réduit la température moyenne de la région qui l'entoure. Le café de cette tasse est chaud, ce n'est pas l'exemple idéal pour démontrer ma théorie. Vous pouvez voir comment la vapeur monte; même si c'était de l'eau ordinaire à température de la pièce, de la vapeur s'en échapperait, mais imperceptiblement.»

«Cependant il serait possible d'en mesurer l'effet. Avec des piles extrêmement sensibles, on pourrait vérifier que la température de la pièce a baissé, parce qu'il faut de la chaleur pour faire évaporer l'eau.»

Il remue son café d'un air absent, pendant un moment.

«Ce qu'ils veulent dans le Nord du Québec, c'est faire des lacs artificiels, d'immenses lacs, des lacs gigantesques immergeant des millions d'acres. Ces lacs seront fouettés par les vents et des tonnes d'eau s'échapperont d'eux continuellement en vapeur quand ils ne seront pas gelés.»

«En hiver, juste avant le gel, ils adouciront le climat environnant parce qu'il irradient de la chaleur. Ils provoqueront aussi des chutes de neige plus abondantes à certains endroits, selon la direction des vents. En été, ils maintiendront la région un peu plus fraîche et feront tomber plus de pluie. On ne peut pas calculer exactement les différences de température. En passant, ce sont les Russes qui ont fait les recherches les plus avancées dans ce domaine. On estime qu'en moyenne ça pourrait représenter une baisse de un demi à un degré et demi, répartie sur toute l'année dans un rayon de sept ou huit milles autour d'un lac.

« Ça a l'air insignifiant, mais quand on a une température moyenne qui frise le point de congélation, là où l'hiver est déjà bien assez long, une différence d'un demi degré au commencement de l'hiver peut retarder passablement le dégel du printemps, ce qui amènerait des hivers plus longs et pourrait entraîner de graves perturbations dans l'équilibre de la nature. Les orignaux et les chevreuils arrivent tout juste à passer l'hiver et doivent leur survie aux jeunes arbres dont les branches pointent hors de la neige. Augmentez un peu le volume de neige, retardez un peu les premières pousses du printemps, en voilà assez pour affamer une espèce entière. »

Tono est resté effacé jusqu'à maintenant, sa chaise appuyée au mur, dans l'ombre. On ne l'a pas entendu de la soirée.

À présent il dit, d'une voix calme :

« Si les orignaux s'en vont, mon peuple devra s'en aller. Sans les orignaux, mes frères ne peuvent pas vivre dans ce pays. S'ils viennent à la ville, ils seront exterminés pas l'alcool et la maladie. Mais c'est ça que veut l'homme blanc. Exterminer notre peuple. Avant, il le tuait au fil des armes. Maintenant c'est différent. Je pense que vous savez tout ça, Auerbach. Vous parlez de nos droits et après vous allez négocier les moyens d'amener les dollars américains pour développer les régions nordiques. Alors nous écoutons vos paroles mais nous ignorons ce que votre cœur dit.»

Auerbach regarde gravement sa tasse, boit une gorgée du liquide tiédi, étend le bras pour prendre la cafetière, se ressert et regarde Tono.

« Ce n'est pas rien que les orignaux, ou le climat, ou les villages inondés, ce n'est pas une seule chose », dit-il. « Le pire, pour les Crees en tout cas, c'est que le projet a été mis sur pied sans même qu'on les consulte. Historiquement, ces terres leur appartiennent. Dans plusieurs cas, jamais aucun traité n'a été négocié, ils bénéficient donc des droits des premiers occupants. Mais...»

Il s'interrompt, semblant mal à l'aise.

Je connais Howard Auerbach assez bien pour distinguer les moments où il pense tout haut. Ce n'est pas le cas en ce moment. Il sait exactement ce qu'il va dire. Je présume que c'est Tono et Véronique qui l'intimident.

Ou peut-être la conversation qu'il a eue avec O'Leary cet après-midi dans l'avion du gouvernement du Québec lui a-t-elle apporté quelque chose de nouveau à propos du Commando qui a changé le sujet de ses préoccupations ?

Il se tourne vers Tono.

« Regardez, la conférence d'hier a marqué une étape. C'est un événement historique. Votre premier ministre l'annoncera dans un jour ou deux, mais je vais vous le dire tout de suite.»

186

Véronique et Tono s'avancent, attentifs.

«Eh bien», dit Auerbach, arborant un sourire satisfait, «les gouvernements canadien et américain en sont venus à une entente de principe selon laquelle ils reconnaissent que certains peuples indigènes jouissent des droits prioritaires des aborigènes sur ce continent, qui ne dépendent d'aucun de nos gouvernements, qui s'étendent au-delà des frontières et doivent être reconnus par les deux pays. Vous rendez-vous compte de ce que ça signifie?»

Tono en a le souffle coupé. Véronique a l'air ravie.

«C'est plus important qu'une décision de la Cour suprême sur l'intégration — et c'est un accord international, je n'arrive pas à le croire!»

«Eh bien, c'est vrai», l'assure Auerbach. «Les ministres canadiens m'ont promis hier qu'ils joindraient leurs efforts aux miens pour convaincre le premier ministre O'Leary. Nous avons commencé aujourd'hui. Demain, nous aurons terminé. Ce sera un autre événement historique et je crois que vous en comprendrez la portée à notre rencontre avec les Chefs demain. Tout ça est formidable mais...»

Il nous fait languir de nouveau, comme pour se donner le temps d'éclaircir ses idées.

Véronique dit:

«Mais quoi?»

Auerbach dit:

«C'est difficile à dire. Voyez-vous, je sais que les injustices faites aux Indiens sont terribles. On les a tout simplement arrachés à leur culture. Et c'est probablement très regrettable. »

« Probablement ! » La voix de Véronique s'est faite perçante.

« Eh bien oui, *probablement*. Beaucoup de peuples aborigènes avaient une vie difficile, dans des conditions d'extrême indigence. Ils se battaient entre eux, ils ne vivaient pas très vieux. Ils étaient bien portants en général, mais il arrivait que des tribus entières soient décimées par la maladie. Vous n'ignorez pas l'existence du cannibalisme chez certains groupes et de l'infanticide chez d'autres. On se plaît à évoquer l'image romantique du noble sauvage. Il n'a pas toujours été si noble. »

Véronique s'est levée, le regard en feu.

« Je croyais que vous étiez notre ami. Quel ami ! Vous tenez le même discours que tous les maudits politiciens blancs qui veulent se débarrasser de leur sentiment de culpabilité d'avoir anéanti mon peuple ! Bien sûr, tout n'est pas beau, mais même si tout avait été mauvais aux yeux de votre maudite morale, c'était notre culture, notre vie. Personne n'avait le droit de nous l'enlever. Je devrais vous faire ravaler votre *probablement* avec votre maudite bonne conscience ! Joe, veux-tu bien m'expliquer... ? »

Elle quitte la table brusquement et va rejoindre son frère le long du mur, foudroyant Auerbach du regard.

« Essayez de comprendre avec votre cœur plutôt que de penser avec votre tête d'homme blanc », dit-elle amèrement. Mais Tono appuie sa main sur son bras et elle se calme aussitôt. Les yeux de Tono sont impassibles, il attend.

Auerbach dit :

« Oui, vous avez raison. Votre culture appartenait à votre peuple. Personne n'avait le droit de la changer, même si vous en aviez besoin. Je le reconnais. Mais elle a changé, et voyez-vous, on ne peut plus reculer. On ne peut plus revenir en arrière, il faut aller de l'avant. Les armes à feu, les pièges d'acier, les moteurs hors-bord, les haches d'acier, les allumettes, les couteaux, les vêtements de nylon, le thé, et même les avions, font maintenant partie de la vie de bien des autochtones des régions dont nous parlons. »

« Nous aurions pu avoir tout cela sans qu'on nous l'impose, légitimement, par des négociations », dit Véronique devenue plus raisonnable. « Si nous en voulions. Ce qui est grave c'est que nous n'avons pas eu le choix. »

« Exactement », dit Auerbach.

« Eh bien alors ? »

Il y a un silence. Auerbach vide sa tasse de café. Mae s'enfonce dans sa chaise et envoie au plafond plusieurs anneaux de fumée. Rousseau se verse encore du madère. Véronique reste de pierre à côté de son frère, son bras sur le dossier de sa chaise, les yeux profonds, blessés et égarés.

J'entends un bruit venant d'en haut. Ça semble venir de l'arrière de la maison. Je demande à Mae :

« As-tu encore ton vieux chat roux ? »

« Mon Dieu, non chéri ; ça fait plus d'un an qu'il est mort. Qu'est-ce que ça vient faire là-dedans ? »

Je tends l'oreille encore, mais plus rien. Malgré tout, je me sens mal à l'aise. J'ai envie d'aller jeter un coup d'oeil en haut. Mae dit :

« Cette maison craque tout le temps. Tu devrais te souvenir de ça, ça te faisait peur quand tu étais petit. »

Auerbach sort de sa poche des clés et de la menue monnaie qu'il dépose sur la table devant lui. Il les regarde un moment, son doigt déplaçant une pièce, arrangeant ses clés en éventail. Il dit :

« Mais je crois qu'ils décideront qu'ils ne veulent pas se défaire des armes à feu et des moteurs. Et ça veut dire, dans une certaine mesure, se réconcilier avec l'homme blanc et sa culture. Mais ça va finir par coûter quelque chose. Et ce qu'il faut décider, c'est si les avantages valent le prix qu'on y met. Et c'est aux deux de décider. S'il y a marché, il faut que les deux parties en tirent avantage, sinon le marché n'a pas lieu. »

Véronique le regarde durement.

« Voulez-vous dire que si les Indiens ne coopèrent pas, vous allez leur retirer... disons, les munitions, l'essence et les choses comme ça ? Vous êtes sur le sentier de la guerre, monsieur. »

« Non, je ne pensais pas en ces termes. Je pensais à ce qu'il en coûte pour que quelques milliers de Crees continuent à devoir leur survivance à leurs activités traditionnelles de chasse, de pêche et de trappage. »

« Ça ne coûtait rien avant que l'homme blanc ne vienne tout bouleverser avec ses routes et ses aéroports. »

« Non. Je pensais à des coûts d'un autre ordre. Ça prend plusieurs centaines d'acres pour nourrir une famille de chasseurs, si elle se nourrit d'orignal et de castor. Mais ça ne prend qu'un seul acre de culture intensive sur une bonne terre pour nourrir une personne. Les Chinois s'arrangent avec moins que ça. Mais je pense à ce qui serait juste pour tous les hommes et non pas rien que pour une poignée d'entêtés qui n'acceptent pas qu'on vienne déranger leurs vieilles habitudes. Si vous croyez que la planète doit faire vivre tous ses habitants, vous devez donc exploiter les ressources de la terre en pensant à tout le monde, en tirer le meilleur parti. Ces terres du nord ne nourrissent pas bien leurs habitants. Mais il y pousse des arbres, il y coule beaucoup d'eau qui produit beaucoup d'énergie, d'énergie perdue, en descendant vers la mer. »

« Et alors ? »

« Et alors, je crois que les quelques milliers de personnes qui exigent qu'on les laisse chasser et pêcher en paix réclament là un véritable luxe sur le dos de ceux qui ont besoin d'énergie, de nourriture et des autres biens que l'énergie peut produire.

« Vous savez, je me suis toujours battu pour la protection de l'environnement, mais pas inconsidérément. Il ne faut pas rester attaché au passé. Gardons ce qui peut encore être utile aux hommes et aux êtres vivants. Mais évoluons pour leur bien aussi. Si on dit « Ne changeons rien », les déserts et les terres stériles resteront ce qu'ils sont. La maladie, la pauvreté et la tyrannie. Il en va de même des beautés naturelles et des peuples innocents, évidemment. »

« C'est facile pour vous, hommes blancs », dit Véronique aigrement. « Vous avez le pouvoir et l'argent et vous pouvez faire les changements que vous voulez. Mais que peuvent les peuples qui ne veulent rien d'autre que d'être laissés en paix ? »

« Je dis justement que ce n'est pas si facile. Le monde évolue toujours. Il y a quelques milliers d'années, ces terres étaient couvertes de glaciers. Il y a vingt-cinq ans, l'orignal a mystérieusement disparu. Maintenant, il est revenu. L'évolution, c'est la vie. Le secret c'est d'en tirer le meilleur parti et d'essayer d'exercer une sorte de contrôle sur tout ça... Quant à ces peuples qui veulent être laissés en paix, est-ce qu'on doit les laisser en paix si, pour cela, on prive les autres de l'eau ou de l'énergie dont ils ont besoin pour vivre ? »

Dans le silence qui suit, j'entends un autre bruit là-haut. Ce n'est pas le craquement d'une vieille maison. Puis, je me rappelle la présence du garde à la porte arrière et je me détends. Il doit faire les cent pas, j'imagine. Rousseau a l'air tout à fait détendu, et il a certainement entendu les bruits lui aussi.

Auerbach me regarde.

« Joe, tu as bien deviné hier soir. C'est vrai ; nous voulons l'eau du bassin de la Baie James, pas l'électricité. Nous voulons cette eau parce que le continent a besoin de plus de nourriture, et qu'on pourrait cultiver de la nourriture dans les déserts américains s'ils étaient irrigués. Je crois que le plan que nous avons pour cela est celui qui perturbera le moins l'équilibre écologique dans le nord et dans le sud. Mais il y aura tout de même certains changements écologiques et nous ne pouvons pas les prévoir tous. Tu as aimé l'idée des planteurs d'arbres, mais ça représentait de grands changements écologiques, tu sais.

« Mais le problème principal est d'arriver à ça en étant juste pour tout le monde. Je ne veux pas qu'on impose quoi ce soit aux Crees ou aux Inuits, sans qu'ils aient droit de regard. Mais je ne crois pas que les quelques milliers de personnes qui vivent là aient le droit de priver des millions d'autres qui ont besoin d'eau. »

« Vous admettez qu'ils y ont droit légalement, alors qu'est-ce qu'on peut y faire maintenant ? » dit Véronique violemment. « Faire comme vous dites parce que c'est vous qui avez le pouvoir. Vous pouvez avoir de petites surprises. Wounded Knee, ce n'était rien ! »

Un lueur d'impatience traverse le regard d'Auerbach, mais il se maîtrise.

« Non », dit-il sur le même ton, « O'Leary a de dures exigences, et je vais être dur moi aussi. Mais j'ai un plan maintenant. Il procure aux États-Unis ce dont ils ont besoin. Il procure à O'Leary les emplois dont il a besoin pour le Québec. Et il ne déplace pas les peuples autochtones qui restent maîtres de leur destin. Mais pour que ça marche, il faut que j'arrive à les convaincre de me faire confiance. Et, franchement, je crois qu'ils n'ont aucune raison d'avoir confiance en moi ni en aucun homme blanc qui leur propose une affaire. »

Ces paroles détendent Véronique. Beaucoup. C'est le véritable Auerbach qui vient de parler. Il n'a pas cherché à faire d'effet et elle a reconnu là sa sincérité. Ils s'apprêtent à passer le reste de la soirée à discuter sur cette question de confiance, mais ce qui arrive à l'instant accapare l'attention de tout le monde.

On entend un craquement à l'étage qui nous fait tous nous lever d'un seul coup. Véronique est déjà dans le hall et commence à grimper l'escalier quand je réussis à pousser ma chaise. Un fort bruit de bousculade, des grognements, des coups sur le mur et puis, avant que je sois arrivé à l'escalier, une voix d'homme, ferme et contrôlée, donnant un ordre brusque. Les mots ne sont pas clairs.

Nous regardons tous en haut de l'escalier. C'est l'agent du perron en arrière. Il tient un autre homme par une prise de tête et le traîne à reculons jusqu'en haut de l'escalier. L'agent respire bruyamment, mais semble fier de lui. Il traîne, tant bien que mal, son prisonnier dont la tête est solidement enfouie sous le biceps costaud du policier, il suffoque. L'agent amène son homme, boitant, directement à Rousseau.

« Je l'ai trouvé en train d'essayer de s'introduire dans la maison par une fenêtre de l'étage, monsieur. Pas d'arme, rien, mais il sait se battre. »

« Eh bien voyons qui c'est, Chénier, retournez-le », ordonne Rousseau.

Chénier retourne vers nous le mince homme habillé de noir. Son veston lui est remonté par-dessus la tête, cachant ses traits. Chénier tord le bras de l'homme derrière son dos de sa main énorme. Il atteint la tête du prisonnier avec son autre main et tire vivement le veston.

C'est Wilson Rimmer.

14

ENCORE RIMMER

Jusqu'à ce jour, jusqu'à ce repas chez ma mère, Howard Auerbach m'est toujours apparu comme le plus raisonnable des hommes, comme un homme qui examine un problème, une question ou un comportement sous tous ses angles avant d'en tirer une conclusion. Mais quand Rimmer apparaît, libéré de la puissante poigne de son « assaillant » et de la housse inattendue de son propre veston fripé et poussiéreux, la rage gonfle les veines des tempes d'Auerbach, empourpre son front et blanchit ses lèvres comme celles d'un cadavre.

« Rimmer, espèce d'imbécile », rugit-il, « qu'est-ce que tu fous ici, veux-tu bien me le dire ? »

Les yeux de Wilson Rimmer, déjà exorbités, semblent vouloir jaillir de leurs orbites. Il a une bosse sur la tempe gauche et ses cheveux sont hérissés comme des plumes de corneille. Il n'a pas encore repris son souffle qu'Auerbach, incapable de surmonter sa colère, lui saute dessus, l'empoigne par les revers de sa veste et le secoue jusqu'à ce que ses joues en tremblent.

Rousseau intervient, très officiel, très calme.

« Monsieur le Secrétaire d'État, je crois que monsieur Rimmer pourra mieux s'expliquer si nous lui laissons reprendre son souffle, ne croyez-vous pas ? »

Rousseau amène l'homme encore tremblant dans la salle à manger et demande à ma mère d'apporter un verre d'eau.

Rimmer boit avidement.

« J'essayais seulement », bredouille-t-il, « j'essayais seulem-m-ment de vous rejoindre… Je savais qu'ils ne me laisseraient pas entrer. » Il montre Chénier.

« C'est ridicule », grogne Auerbach. « Tu n'avais qu'à montrer ta carte d'identité, idiot ! »

« S'il vous plaît, monsieur, essayez de comprendre. J'ai quitté l'hôtel tellement vite que j'ai oublié de prendre mon portefeuille et mes papiers. Je savais que vos deux nouveaux gorilles ne me connaissaient pas. Et je ne voulais pas perdre de temps en retournant à l'hôtel. Il fallait que je vous porte ceci. »

Il fouille dans la poche supérieure de sa veste. Un air égaré envahit son visage.

« Elle n'y est plus », dit-il en pleurnichant. « L'enveloppe a disparu. Oh! mon Dieu ! »

Il a l'air complètement égaré. Puis il regarde Chénier.

« Oh! peut-être qu'elle est tombée de ma poche quand il a relevé ma veste par-dessus ma tête. Je vais voir là-haut. »

«Tu vas rester ici. Je vais voir moi-même», dit Chénier d'une voix ferme. Rousseau acquiesce. Rimmer fouille encore dans ses poches.

«Oh! non», dit-il au moment où Chénier se lève, «la voici. J'ai cherché dans la mauvaise poche, excusez-moi.» Il va à Auerbach de l'autre côté de la table et lui tend une grande enveloppe brune portant les initiales A.H.A. tracées à la plume feutre en larges caractères. Elle est décachetée à une extrémité. Auerbach la prend et en tire une feuille pliée en deux. Il la déplie. Tracé du même large trait de plume feutre, un simple message:

N'ALLEZ PAS À MATAGAMI!
CLAUDIUS

«J'ai allumé la télévision dans ma chambre d'hôtel», dit Rimmer. «Je — j'étais à bout de nerfs. Je voulais dormir, mais j'avais peur d'en être incapable. J'ai pensé qu'une bonne émission ennuyeuse aiderait. J'ai syntonisé un poste français. Je ne comprends pas le français. C'était une émission de discussion. J'ai dû mettre cinq minutes à m'endormir. Puis j'ai senti qu'il y avait quelqu'un à la porte. Je — j'ai vu cette enveloppe passer sous la porte. D'abord je n'ai eu aucune réaction, puis j'ai pensé que je ferais mieux d'aller voir qui c'était. J'ai ouvert la porte, mais le corridor était désert. Je me sentais trop nerveux pour sortir. Mais quand j'ai ouvert l'enveloppe, j'ai pensé que je devais vous la remettre tout de suite. Alors je suis venu immédiatement et en voulant payer le taxi, je me suis rendu compte que j'avais oublié mon portefeuille.»

Il fixe sur son chef des yeux inquiets et implorants.

« Croyez-moi, Howard. C'est la vérité. Je savais qu'ils ne me laisseraient jamais entrer. J'ai dit au chauffeur de taxi de me conduire jusqu'à la rue adjacente. J'avais assez de monnaie dans mes poches pour le payer. J'ai marché dans la ruelle en comptant les maisons jusqu'à votre cour. Ce type-là », il désigne Chénier, « dormait sur le balcon… »

Rousseau jette un regard sévère à Chénier. Celui-ci bégaie.

« Non, monsieur ! Je — je faisais semblant, j'ai vu cet homme sauter par-dessus la clôture. Je me suis dit que je ferais semblant de rien pour voir ce qu'il avait l'intention de faire. J'ai fait mine de dormir. »

Rousseau demeure imperturbable.

« C'est bien que tu l'aies attrapé Chénier. Je m'occuperai de toi plus tard. Continuez, monsieur Rimmer. »

« C'est tout. Je suis grimpé sur la clôture de côté, puis sur le toit du balcon. J'étais dans la chambre en haut en train de chercher où était la porte quand Chénier s'est réveillé et m'a poursuivi. C'était trop sombre là-haut. Si j'avais trouvé la porte plus tôt, j'aurais pu descendre tout bonnement l'escalier et tout se serait bien passé. S'il vous plaît, croyez-moi. »

Mae a écouté et regardé tout ça avec de grands yeux.

« Mais, monsieur Rimmer, pourquoi n'avez-vous pas téléphoné ? »

« J'ai essayé de téléphoner. La téléphoniste a dit

que la ligne était coupée. »

« Va voir, Chénier, et dis à Deslauriers de faire venir un autre homme tout de suite. » Rousseau fait signe à l'agent de sortir de la pièce.

Rousseau dit :

« Serait-ce possible qu'il ait juste simulé le sommeil ? »

Rimmer dit :

« Je crois que c'est possible. »

Auerbach s'assied sur le rebord de la fenêtre, ses longues jambes étendues, les bras croisés, fronçant les sourcils.

« Quelle idée de faire une telle bêtise, Wilson. »

« Je sais. Je sais, Howard. Mais pouvez-vous comprendre combien tout ça m'a énervé. » Il prend la lettre de Claudius et la frappe nerveusement sur sa jambe. « Pourquoi ne m'ont-ils pas dit ce qui se passait ? C'est pourquoi je n'arrive pas à y voir clair. J'ai peur qu'ils ne me fassent plus confiance. S'ils ont découvert que je travaille en double. Je — j'ai perdu la tête. Je suis terrorisé, vraiment terrorisé. »

Il en a l'air. Je me rappelle le magnétophone miniature caché derrière le cadre de la lettre de nomination d'Auerbach. J'en ai parlé discrètement à Rimmer le matin où nous avons quitté Washington. Je lui ai dit de ne pas inquiéter Auerbach avec ça à moins qu'il ne fût d'avis que c'était nécessaire ; après tout c'est Rimmer qui est chargé de la sécurité dans ce bureau.

Nos regards se croisent. Il semble deviner mes

pensées puisqu'il dit à Howard :

« Je sais qu'ils me surveillent de très près. Ils ont peut-être entendu quelque chose. S'ils vous menacent sans m'en avertir, je crois que je suis menacé aussi. »

Auerbach a l'air très sérieux. Il se tourne vers Rousseau.

« Sommes-nous en train d'épuiser vos ressources, inspecteur ? »

Ce qui signifie : devrais-je demander du renfort à Washington ?

Rousseau comprend et s'en tire habilement.

« Personne mieux que mes hommes ne sait manœuvrer dans une telle situation, monsieur Auerbach. Nous travaillons en étroite collaboration avec la Sûreté du Québec et la police de Montréal. Je crois que vous vous sentirez bien protégé. J'aimerais cependant, par mesure de précaution, que vous ne couchiez pas au Ritz cette nuit. Pourrais-je envoyer deux hommes à votre chambre pour prendre vos bagages ? »

« Il faudrait que j'y aille aussi », dit Rimmer aussitôt. « Il y a des papiers qui ne doivent pas me quitter. »

« Je ne pense pas que quoi que ce soit... » commence Auerbach, mais Rimmer l'interrompt.

« J'ai apporté quelques documents sur la politique internationale, Howard ; ils sont « Top Secret », vous savez. »

On décide qu'Auerbach passera la nuit dans une suite spéciale du quartier général de la Gendarmerie

200

Royale. Rimmer sera conduit au Ritz dans une voiture anonyme et un agent l'accompagnera pendant qu'il fera les valises. Auerbach restera avec nous chez Mae jusqu'à ce que Rimmer lui envoie un message du quartier général.

À ce moment Chénier revient.

«La ligne a été coupée sur le poteau». «J'ai rattaché les deux bouts de fil ensemble. Ça devrait fonctionner maintenant. Ils ont dû la couper avant que nous arrivions, monsieur. Personne n'aurait pu le faire pendant que j'étais là.»

«Sauf pendant que tu dormais.»

«Monsieur, je vous le jure, je n'ai pas dormi.»

«O.K. Chénier. Tu iras avec Rimmer quand les renforts seront arrivés. Ouvre l'oeil. Je te verrai au quartier général.»

Je prends le téléphone, appelle le service des réparations et donne le numéro de Mae à la téléphoniste. La jeune fille préposée à cette région prend la communication.

«Pourriez-vous me dire votre numéro, s'il vous plaît?»

Je le répète.

«Et quel est le problème, monsieur?» dit la voix mielleuse.

«Est-ce qu'on vous a signalé une défectuosité sur cette ligne ce soir, mademoiselle?»

«Quel genre de défectuosité, monsieur?»

«Eh bien, ligne morte, ligne coupée, quelque

chose comme ça. »

« Je vois, monsieur. Y'aura-t-il quelqu'un chez vous demain ? »

« Je crois que oui », dis-je déconcerté. « Que faut-il... »

« C'est parfait, monsieur. On ira réparer votre téléphone vers cinq heures. Est-ce que ça ira ? »

« Écoute, idiote, il est réparé. J'essaie de savoir... »

Mais elle a raccroché.

« Êtes-vous sûr que Chénier peut s'occuper de Rimmer ? » dis-je à Rousseau en bâillant. « Il n'a pas l'air très brillant. »

Rousseau me jette un regard acide.

« Ouais, il est un peu balourd, mais il est très prudent. Ça va aller. »

Les phares d'une voiture illuminent la fenêtre, laissant apparaître les ombres de Chénier et de Rimmer sur la véranda. Je les vois descendre les marches, et en regardant dans la rue, je m'aperçois qu'elle est remplie de voitures et de petits groupes d'hommes discutant entre eux, debout.

« On dirait que toute la force policière s'est rassemblée là », dis-je.

« Ne sous-estimez pas nos adversaires », dit Rousseau calmement.

Nous allons sur la véranda, respirer un peu d'air frais. Il y flotte une odeur de rivière. Je pense à vérifier les conditions météorologiques pour le vol de demain matin. Et je me souviens de parler à Rousseau de ce que j'avais en tête.

« Un de mes amis s'en vient d'Ottawa avec un avion amphibie, Rousseau. Il y aura de la place pour Auerbach, Rimmer et vous-même et une autre personne si vous voulez. J'ai pensé que ce serait agréable de nous tenir tous ensemble durant ce voyage. »

« C'est une bonne idée. Qui est cet ami ? »

Je le lui dis. Il fait signe à un des hommes de la voiture la plus proche, lui donne le nom d'Evans et lui dit de le vérifier.

« Eh bien ! Vous ne négligez rien. »

« Nous avons déjà fait assez d'erreurs, Joseph. Et puis, comme la télévision nous suit, je veux qu'on nous voie sous notre meilleur jour. »

Il est près d'une heure du matin. Je me souviens soudain de la raison pour laquelle nous sommes ici. Nous avons encore soixante-quatre heures devant nous. Je suis tout à coup conscient de la raideur de mon crâne, de la douleur qui flotte quelque part derrière, battant légèrement le coin de mon œil gauche. Je veux me coucher, à l'instant. Me lever à six heures et me grouiller. Je rentre.

Howard Auerbach est dans la cuisine, en grande conversation avec ma mère, sirotant un café. Véronique est encore dans le fauteuil dans le coin de la salle à manger. De l'autre côté du hall, dans le salon, Tono est étendu sur le divan sous une couverture. Je ne peux pas dire s'il dort ou non.

Rousseau va dans la cuisine et je l'entends dire.

« Deux de mes hommes passeront la nuit ici, madame Ireton. Vous serez en toute sécurité. »

Véronique dit :

« Je voudrais bien en être aussi sûre. »

« Que se passe-t-il ? »

« Tono. Il ne sait pas ce qui va arriver. Ça l'agace et l'inquiète. »

« Mais il s'est passé beaucoup de choses. Ça doit être dur pour son... sa... quoi que ce soit. Qu'est-ce qu'il a ? Est-ce que tu comprends ? »

« C'est comme mes rêves. Parfois ça ne veut rien dire, mais la plupart du temps, si, tu le sais. Tout ce qu'il peut dire c'est « Les choses ne sont pas ce qu'elles paraissent ». »

La voix de Tono nous parvient doucement de l'autre côté du hall.

« J'aurais dû être ennuyé par Auerbach ce soir. Mais je ne l'ai pas été. Ça m'a déconcerté. Je pense que j'ai besoin de dormir. Je pense que peut-être l'avion n'est pas bon pour l'Indien. Ce sera plus clair demain matin. »

Il se retourne et ramène la couverture sur ses épaules.

La voiture d'Auerbach arrive avec deux hommes en uniforme. Mae l'accompagne à la porte et nous sortons sur la véranda.

« Regardez, Howard », dit ma mère. « De tout ce que vous m'avez dit, il ne vous reste que deux gros problèmes. Le premier, c'est le Commando. L'autre, c'est de convaincre les Indiens de vous faire confiance.

Je vais vous dire comment y arriver. »

Elle le tire par la manche, me fait comprendre de rester là où je suis, le conduit sur le trottoir, attire sa tête tout près de la sienne et lui chuchote quelque chose pendant une minute. Puis je vois la tête d'Auerbach se relever. Il tient les épaules de Mae dans ses grandes mains, les bras étendus, hochant la tête d'émerveillement ou d'incrédulité. Puis il se penche, l'embrasse sur les cheveux, marche vers la voiture où l'attend Rousseau et y monte.

La voiture démarre. Et Mae remonte lentement les marches, se souriant à elle-même.

Il y a encore trois voitures dans la rue, un homme dans chacune d'elles. L'une d'elles est une voiture patrouille, cerise sur le toit, son moteur tourne et une voix se fait entendre, indistincte, à la radio.

La lune presque pleine descend sur les toits, Mae et moi restons pour la contempler.

« Eh bien », lui fais-je.

Elle me sourit de son sourire canaille et me raconte.

« Christ ! dis-je. C'est pas si fou que ça en a l'air. »

« Bien sûr que non », dit-elle. « S'il était dans la politique depuis plus longtemps, il y aurait pensé bien avant. »

Et nous rentrons.

Véronique attend dans le hall. Nous embrassons Mae et montons nous coucher.

La fenêtre par laquelle Rimmer et Chénier sont entrés est encore ouverte. Personne n'a pensé à ranger la chambre. La chaise de la table de toilette est renversée, le tapis est tassé dans le coin, un tableau sur le mur semble avoir perdu l'équilibre. Véronique se dévêt et saute dans le lit. Je relève la chaise, arrange le tableau, ferme la fenêtre et me penche pour tirer le tapis. Je le prends par une extrémité et le secoue comme une serviette. Un objet lourd et dur s'en échappe et va se frapper contre le mur opposé. Je le ramasse. Un revolver de la police, un 38.

« Regarde ça », dis-je. Mais elle dort déjà.

Ce Chénier, il est vraiment bête, pensais-je. Si Rouseau découvre qu'il a perdu son arme en plus de s'être endormi à son poste...

J'ouvre mon étui à caméra et enfouis le revolver dans une poche latérale restée vide. Je pense que ce ne sera pas une mauvaise affaire de le garder à portée de la main une journée ou deux, au train où vont les choses. Laissons Chénier se débrouiller tout seul. À part cela, j'ai toujours voulu posséder un de ces objets.

15

LE « GOOSE »

La zone nord-est de l'aéroport de Montréal est le siège de plusieurs agences d'affaires et de petites compagnies d'aviation. Nous avons rendez-vous à l'agence *Avitat* à sept heures le lendemain matin. Cinquante-huit heures avant l'émission. Un agent de la Gendarmerie Royale en uniforme nous ouvre la porte de l'élégant édifice. À l'intérieur, un autre agent parle avec Rimmer qui a l'air d'avoir passé la nuit dans un autobus à l'heure de pointe.

Dehors, sur l'aire de trafic, un « Goose » vert et jaune est gardé par deux autres hommes en uniforme. Evan Evans, grimpé sur l'aile, verse le contenu d'un bidon d'huile de cinq gallons dans le moteur gauche. Rousseau se tient dans l'embrasure de la porte latérale de la carène, grimaçant joyeusement au soleil brillant du matin, inspectant la scène à ses pieds comme un commandant en campagne. Tono regarde furieusement tous les avions stationnés dans l'aire de trafic et renifle avec dégoût les effluves de gazoline et de kérosène.

Auerbach rôde autour du vieil appareil amphibie avec son infatigable curiosité. Je lui prends le bras et l'attire à l'écart.

« J'ai oublié quelque chose dans tout cet énervement hier soir », dis-je. « Pouvez-vous me dire ce que le premier ministre O'Leary vous a raconté à propos du Commando au cours de votre entretien privé hier ? »

« Pas entièrement. Ce ne serait pas loyal envers O'Leary. Mais le principal c'est que le Commando est impliqué dans le projet de la Baie James depuis le début. Il y a trois ans, O'Leary a cru qu'ils allaient essayer de torpiller le projet. Ça semblait évident. Mais chose étrange, le Commando s'est proposé pour investir. »

« Le Commando ? C'est insensé ! Pourquoi aller investir dans un projet qu'il va s'efforcer d'arrêter ? Où est la logique dans tout ça ? »

« O'Leary a sa propre théorie là-dessus. Vu de l'extérieur, ça semble peut-être plus clair. Il a découvert un fait important, quelque chose que personne n'a pu déceler avant lui. »

« Quoi donc ? »

« Eh bien, tous les actes publics du Commando ont toujours une tendance pro-environnement. Mais le Commando fait aussi de nombreuses démarches privées, très discrètement ; c'est ainsi qu'ils ont approché O'Leary au sujet de la Baie James ; dans ces cas-là ils manifestent la tendance contraire. »

« Ça ne m'éclaire pas. »

« Ça ne m'a pas aidé non plus jusqu'à ce qu'O'Leary m'expose sa théorie. Il croit que les objectifs du Commando sont politiques, que ses préoccupations n'ont rien à voir avec l'environnement. »

Devant mon air sceptique, Auerbach ajoute :

« Bien sûr, à première vue ça n'a pas de sens ; aucune des actions du Commando n'a de sens sans cette théorie. O'Leary est d'avis que tous les actes du Commando visent à discréditer le gouvernement des États-Unis. Il pense qu'il se prépare à prendre la relève aussitôt qu'ils auront réussi à réduire à zéro la confiance de l'électorat. »

« Mais la relève — l'électorat les connaît à peine, ils n'ont aucun candidat. Et puis, qui sont-ils ? »

« D'accord. C'est ça que nous ignorons. D'où leur vient l'argent, comment entendent-ils évoluer ? Tout cela, n'est que des hypothèses, évidemment. Mais O'Leary est convaincu que la décision de la Maison-Blanche de réduire de moitié les fonds consacrés au nettoyage des Grands Lacs est dûe à l'influence du Commando et que c'est un moyen pour rendre le président impopulaire. Au moment précis où le public réclame à cor et à cri des eaux propres, il se ravise. Personne ne sait pourquoi. O'Leary croit le savoir, lui. »

Je réfléchis un instant.

« Ça va vous influencer aussi, dans un certain sens », dis-je, « Je veux dire : à savoir si vous suivrez ou non le conseil de ma folle de mère. »

« Ta mère n'est pas folle du tout, Joseph. Audacieuse oui, mais pas folle. Tu vois, tu voulais savoir l'autre soir si j'avais l'appui du président dans mes négociations à Ottawa. »

« Ouais. Vous avez dit que vous étireriez le suspense. J'attends toujours. »

« Eh bien, en réalité, c'est le président qui a besoin de mon appui. Il ne lui en reste pas beaucoup ailleurs. Alors, j'avais l'intention de jouer mon poste — de menacer de démissionner — s'il ne me donnait pas son appui dans ces négociations avec Ottawa et Québec. Ta surprenante mère m'a fait penser qu'il pourrait y avoir une autre stratégie. »

« Qui rendrait aussi le Commando plus déterminé encore à vous abattre, mon ami. »

« Mais il y a l'autre côté de la médaille », dit-il d'un air rêveur. Il se retourne, grimpe l'échelle jusqu'à la porte de l'avion.

Evan revient sur ses pas le long de l'aile et remet le bidon d'huile à un autre mécanicien. Il passe par l'écoutille, descend l'échelle jusqu'au sol et s'avance en s'essuyant les mains avec un chiffon orange.

« Écoute », dit-il brusquement, « comment te sens-tu ? »

« Encore un peu fripé au-dessus des oreilles mais je suis en forme. Ne t'inquiète pas pour ton coucou. »

« Bien... je suis un peu inquiet. Tu as eu une commotion, tu as admis hier soir que tu ne te sentais pas prêt à prendre les commandes. Et ça c'est vraiment un moment historique. Un choc à la tête peut avoir des répercussions un ou deux jours plus tard, tu sais. Tu pourrais avoir des problèmes et Véronique ne connaît pas cet appareil. »

« Evan », dis-je menaçant, « si tu ne voulais pas nous le prêter, pourquoi t'es-tu donné la peine de l'amener ici ? »

Il regarde Véronique droit dans les yeux et me jette un regard de côté. Je réalise tout à coup à quel point ma tête me rend irritable.

« Excuse-moi », dis-je. « Pourquoi ne viens-tu pas avec nous ? J'aimerais prendre les commandes, mais tu peux t'asseoir dans le siège de droite pour pouvoir me tirer d'un mauvais pas. »

« Et si je m'assoyais dans celui de gauche pour nous éviter des ennuis à tous les deux ? »

Je sens la colère remonter en moi, signe qu'il n'a pas tort.

« O.K. »

J'abdique et je me sens mieux. « J'ai toujours eu envie d'essayer de piloter cet avion du siège de droite. Ça va me faire une bonne expérience si jamais il me faut apprendre son maniement à quelqu'un. »

Evan descend par l'escalier entre les sièges des pilotes, dans le fond du cockpit où il ouvre les deux panneaux des écoutilles qui donnent sur le dessus du nez en forme de museau de chien, de l'appareil. Véronique et Tono y mettent le matériel et les bagages et je reviens à la cabine par la petite échelle. Auerbach, assis au fond, écrit dans un petit carnet.

« En passant, Joe, comment va la tête », dit-il avec sollicitude. « Te sens-tu en état de voler ? »

« Ne commencez pas vous aussi », dis-je en grognant et je remonte au poste de pilotage pour essayer le siège de droite.

À l'exception de son nouveau poste de radio, le cockpit n'a pas bénéficié du même traitement que l'extérieur, auquel les rénovations ont rendu son air pimpant, et que la cabine des passagers, luxueusement recouverte de tapis. Le dédale des tuyaux d'essence nus, des câbles, des conduits du manomètre ont la même peinture grise originale, écaillée et usée. Je tire les pédales du palonnier hors de leur fente d'escamotage et essaie les commandes avant et arrière.

Evan est encore dans le nez de l'appareil. Je le vois empiler les sacs et les boîtes, installant soigneusement dessus les amarres bien enroulées dans leurs bobines à portée de la main. La lourde ancre est déposée par terre entre les piles de valises et le train d'atterrissage. Evan passe agilement par-dessus, referme les panneaux des écoutilles et grimpe à nouveau dans le cockpit.

« O.K. ? » demande-t-il.

« Ça va, ça va », dis-je bourru.

Je le suis dans la cabine. Nous installons tout le monde à bord, Auerbach, Rimmer, Rousseau et un autre policier en civil du nom de Tessier, Tono, l'air dépressif, Véronique avec une caméra, quelques bobines de film de rechange et un projecteur au cas où nous voudrions tourner quelques intérieurs en cours de route.

C'est un soulagement de nous concentrer sur l'envolée et de prendre la direction nord-ouest qui nous amènera au-dessus des plus vieux rochers du monde, le plateau Laurentien du Bouclier canadien, en passant par Maniwaki et Val d'Or pour arriver à Matagami.

Avant d'avoir atteint notre altitude de croisière, les longues bandes de terre cultivée s'étirant des rivières ont rejoint et se fondent aux collines boisées. Nous regardons les buttes d'un vert foncé, riche et ombragé, parsemées ici et là de cicatrices nues de roc, et des lacs partout.

Des lacs du nom de Rémi et Gagnon, le lac du Sourd, le lac Trente et un milles, puis les lacs Pemichapgan, Baskatong, Camachigama, Kapitachuan : héritage de ce peuple à la rencontre duquel nous volons. Des milliers de lacs, dont certains ne sont rien de plus qu'une fente bleue profondément encaissée entre les rochers escarpés, d'autres ressemblent à des amibes dont la douzaine de pseudopides s'étendent sur des milles là où les terres sont plus planes. Un foisonnement sauvage de lacs, combien parmi eux ont reçu un nom ? Combien de leurs frères plus au nord vont bientôt gonfler, déborder, s'étendre et perdre leur identité dans une seule immense masse d'eau immergeant arbres morts et terrains de chasse inondés et pourris.

Le bruit des moteurs, dont la vitesse de croisière a été réduite à mille huit cents tours, commence à me faire mal à la tête. J'essaie d'obtenir une meilleure synchronisation en actionnant les dispositifs de commande des hélices. Le mouvement semble tirer du côté gauche de mon crâne et un lent battement de douleur prend naissance au fond de mon cerveau. J'entends une vibration. Je retire le casque d'écoute.

La vibration est encore là.

Je prends une grande respiration et je penche tête en avant et en arrière deux ou trois fois. Ça semble aider.

Je me retourne et regarde dans la cabine. Ils pressent leurs visages contre les vitres, regardant la panoplie de lacs. Même Tono a l'air paisible, contemplant ce territoire dont il a la conviction qu'il est sien et celui de son peuple.

Toutefois, Rimmer, sur le siège avant gauche, se penche dans l'allée pour pouvoir nous observer dans l'habitacle. Il semble avoir oublié que nous étions en froid. En tout cas, il a l'air plus gai. « Une bonne vieille machine », crie-t-il. J'acquiesce et me tourne de nouveau vers le tableau de bord.

J'ai dévié de cap de quelques degrés. Je corrige ma course avec une légère inclinaison puis me retourne vers Rimmer. Celui-ci observe encore tout ce que je fais. Je lui montre Auerbach des yeux. Rimmer s'étire pour toucher l'épaule de son patron, puis me montre du doigt. Je fais signe à Auerbach de venir devant.

Il détache sa ceinture de sécurité et se lève. Pendant qu'il s'avance, je prévois un déséquilibre et je me penche pour atteindre le contrôle de compensation situé sous le siège d'Evan. Mes oreilles se mettent de nouveau à bourdonner. Je neutralise la tendance à piquer quand Auerbach passe la tête à l'entrée du cockpit.

« Aimeriez-vous vous asseoir en avant quelques minutes ? Il y a une visibilité de plus de cent milles. »

« Certainement », dit-il.

« Prends les commandes, Evan, veux-tu ? »

« C'est fait », dit Evan.

Je me penche pour détacher ma ceinture de sécurité. Le mouvement de ma tête me donne la nausée. Auerbach recule pour me laisser passer. D'un mouvement je ramène mes jambes dans l'espace entre les deux sièges et me lève. Des éclairs de lumière blanche me transpercent les yeux. Mes jambes faiblissent. Le bourdonnement dans mes oreilles se fait aussi fort que le bruit des moteurs, j'ai les joues chaudes. Je me souviens que je m'appuie sur l'épaule d'Evans. Je me souviens du regard affolé d'Auerbach.

Et puis, je flotte calmement sous la surface d'un lac de montagne. De pâles poissons glissent dans les courants qui tourbillonnent et m'attirent dans des cavernes de lumière et de cristal. C'est fantastique de pouvoir de nouveau respirer dans l'eau, comme j'ai toujours su que je pouvais le faire ; si seulement je me souvenais comment.

Je prends une profonde et délicieuse respiration sous l'eau. Puis j'ouvre les yeux.

Des visages sont penchés au-dessus de moi. Auerbach, Tono. Le bourdonnement a cessé, mais la tête me bat encore. J'entends la voix de Véronique dans le cockpit.

« Il faudrait qu'un de vous vienne en avant. Nous manquons de poids à l'avant. »

Je me rends compte que je suis étendu sur le dos tout à fait à l'arrière de l'appareil ; trois personnes au fond et trois sièges vides en avant, est assez pour déséquilibrer l'appareil. Le visage d'Auerbach disparaît.

Ma tête repose sur quelque chose de moelleux. L'odeur de la toile moisie. Une ceinture de sauvetage, me dis-je.

Les doigts de Tono me pétrissent doucement les tempes. Je regarde dans ses profonds yeux bruns. Ils grossissent, grossissent. Ils me couvrent d'un voile brun foncé. Le battement diminue et disparaît. Il n'y a pas de lumière, rien que cette obscurité brune, confortable, profonde, totale, et pas un son.

Je m'enfonce dans le sommeil. Quand j'ouvre les yeux de nouveau, la douleur a disparu. Les moteurs du « Goose » grondent plus doucement et je sens que mes pieds sont plus bas que ma tête. Nous descendons. Je me redresse sur mes coudes et m'assieds. Tono me regarde de son siège.

« Ça va mieux maintenant, hein ? » dit-il. Je lui fais signe que oui.

Je me lève et m'assieds sur l'autre siège arrière, me penche dans l'allée et regarde devant. J'aperçois par le pare-brise, à environ deux milles une longue piste noire. Puis je réalise que Véronique est aux commandes. Sa main gauche au-dessus des étrangleurs, la tête d'Evans se penche vers le centre du cockpit pendant qu'il lui parle.

Celui-là ! me dis-je ; c'est moi qui voulais lui apprendre le « Goose »

Matagami est la porte du projet de la Baie James, là où tout le monde descend. C'est d'ici que s'envolent les cargos pour les derniers quatre cent milles qui les

216

séparent de LG2. Le site du premier des barrages d'O'Leary, déjà en cours de construction. Matagami était une ville minière d'environ quatre mille âmes. Soudain, sa population a doublé. L'aéroport a été construit spécialement pour le trafic de la Baie James. Ses quelques bâtiments sont préfabriqués. La station radio de l'aérodrome est faite de trois caravanes collées ensemble. Evan stationne devant elles.

Ça nous a pris trois heures pour venir de Montréal. Tout le monde a besoin de se dégourdir les jambes, de pisser et de respirer un peu d'air frais. J'ouvre l'écoutille au moment où les moteurs s'arrêtent. Rousseau me retient et dit à Tessier, son homme, de sortir le premier. Tessier sort la tête prudemment et regarde alentour. Il saute au sol, et fait le tour de l'avion en courant à une vitesse surprenante pour un homme de sa corpulence, revient de l'autre côté et fait signe à son patron.

Rousseau est le suivant à sauter. Puis je sors à mon tour pour mettre l'échelle en place. Rousseau et Tessier se tiennent dos à dos, à environ vingt pieds, scrutant le terrain, puis Rousseau me fait signe et je rejoins Rimmer et les autres. Auerbach sort en bâillant, me tape sur l'épaule en passant sans dire un mot.

J'attends Véronique à l'arrière.

« Je ne te demande pas si tu vas mieux à moins que tu ne sois de meilleure humeur », dit-elle.

« Tu peux me le demander », dis-je.

« Ça va mieux ? » dit-elle.

« Je vais très bien », dis-je en lui pressant le bras et

je descends l'échelle à sa suite.

L'aéroport bourdonne d'activité. Un camion citerne vient vers nous, prend notre commande d'essence et s'en occupe immédiatement. L'avion stationné à côté du nôtre est un Beech 18 appartenant à une des sociétés qui s'occupent des travaux. À côté, deux appareils jaunes et rouges du gouvernement du Québec, de gros amphibies de la dernière guerre convertis en extincteurs de feux de forêts. Au nord, sur l'aire de circulation, trois C-46 « rondelets », bleus et blancs, de la flotte de Nordair: des cargos. J'entends le gémissement d'un moteur à réaction et vois venir sur la voie de circulation un « Jet Commander » qui roule vers la piste. Je reconnais son immatriculation. Il appartient à une grosse société de promoteurs de Toronto. Il y a tas de Cessna 180 et d'Aztecs et même un luisant « Twin Commanche » rayé d'orange et de brun dans lequel un homme aux cheveux roux aide sa jolie femme brune et ses trois enfants à monter. Même les touristes se rendent ici, pensai-je.

Véronique se dirige vers la petite gare beige.

Auerbach marche à grand pas sur la piste d'atterrissage, les mains dans les poches, la tête en arrière, respirant à pleins poumons l'air de la forêt. Rousseau se déplace de façon à n'être jamais éloigné de plus de dix pieds du Secrétaire d'État. Tessier ne bouge pas de sa place, pivotant à l'occasion, ses yeux balayant constamment le terrain, surveillant chaque passant, chaque véhicule, chaque porte qui s'ouvre.

Auerbach vient près de moi.

« On peut sentir l'odeur de l'argent », dit-il, « et la fébrilité. Mais je ne vois aucun visage indien dans cet aéroport. »

Je regarde alentour, les hommes du « Bowser », les manœuvres, les commis. Pas un visage indien. Excepté celui de Véronique qui revient maintenant en traversant la piste avec une boîte de carton remplie de tasses de café chaud.

« Rien que des hommes blancs ici », dit-elle avec une pointe de malice. « Et évidemment ce liquide sort d'une machine. Je ne sais pas ce que c'est mais Tono dit que vous n'en mourrez pas. Ça sent un peu comme du café. »

Nous apprécions ce breuvage chaud dans l'air froid. Je regarde mes mains qui tiennent la tasse. Elles ne tremblent plus. Je décide que je prendrai les commandes pour la prochaine étape, les neuf ou dix milles qui nous séparent de l'île désignée pour la réunion, et de faire l'amerrissage.

Evan sort de la station radio.

« O'Leary arrive dans son *Gulfstream* », annonce-t-il. « Il a besoin d'une voiture dans dix minutes. »

« Attendons-le », dis-je, « Il pourra monter avec nous dans le « Goose » et nous pourrons tourner quelques bonnes séquences de son arrivée avec Auerbach. S'il y a d'autres personnes nous pourrons nous arranger pour les envoyer par le bateau qu'O'Leary a l'intention de prendre. »

Rousseau écoutait.

« Ça fait mon affaire », intervient-il. « Comme ça nous pourrons les garder à l'oeil tous les deux ensemble. Ils vont vouloir garder un de ses gardes du corps cependant, et Tessier reste avec moi. »

« O.K. », dit Evan.

J'entre dans la toilette. En revenant je dis à Véronique de filmer la sortie de l'avion quand nous arriverons à l'île.

Puis je me hisse et entre dans le cockpit. Je veux prendre possession du siège gauche pour rendre inutile toute protestation de la part d'Evan.

Rimmer est dans la cabine, penché pour examiner le cockpit. Au moment où j'enjambe le seuil, il dit :

« C'est un peu plus compliqué que mon vieux 195. »

« Veux-tu prendre place dans le siège de droite quelques minutes ? »

Il grimpe à son tour. Il suffit que quelqu'un s'intéresse à un avion que je connais pour que je fonde de plaisir. Je lui explique toute la manœuvre de démarrage. Sa facilité à comprendre et retenir tant de détails m'impressionne.

Il dit :

« Je les ai regardés décoller sur l'eau. Dès que tu lèves, tu continues tout droit, n'est-ce-pas ? Tu prends pas mal de vitesse avant de grimper ? »

« C'est ça », dis-je. « Si tu montes trop à pic et qu'une soufflante vient à manquer à quelques pieds d'altitude, tu ne seras pas assez haut pour te remettre à l'horizontale et prendre de la vitesse pour atterrir en douceur. Tu risques de basculer. »

Il acquiesce, songeur.

J'entends le gémissement aigu des turbines et regarde du côté de Rimmer par la fenêtre de droite. Le *Gultstream* arrive.

Avant que les turbines s'arrêtent Véronique passe la tête à l'entrée du cockpit.

« Il y a un type avec un *Beaver* amphibie ici », dit-elle. « Pour vingt dollars il a accepté de me conduire à l'île tout de suite. Je pourrais tourner ton amerrissage, la descente des gars et tout ça. Ça te va ? »

« Excellent ! » dis-je. « Vas-y ! »

Elle ressort et se retourne en disant.

« Essaie de faire un amerrissage décent. Pour l'histoire. » Et elle s'éclipse. Ce que j'entends maintenant, c'est la voix forte de Daniel Patrick O'Leary, au-dessous de moi sur la piste. Je regarde en bas et l'aperçois serrant la main d'Auerbach. Je vois bien qu'Auerbach parle mais je n'arrive pas à distinguer les paroles qu'il prononce de sa voix plus douce. Je vois qu'O'Leary se retourne pour consulter quelqu'un que me cache l'aile. Puis il fait un signe affable et regarde dans le cockpit. Il me voit, lève un sourcil et me salue de la main. J'ouvre la fenêtre et lui rend son salut.

« Eh bien, eh bien, M. Ireton, je pensais m'être débarrassé de vous hier ; me voilà encore entre vos mains ! » lance-t-il joyeusement.

Nous décollons à onze heures quarante. Evan surveille mes manœuvres d'un œil froid et semble satisfait. Tono est debout à la porte derrière moi. Il connaît le lac et va m'indiquer l'île.

Au-dessous de nous un paysage blessé de

cicatrices neuves : la ville de Matagami, parsemée de maisons mobiles, de grues et de bulldozers, traversée de rails. Les tours de la mine s'élèvent au sud-est. Nous volons au-dessus de la montagne escarpée qui sépare la ville du parc, puis nous inclinons à droite pour descendre sur le lac en direction de l'île.

Les îles sont couvertes d'une épaisse forêt de conifères, pas trace des yachts de plaisance et des chalets qui parsèment les lacs trois cent milles plus au sud, pas loin de Montréal et de l'État du Vermont. Pas un chat.

Je descends à deux cents pieds de l'eau. Tono pointe du doigt en avant. Derrière une île étroite à deux milles de nous, je vois un *Beaver* jaune décoller en direction ouest. Véronique est donc arrivée et sans doute prête à filmer notre arrivée.

Nous passons au-dessus de l'île et tournons. Je regarde en bas, déconcerté. Huit ou dix canots sur la plage, un bon nombre de barques motorisées. Pas de quai, pas de construction. Où allons-nous nous réunir ?

Je continue vers le sud de l'île dans l'espoir de découvrir une maison ou une clairière. Rien. Au retour, en direction ouest, le côté nord de l'île nous apparaît escarpé et rocheux. À mi-chemin, je suis convaincu qu'il n'y a aucun abri ou qu'il est très bien caché. Je vire à gauche au milieu de l'île et fais un large cercle à l'est pour préparer mon amerrissage, que je réussis assez bien.

Finalement, nous nous rangeons à côté des canots échoués sur la rive.

« Penses-tu qu'on peut monter sur la plage ? » dis-je à Evan.

« Ah non ! Tu es fou. Les pneus sont trop étroits, ils s'enfonceraient. Impossible après cela de nous tirer de là. »

« On a beaucoup d'aide », dis-je en montrant la foule sur le rivage.

Deux des canots automobiles se détachent déjà. Je vois Véronique debout à l'avant de l'un d'eux.

« Nous allons jeter l'ancre ici », dit Evan fermement, sans laisser place à la discussion.

Nous sommes à cent pieds à peine de la rive. Les hommes n'ont pas pris la peine de faire démarrer leurs moteurs. Ils sont debout dans leurs barques et avironnent vers l'avion.

Evan se hisse dans l'écoutille du nez, et sort avec l'ancre, la jette à l'eau, l'attache solidement et commence à décharger les bagages dans l'une des barques.

Je vais en arrière pour aider les passagers à descendre, mais Auerbach a déjà ouvert la porte et parle à quelqu'un dehors. Je regarde entre ses longues jambes.

Deux canots se sont approchés aussi, l'un d'eux est à six pieds de la porte, la proue pointant directement vers l'avion. Un jeune Cree aux cheveux longs est agenouillé sur le banc central, son aviron appuyé sur les plats-bords. À droite, Véronique tourne la scène. Un troisième canot s'avance pour accueillir les passagers.

Auerbach se penche pour se déchausser. Il crie « Attrape » à l'homme dans le canot, et lui lance ses chaussures.

L'Indien les attrape sans un mot puis son visage se fige et sa mâchoire tombe. Auerbach saute à pieds joints gracieusement dans les airs vers lui.

Il atterrit juste au milieu du canot dans un mouvement de ressort. Ses mains s'agrippent aux plats-bords avec assurance comme son grand corps s'accroupit complètement. Une grosse vague rejaillit de chaque côté de l'embarcation, qui semble un moment vouloir disparaître au fond de l'eau. Mais sa coque légère amortit le coup, émerge de l'eau et démarre d'un seul coup vers la berge à vingt milles à l'heure. Avant que le rameur ébahi ait repris son souffle, Auerbach lui prend l'aviron des mains, il l'enfonce dans l'eau sans un mot, fait virer le canot de bord, et en une demi-douzaine de coups d'aviron il ramène le canot contre l'avion, et le stabilise en s'accrochant de la main au seuil de la porte.

« Embarquez, Daniel », dit-il à O'Leary. « Je vous emmène faire un tour. »

Après un moment de silence étonné, un éclat de rire et des applaudissements fusent de tous les canots, de la plage, auxquels je me mêle avec enthousiasme.

O'Leary dit.

« Je croyais que c'était moi qui vous emmenait en promenade ! »

Et il change délicatement de place avec l'homme qui a amené le canot et qui débarque sans quitter Auerbach de ses yeux admiratifs.

Je retourne au cockpit, allume le VHF, (émetteur-récepteur), appelle Matagami et demande qu'on téléphone pour moi à Washington, frais virés. Même si nous devons communiquer par l'intermédiaire d'une téléphoniste, ce qui prend du temps, je décris toute la scène en détail à Bob White, le réalisateur. Puis je lui suggère de payer les frais pour qu'on lui fasse parvenir le film immédiatement ; il est d'accord ; ça peut faire une bonne scène de présentation et ça vaut bien la dépense.

Evan est heureux de s'en charger. Soit qu'il envoie le colis par le vol de Nordair de trois heures cet après-midi, soit qu'il aille lui-même le porter à Montréal.

Je lui rappelle que nous aurons besoin du « Goose » au lever du soleil demain.

« Vas-tu voler en pleine nuit ? »

« Je l'ai déjà fait. Peut-être que je passerai la nuit à l'aérogare et que je reviendrai le matin. En tout cas, je vais me débrouiller, compte sur moi. »

« Reviens par bateau cette nuit, s'il le faut », dis-je. « J'ai besoin d'information. » Et je lui demande de faire un autre appel à Washington, privé.

Véronique nous observe joyeusement de la porte. Evan lui prend des mains la cassette et le ruban qui l'accompagne, note soigneusement quelques noms et quelques numéros de téléphone dans un petit carnet rouge et nous dit au revoir. Je monte dans le canot de Véronique où Rousseau et Tono attendent et nous ramons vers la plage.

16

LE POW-WOW

« Kiwache-yea me tinawa tapiscoc dotaymac ! »
« Nous vous accueillons comme des frères ! »

Le chef Carl Ghostkeeper se tient à l'extrémité de
la table faite de billots de vingt pieds de long liés
ensemble, reposant sur une butte de sable et couverte
de couvertures rouges.

Les délégués des Indiens sont arrivés depuis trois
jours. Ils ont trouvé quatre grands arbres alignés, à
vingt pieds environ de la plage. Se servant de ces
arbres comme montants, ils ont construit un toit de
jeunes arbustes qu'ils ont recouvert de rameaux
d'épinette, le rendant ainsi invisible, vu d'en haut.
L'ouverture de l'appentis donne au sud sur le lac et
laisse donc entrer amplement de lumière pour les
besoins du tournage.

Sur la plage, les femmes font tourner, en les
arrosant, des rôtis d'orignal, empilés sur des branches
vertes devant des lits de charbon de bois incandescent
dont la chaleur est réverbérée par des murets de
pierres plates et lisses. Plusieurs enfants se chamaillent

en riant et s'interpellent pas trop fort pour ne pas déranger les adultes.

Une trentaine de tentes variant du vert foncé au kaki sont disséminées parmi les arbres. On a déposé les bagages des politiciens à l'entrée des tentes qui leur sont respectivement assignées.

La tête racée, de couleur acajou, du chef est relevée en arrière et ses yeux semblent presque fermés. Ses mains sont devant lui, légèrement tendues, solides comme du roc au-dessus de la table. Il a près de soixante-quinze ans, mais ses cheveux sont encore d'un noir de jais et tombent en vagues souples sur ses épaules.

À l'autre extrémité de la table est assis Legault, le ministre de l'Énergie d'Ottawa, flanquée d'O'Leary à sa gauche, d'Auerbach et de Taylor, le ministre de l'Environnement, à sa droite.

Le chef Ghostkeeper porte un long manteau en peau d'orignal, assombri par l'usure et la fumée. Des dessins un peu fanés faits de piquants de porc-épic rouges, jaunes et noirs ornent le devant et de longues franges pendent de ses manches. Il porte autour du cou un pendentif fait de petites perles tissées ensemble en un motif blanc, rouge et noir... La bande qui enserre sa tête est ornée du même motif. Entre lui et les délégués blancs, de chaque côté de la table rustique, une douzaine de visages foncés sont tournés vers leur porte-parole, leur frère, leur chef, les yeux sans expression, en attente.

Ghostkeeper s'assoit lentement sur son banc, baisse la tête comme pour se concentrer, puis la relève, ouvre ses yeux sombres et un peu voilés et

228

regarde le long de la table la puissance blanche rassemblée là. « Quand on m'a envoyé à l'Université de London il y a quarante-cinq ans », dit-il tranquillement, « nombreux furent ceux qui essayèrent de me persuader que d'utiliser des objets comme celui-ci c'était faire survivre sans raison des superstitions passées. »

Il montre le long rouleau de cuir souple et brun déposé sur la table devant lui, lié de languettes de cuir rouge.

« J'ai réfléchi à cette idée un certain temps. Je crois bien que je les ai crus un moment. Après tout, c'était à moi qu'était échu cet honneur peu commun : un jeune Indien choisi pour aller dans un des plus grands centres de haut savoir du monde pour ramener avec lui un bagage de sagesse pour le bien de son peuple. J'étais reconnaissant à mes bienfaiteurs même si leur conception du monde était romantique. Et j'avais tendance à croire ce qu'on me disait.

« Maintenant, j'ai la conviction que je n'ai pas appris grand-chose d'utile à mon peuple dans cette grande université. Sauf, peut-être, une meilleure compréhension du mode de pensée des hommes blancs. »

Il déroule lentement l'enveloppe de cuir et en retire une pipe, un calumet de paix, d'environ dix-huit pouces de long, au tuyau incurvé, foncé, lisse, n'ayant pour tout ornement que l'embouchure. Deux bandes de cuir pendent du fourneau.

Véronique, debout à l'extrémité de la table, prend un gros plan du vieil homme qui roule dans sa main une boulette de tabac brut. Je filme visage après visage dans un long panoramique ; les visages tranquilles et patients des Indiens, le visage tendu et inquiet de Rimmer, le visage aux aguets des policiers et des gardes du corps qui se tiennent à l'écart, le regard perçant d'Auerbach, les cils broussailleux et battants de Legault.

« Aujourd'hui, poursuit le chef, je vous invite tous à fumer avec moi. »

Il bourre soigneusement le fourneau conique de pierre grise. Son voisin lui offre, fort incongrûment, le feu d'un briquet Zippo. Ghostkeeper prend une longue bouffée qu'il expire lentement les yeux fermés. Puis il tend le calumet en étirant le bras vers l'extrémité opposée de la table.

« Nous ne sommes pas en guerre dans le vrai sens du mot, je suppose ; je vous demande d'accomplir entre nous ce rite de paix. Mais nous avons beaucoup de travail à faire et il vaudrait mieux que nous le fassions dans la paix. »

On tend le calumet aux hommes blancs. Legault le prend le premier, un peu maladroitement, mais avec déférence, et il cligne des yeux en exhalant la forte fumée de tabac non raffiné. Puis c'est au tour de Taylor, puis d'Auerbach, qui réussit à manipuler le calumet comme s'il avait fait cela toute sa vie. Auerbach tend la pipe à l'Indien assis à sa droite et la pipe passe ainsi de main en main et retourne de nouveau au chef. Quelques hommes ont l'air gêné. Peut-être ont-ils fréquenté eux aussi les écoles des hommes blancs. Mais la plupart prennent de longues et profondes bouffées, les yeux fermés, acceptant

230

l'appel à l'engagement de leur chef.

« Maintenant », dit le chef, « cette réunion a lieu sur notre terre. La courtoisie nous commanderait d'écouter d'abord ce que vous avez à dire. Mais nous savons déjà trop ce que vous avez à dire et ce que vous voulez, c'est à notre tour maintenant de parler. Ce sont des réponses que nous attendons de vous. Nous croyons qu'il vous faut entendre les questions d'abord. »

Il fait un mouvement en direction d'un mince jeune homme quelques sièges à droite de lui. « Peter Whiteduck », dit-il, « va vous raconter son histoire ».

Peter Whiteduck tire timidement sur sa moustache clairsemée.

« Je suis un trappeur », commence-t-il. « Je chasse l'orignal aussi, pour ma famille. Je pêche. J'ai deux campements en forêt. Je trappe sur environ trente milles. Comme mon père avant moi. Un jour, l'an dernier... » Il se tourne sur son siège de façon à regarder le premier ministre du Québec bien en face. « Un jour, l'an dernier, je pars pour faire le tour de mes trappes. Je veux rester au campement ouest. Mais le campement n'est plus là. L'endroit a été fauché. L'auvent a disparu. C'est le seul terrain plat sur le bord d'un ruisseau. Une bonne place pour le campement. Il y a quatre pièces de plastique orange qui ressemblent à des tentes. On a défriché. Les marques de nombreux hommes. »

Il humecte ses lèvres et repousse la mèche qui tombe sur ses yeux. « J'avais une toile de fond. J'ai couvert mes affaires. J'ai fait du thé et fumé et j'ai regardé tout cela. Puis j'ai marché le long du ruisseau pour vérifier mes trappes. Il y avait de nombreuses pistes dans la neige. Il y avait des piquets d'acier enfoncés dans le roc. Certaines de mes trappes avaient disparu. Les autres étaient intactes. Au bout d'une heure, j'ai entendu un hélicoptère arriver. Je suis reparti vers le campement. Ça m'a pris une heure aussi pour revenir, vous voyez. L'hélicoptère s'est posé au milieu des quatres tentes de plastique. Je suppose que c'étaient des marques pour lui indiquer où atterrir. Ma toile était partie au vent. Un homme se promenait au milieu de mes affaires. Je lui dis : « Hey, toi. » Il a eu l'air surpris. Il a ramassé ma carabine. Je l'avais laissée avec mon sac. Il a pointé la carabine sur moi. Il semblait effrayé. J'avais peur.

« Bientôt un autre homme est arrivé et a expliqué. Il a dit que la SBJ... »

« C'est la Société d'énergie de la baie James », explique tranquillement Legault à Auerbach qui le sait déjà.

Peter Whiteduck se tait pendant l'interruption. Legault s'en excuse d'un battement de paupières. Whiteduck reprend de sa voix hésitante.

« Il dit que cet endroit appartient dorénavant à la SBJ. Moi, je n'ai pas le droit d'être là. Sur mon propre terrain de trappage. Mon campement. Ça me prend trois jours pour me rendre là en raquettes. Lui, il peut y arriver en une heure en hélicoptère. Il dit que si je construis un autre campement après leur départ, ils vont revenir et le démolir. Ils doivent faire un relevé du terrain. »

Il y a un long silence. O'Leary semble mal à l'aise. Son assistant prend des notes ; Rimmer fait de même.

Comme le chef Ghostkeeper se tourne vers un autre homme, Peter Whiteduck ajoute, comme s'il venait d'y penser : « Je ne sais pas pourquoi ils font ce relevé. Je connais par cœur toute cette région. Pourquoi ne me demandent-il pas ? »

Les Indiens rient doucement. Un autre homme se lève pour prendre la parole. Il parle des migrations des orignaux, de leurs besoins alimentaires, de leur peur de la machine, du fait que sa famille dépend entièrement de la chasse. Pendant qu'il parle, deux femmes entrent avec des tasses d'émail et deux grosses théières de thé fort et noir. Les hommes boivent leur thé et écoutent. L'un après l'autre, ils parlent de l'injustice et de l'attitude arrogante des ingénieurs, du dynamitage qui a fait disparaître un ruisseau, de la pollution du lac.

Un Esquimau timide parle, à l'aide de notes et de masses de chiffres, des promesses d'emplois et de la discrimination dont sont victimes les Indiens et les Inuits qui ont fait des démarches pour obtenir du travail. D'autres ont rassemblé de l'information technique au sujet de l'insuffisance des études, des risques de glissements de terrain sous le poids des énormes masses d'eau, de l'ignorance des entrepreneurs qui arrivent en conquérants, des dégâts biologiques infligés à cette terre ravagée.

Beaucoup de ces renseignements ne sont pas nouveaux pour les politiciens. Mais jamais ils ne leur sont parvenus si directement et, au bout de cet exposé, de faits concrets, ininterrompus pendant deux heures, on peut lire le soulagement sur les visages des politiciens quand le chef annonce que c'est l'heure du repas.

De la viande d'orignal, du poisson cuit sur les charbons, des pommes de terre cuites sur la braise, des gallons de ce même thé fort, des galettes dorées à la poêle. Véronique et moi nous nous remplaçons à table et à la caméra. Puis les politiciens se retirent près d'un amoncellement de rondins sur la plage, trois cents pieds plus loin, pour établir ensemble leur position. Ils nous font signe de nous en aller quand nous approchons avec les caméras. Leurs gestes nous indiquent clairement que c'est inutile d'insister. Même leurs proches collaborateurs ne sont pas admis.

Je dois me camoufler pour filmer le groupe de loin. En déposant la caméra, j'aperçois Tono à côté de moi.

« C'est clair maintenant », dit-il d'un air sérieux. « Je ne sais pas exactement ce qui va arriver, mais je sais que ce ne sera pas bon. Laisse-moi te raconter ce que j'ai vu et après nous pourrons décider quoi faire. »

D'ordinaire je suis d'un naturel trop sceptique pour tenir compte des intuitions des gens, surtout quand ils leur donnent le nom de rêves, de visions ou de quelque chose qui sort de l'ordinaire. Je ne les écoute même pas. Mais je connais Véronique depuis trop longtemps pour écarter ce que Tono me dit qu'il « voit ». Je l'écoute. Quand il a terminé, tout ce qu'il m'a dit m'apparaît évident et je me demande comment j'ai pu ne pas en prendre conscience soixante-douze heures avant. Peut-être Véronique a-t-elle raison quand elle dit que je suis naïf.

La réunion sur la plage prend fin. Pendant un moment, je songe à agir tout de suite selon ce que me dictent les pressentiments de Tono. Faire un coup d'état.

Puis, je me ravise. Il me faut une preuve, peut-être qu'Evans est en route pour me l'apporter. Ça peut attendre. Surveillons plutôt ce qui se passe.

Auerbach revient avec les autres le long de la plage. Soudain, il se détache du groupe, court jusqu'au lac, demande la permission et met un canot à l'eau.

Un petit rafraîchissement, me dis-je, avant que les parlotes ne recommencent. Je vois Véronique qui descend à la plage avec une caméra et je décide de la laisser faire et de me contenter de regarder et d'apprécier.

Pendant cinq minutes, il tourne et pivote habilement devant nous, jusqu'à ce que Peter Whiteduck lui propose une course. Auerbach accepte. Ils prennent le départ en direction d'un bois mort qui émerge de l'eau à quelques trois cents pieds. Au retour, Auerbach mène la course, mais bientôt Whiteduck le rejoint et il a quatre ou cinq longueurs d'avance quand il reviennent à la roche qui leur servait de point de départ.

Les deux hommes accostent haletants et ils essuient la sueur qui coule le long de leur visage. Ils remontent la plage ensemble, l'air contents d'eux-mêmes. Auerbach, dans un mouvement d'affection passe le bras autour des épaules de Whiteduck, le jeune homme semble gêné par ce geste et Auerbach s'aperçoit qu'il a été trop loin. Il retire son bras.

Nous retournons à la table et le chef ouvre la deuxième partie de la rencontre. « Vous avez entendu notre histoire, et je ne crois pas qu'elle vous ait surpris. Mais jusqu'à aujourd'hui, ce sont des représentants officiels qui vous avaient informés et ceux-là sont experts à retirer toute vie d'une histoire. Nous croyons que maintenant vous comprenez mieux dans votre cœur, et c'est là que vous prenez vos décisions. »

Les hommes blancs approuvent silencieusement. Ghostkeeper poursuit : « Jusqu'ici, nous avons patiemment envoyé nos messages et demandé qu'on les considère en toute justice et en toute loi. Ce qui n'a pas été fait. J'ai ouvert cette réunion sous le signe de la paix. J'espère qu'elle se terminera dans la paix. Mais je dois vous avertir que la volonté de mon peuple de continuer dans la paix, dans les conditions qu'il doit endurer et qui vous ont été exposées, pourrait bientôt cesser. Maintenant, à votre tour ! »

Legault, le ministre de l'Énergie et, selon le protocole, le plus haut délégué du gouvernement à cette réunion, dit simplement : « Je donne la parole à mon hôte, le premier ministre du Québec ; nous sommes fondamentalement d'accord. »

Daniel Patrick O'Leary se lève. Tous les autres ont parlé assis, normalement. À l'occasion, le chef s'est levé, personne d'autre que lui. En se levant, O'Leary montre qu'il veut donner à ses paroles le même poids que celles du chef.

Il regarde plaisamment les personnes attablées. Le cynisme qui durcit ordinairement son regard est à peine apparent. C'est sur un ton presque humble qu'il prend la parole. Le fin renard ! pensais-je.

« Je vous remercie de votre accueil, de votre

bonne table et de vos francs propos », commence-t-il. « Moi aussi je crois qu'il nous faut travailler ensemble dans la paix, commencer dans la paix et terminer dans la paix. Vous-même, chef Ghostkeeper, avez dit au début que nous ne sommes pas en guerre. Mais je comprends maintenant que, dans un certains sens, nous sommes en guerre. Je n'avais pas réalisé cela avant. Mais maintenant je me rends compte, je vois plus clairement, je comprends. »

Tous les hommes, à l'exception du chef qui a la tête rejetée en arrière, les yeux encore mi-clos, sont penchés en avant et écoutent attentivement, leurs visages aux aguets et fermés. Legault étudie les coutures de la couverture devant lui. Auerbach a l'expression satisfaite d'un critique de théâtre à une représentation de première qualité.

« Vous savez que nous vivons dans un monde en évolution », poursuit O'Leary.

« Vous nous avez montré comment certains changements menacent vos moyens d'existence et votre façon de vivre. Nous regrettons cet état de choses. Nous n'aimons pas cela. Nous voulons y mettre fin, si nous le pouvons. Et je crois que nous le pouvons. »

Rien ne bouge sous le long appentis. On entend le léger clapotis des vagues qui nous vient de la plage. Au loin, le ronronnement du moteur d'un avion quittant Matagami. Les enfants dorment dans les tentes et les femmes ont disparu. Tous les regards sont fixés sur O'Leary, la situation qu'il préfère dans la vie.

Il s'éloigne de la table et se met à marcher autour,

tout en parlant, le regard au loin, sur le lac.

« Mais vous devez vous souvenir que nous vivons tous dans un monde qui rétrécit, où chaque homme est notre voisin. » Il pointe du doigt l'autre côté du lac. « Au-dessous de nous, au sud, il y a d'autres hommes dont la vie est bousculée par les changements du monde. Pour beaucoup d'entre eux les conséquences en ont été la pauvreté et la honte. Si vous pensez que tous les hommes sont vos frères, comme vous l'avez dit, il vous faudra vous aussi renoncer à certaines choses si vous voulez vivre en paix, selon le désir que vous avez exprimé. »

Les idées d'Auerbach dans la bouche d'O'Leary. Mais quelle rhétorique admirable : donnez-leur des raisons d'espérer, puis faites-les s'inquiéter un peu. On peut lire l'anxiété sur tous les visages maintenant. Les hommes se déplacent sur leurs bancs. Il est temps de les rassurer encore une fois, mais O'Leary entend prolonger le suspense un peu plus longtemps.

« On a déjà investi trop d'argent dans le projet de la baie James, ce n'est plus le moment d'abandonner. Trop de gens en souffriraient. Ma propre maison deviendrait un champ de bataille. »

Maintenant l'anxiété autour de la table fait place à une agitation fiévreuse. Il est grandement temps qu'il redevienne positif.

« Toutefois… » O'Leary les laisse languir, très théâtral. De nouveau, l'assistance s'immobilise, attentive. « Nous avons élaboré un nouveau plan, avec l'aide de nos amis d'Ottawa et de Washington. Un plan qui nous évitera d'immerger ces dizaines de milliers de milles carrés, tout en continuant d'apporter la richesse dans le nord et du travail pour le peuple du Québec. Pour le mener à bien, nous avons besoin de votre approbation et de votre aide. Et je m'engage solennellement, je vous le promets, je vous donne ma parole... que dorénavant votre peuple sera traité avec le respect qui est dû à des frères et des collaborateurs. J'y veillerai personnellement.»

Il y a de l'électricité dans l'air. Et à mesure qu'O'Leary dévoile le plan, l'expectative fait place à un sentiment proche de l'effroi à la vue de ses dimensions incroyables.

«En fin de compte, il n'y aura pas de barrage gigantesque», leur dit-il de sa manière nerveuse et incisive. «Pas d'inondations volumineuses. À la place, une série de petite digues, de bassins de retenue, plutôt, à peu de distance de la côte de la baie. L'eau de ces bassins, qui se perd aujourd'hui dans la mer, sera amenée à l'ouest, à travers des canaux, et des tunnels géants par-delà les hautes terres, à des centaines de milles à l'ouest vers le lac Supérieur, suivant parfois les lits d'anciennes rivières, parfois des gorges dynamitées dans le roc, attirée sur les hauteurs par de gigantesques systèmes de pompage pour redescendre ensuite librement dans le plus grand des Grands lacs.

«Et là, des pompes encore plus puissantes, des tunnels et des canaux puiseront dans le lac Supérieur, maintenant abondamment alimenté par les eaux du bassin de la baie James, déversant la vie même vers le sud et l'ouest, vers les grands déserts américains, pour les faire fleurir, pour qu'y croissent les plantes qui nourriront des millions d'hommes, pour faire échec à la sécheresse envahissante dûe à l'usure du temps et aux pillages humains, et accomplir ainsi le miracle moderne...

« Et quelle sera l'énergie qui propulsera ce flot gigantesque? L'énergie nucléaire. Un chapelet de stations de pompage mues par la puissance nucléaire peu polluante de centrales à l'eau lourde, qui sera éventuellement remplacée par une installation nouvelle, la meilleure au monde, dès qu'elle sera mise au point.

« J'ai déjà cru que mon plan d'aménagement de la baie James était audacieux, vous savez », dit O'Leary en grimaçant un sourire. Humilité feinte. « Je croyais qu'il était gigantesque. J'ai cru que c'était le plus grand projet jamais rêvé par l'homme. Mais le plan dont je viens de vous parler et ce qui s'ensuivra, sera encore plus grand, beaucoup plus grand, à tel point que j'en suis bouleversé. Et je suis fier que le Québec y participe au nom du Canada. »

Il invite maintenant Auerbach à prendre la parole. Auerbach parle, parle de milliards de dollars qui seront consacrés au développement de l'énergie éolienne, à la mise au point d'appareils destinés à capter l'énergie de la plus grande fournaise nucléaire connue, le soleil, l'ènergie des vents incessants qui hurlent au-dessus de la baie, à capter ces vents et à les transformer en milliards de volts, à l'aide de forêts de turbines très compliquées et cela sans cendres, sans fumée, sans déchets nucléaires, des forêts de turbines qui pousseront et couvriront les terres stériles, les versants des montagnes exposés au vent, toutes les surfaces du monde vides, inutilisées et balayées par le vent jusqu'à

240

ce qu'il y ait assez d'énergie électrique pour répondre à tous les besoins, assez pour fermer toutes les nouvelles installations nucléaires et toutes les vieilles centrales thermiques, et assez pour transformer l'eau en hydrogène pour alimenter en énergie les voitures et les avions de l'avenir avec un carburant qui, quand il brûlera, laissera échapper non pas de la fumée, non pas de la cendre, non pas des acides, mais seulement, dans un merveilleux retour cyclique, de l'eau pure.

L'île entière semble chatoyer à la lueur de cette vision renversante. Claudius, les menaces de mort et le Commando de l'Environnement semblent bien lointains, bien irréels, comme un mauvais rêve. Mais attention.

Le Commando est dans l'île, avec nous.

C'était cela le message de Tono. Et les choses se précipitent dans ma tête aussi. En filmant cette scène, j'ai senti venir le moment de passer à l'action.

Quand Auerbach se tait, un bourdonnement de commentaires fuse de la table, des voix s'exclament en cree et en esquimau, les hommes sourient, allument des cigarettes, se tapent mutuellement dans le dos. Mais le chef Ghostkeeper reste assis patiemment, silencieux, ses mains noueuses reposant légères sur la couverture rouge devant lui, ses lèvres serrées. Bientôt les autres s'aperçoivent de son mutisme et le silence revient peu à peu.

Au bout d'un moment, il parle.

« L'Homme blanc avait déjà fait beaucoup de promesses avant », dit-il calmement.

« Oui, Carl, mais pas devant des caméras de

télévision », intervient un des hommes. « Si jamais ils se désistent, nous avons une preuve de ce qu'ils ont dit, une preuve filmée en partie par une des nôtres », ajoute-t-il en montrant Véronique.

Ghostkeeper réfléchit à cette remarque un instant. Puis il se tourne vers Auerbach.

« Je ne crois pas, vraiment, que les caméras y changeront quelque chose. Mais voyons si je comprends bien les propos que vous tenez devant les caméras. Vous dites que les États-Unis doivent payer maintenant au gouvernement du Québec l'eau qu'il pourront utiliser durant les cinquante prochaines années, c'est bien cela ? »

Auerbach incline la tête.

« Et que vous allez recommander à votre gouvernement de signer avec le Canada un accord de cinq milliards de dollars pour mettre sur pied un programme de recherche pour concrétiser le projet d'énergie éolienne. »

« Oui », répond Auerbach, « entièrement synchronisé avec la recherche qui se fait dans mon propre pays. Pas question de faire double emploi et je crois que nos deux pays vont cohabiter plus facilement si la plus grande part du travail est effectuée au Canada. Le fait de faire de votre pays une succursale des États-Unis n'a pas beaucoup aidé nos relations jusqu'ici. »

« Je vous entends dire que les États-Unis *devraient* faire ceci et cela et que vous allez *recommander* ceci et cela », poursuit le chef sur le même ton. « Ce sont bien les mots que vous avez employés ? »

Auerbach fait une pause.

« Oui », dit-il au bout d'un moment. « Toutes ces déclarations devront prendre la forme d'un traité, puis être ratifiées par le Congrès. Et par le gouvernement du Canada évidemment. »

« La décision ne vous appartient donc pas. »

« Non. »

« N'avez-vous pas peur que le président vous mette à la porte pour vous être compromis de la sorte sans son consentement ? »

« Non, je n'ai pas peur. »

« Pourquoi ? »

Un pli à peine visible se forme au coin des yeux d'Auerbach, réchauffant sa physionomie. Je me déplace d'un pied pour que les rayons du soleil reflétés dans l'eau en définissent bien le pourtour dans le viseur. Le pli se creuse à mesure qu'il parle.

« Parce que », dit-il, contrôlant le flot de ses paroles pour faire plus d'effet et regardant autour de lui pour en vérifier les résultats, « dimanche, quand je serai à la télévision pour expliquer ces propositions au peuple américain, je vais annoncer ma démission. »

Les têtes s'immobilisent pour mieux entendre et Rimmer laisse échapper son carnet de notes. Mais O'Leary ne semble pas surpris. Moi non plus.

« Mais alors, mais alors », balbutie Ghostkeeper, « comment allez-vous... ? »

« Je m'apprête à jouer la carte la plus risquée de ma vie », dit Auerbach, joyeusement. Ses yeux brillent maintenant et il paraît plus grand que jamais. « Regardez, mon pays a un grand besoin d'eau pour nourrir son peuple. Je m'en vais dire aux Américains qu'il peuvent obtenir cette eau, prendre part au plus grand plan d'exploitation des ressources de l'histoire, bâtir des liens plus solides que jamais avec le Canada, et établir de nouvelles règles de justice sociale qui effaceront les torts que nous avons causés à votre peuple depuis des centaines d'années.

« Toutes ces choses vont ensemble... Ce sont les projets dont les Américains sont affamés. Ils sont dégoûtés des guerres pourries. Dégoûtés de l'âpreté au gain. Dégoûtés de tout s'approprier. Dégoûtés de la corruption. Dégoûtés de la destruction. Dégoûtés des mensonges de la loi et de l'ordre. Ils souhaitent désespérément redécouvrir leur esprit de bâtisseurs et d'hommes généreux ; en redonnant vie à des terres perdues, en faisant d'un désert un jardin ; en ressoudant les liens brisés ; en réparant les torts anciens. Je sais qu'un feu couve en Amérique, qui n'attend que cette étincelle pour s'enflammer. »

Je me dis : « Eh bien, il est en train de devenir un vrai politicien. Ils y passent tous. Oh, il est cent fois mieux que n'importe qui d'autre en place. »

Il en vient au point culminant. Je règle la prise de vue sur son visage. Il fait une pause, prend une respiration et poursuit : « Et je m'en vais leur dire qu'il peuvent obtenir tout cela, allumer ce feu, s'engager dans ce nouveau sentier, s'ils accomplissent une simple chose. »

L'assemblée est envoûtée. Auerbach est illuminé en la regardant. Ghostkeeper brise le silence.

« Monsieur le Secrétaire d'État », dit-il en se

levant, un sourire à peine esquissé sur les lèvres, « il est peut-être contraire aux règles de l'hospitalité de révéler votre secret, mais je suis sûr que je connais la nature de cette simple chose. »

Il regarde le grand Américain avec admiration et approbation. Ils se mesurent du regard, les deux chefs, avec chacun au coin des lèvres une touche de royale espièglerie. Auerbach s'incline devant Ghostkeeper, lui cédant la place.

« Si vous aviez des oreilles pour entendre », dit le chef au groupe, « vous sauriez que monsieur Auerbach va inviter le peuple américain à l'élire à la présidence. C'est bien cela, monsieur Auerbach ? »

« Tout à fait cela. »

Et c'est cette déclaration qui les gagne définitivement, comme Mae a su le voir avec son imagination peu commune. Auerbach, qui a reboisé le versant du Pacifique, qui a financé le sauvetage non seulement de mes cygnes mais de trois autres espèces d'oiseaux sauvages. Auerbach, dont le nom, même ici dans ces régions où les hommes ont peu de temps pour lire les journaux, est synonyme de respect de la nature, Auerbach va tenter de prendre le gouvernail de ce vaisseau en détresse, les États-Unis. Et je peux voir par le viseur que cette assemblée de sceptiques trouve cette idée plausible et est prête à lui faire confiance. Mais d'instinct, je dirige la caméra sur Rimmer. Comme je m'y attendais il n'a pas l'air surpris mais plutôt paniqué. Sait-il ce que Tono m'a dit ?

À ce moment précis, j'entends un bruit de moteurs. Je regarde Véronique. Elle filme le chef. C'est son tour maintenant de parler.

«Monsieur Auerbach», dit-il, «je vais prendre conseil auprès de mes frères. Mais quant à moi, je crois que je suis prêt à me joindre à vous dans cette aventure. Si vous êtes capable de manoeuvrer un pays aussi bien que vous manoeuvrez un canot...»

Le grondement du «Goose» passant au-dessus de nos têtes lui coupe la parole pendant un instant. Il regarde les gens réunis autour de la table et sourit pour la première fois de la journée. «Je crois que nous avons accompli le principal de notre tâche. Des caisses de bière nous attendent au frais au fond du lac. Cette nuit, nous allons fêter et peut-être nous ferons-nous part à chacun de nos espoirs et de nos rêves. Merci.»

O'Leary a l'air complètement interloqué. Legault paraît embarrassé et content tout à la fois. Rimmer a refermé son carnet de notes et s'éloigne du groupe animé qui s'est formé autour du Secrétaire d'État. J'arrête le tournage et je m'approche vivement de Rousseau. «Restez avec Rimmer», lui chuchoté-je. «Il va se passer quelque chose. Ne le perdez pas de vue.» Et je cours à la plage où, à cent pieds de la rive, Evan est en train de jeter l'ancre. Il me salue de l'écoutille. Je m'empare d'un canot et rame vers le bateau volant.

«Le film est parti avec une hôtesse de Nordair que j'ai — euh — connue à Winnipeg», dit-il en souriant lascivement. «On peut se fier à elle entièrement. Je lui ai donné deux cents dollars et lui ai dit de l'apporter elle-même à Washington par le vol Eastern ce soir. Elle ferait n'importe quoi pour moi et ça coûte beaucoup moins cher que si je m'étais moi-même rendu à Montréal avec le «Goose». À part ça, j'ai pensé que tu voudrais avoir ça.»

Il me tend une feuille où apparaît la liste des noms des gens dont on a retrouvé les empreintes sur le Commanche à l'aéroport national de Washington. Je la parcours avec intérêt, mais sans surprise. Pas encore. Nous ramons vers la plage en silence.

J'accours vers l'appentis et accroche Auerbach par le bras. «Écoutez, Howard», lui dis-je à l'oreille, «ayez confiance en moi et faites ce que je vous dis.»

Ses yeux s'arrondissent derrière ses lunettes en attendant ce que je lui dis de faire. Il m'approuve et se hâte vers l'endroit où se trouve Rousseau, qui tient le bras de Rimmer, déversant sur l'homme aux traits irrités un flot de paroles dans son lourd accent, dont on peut comprendre qu'il le somme d'avertir les Services secrets américains au plus vite, comme il se doit quand un candidat sérieux annonce qu'il brigue les suffrages à la présidence. Rimmer cherche Auerbach nerveusement des yeux en essayant de se libérer de la poigne du policier. «Il nous faut des agents des services secrets ici ce soir! Comprenez-vous?» lui crie Rousseau. «Sinon, ça va nous coûter cher!»

«Wilson, il faut que je te parle immédiatement, en privé, deux minutes», dit Auerbach sur un ton autoritaire en s'approchant d'eux.

«Eh bien, débarrassez-moi de lui», dit Rimmer furieusement en montrant Rousseau.

«Non. Il peut venir. Viens.» Et il l'empoigne fermement par l'épaule et le conduit vers la plage en direction de l'amas de bois mort où a eu lieu leur conférence.

Je fais signe à Véronique de prendre la caméra et de venir avec moi. Nous les suivons sur la plage. Quand nous les rejoignons, Rimmer respire bruyamment, il a l'air d'un homme traqué. Auerbach paraît lui-même assez irrité. « Tu ferais mieux de nous expliquer ça, Joe », me dit-il.

Je me dirige vers Véronique pour déposer la caméra sur le sable au milieu du petit groupe que nous formons. Je lui dis d'ouvrir l'étui et de sortir le projecteur au Quartz de la poche latérale. Puis, je fouille au fond de cette poche et en sort le revolver.

Deux paires d'yeux observent mes mains ; une autre mon visage. Je tends l'arme à Rousseau par le barillet.

« Quand votre homme, Chénier, s'est battu avec Rimmer dans cette chambre chez ma mère, est-il possible qu'il ait perdu son arme ? »

Rousseau regarde attentivement le revolver sans le toucher.

« Pas celle-là », dit-il brièvement.

« Alors, je crois que nous savons à qui elle appartient, n'est-ce pas ? » dis-je en regardant Rimmer.

Rimmer tremble de tous ses membres.

« J'ai eu des problèmes avec mon avion à l'aéroport national de Washington », dis-je, « de l'eau dans le carburant. J'ai fait relever les empreintes sur le couvercle du réservoir. L'homme nous a fait dire qu'il était désolé mais qu'il n'avait rien d'utile à signaler. Rien que des empreintes « amies ». Les miennes, celles de Véronique, celles du mécanicien et celles d'un autre ami. »

«Les miennes», dit Rimmer sans sourciller.

«Wilson!»

C'est Auerbach qui parle, mais ce n'est pas sa voix. On dirait plutôt une sorte de croassement.

Rimmer cache son visage dans ses mains, éclatant en sanglots. Il s'écroule lentement à genoux sur le sable. Il m'émeut, même si je sais les intentions qu'il avait. Il se peut que j'ignore les motifs qui l'ont poussé à faire ça, les pressions qu'il a subies. Parfois je suis diablement sentimental. Et un bon acteur peut faire de moi ce qu'il veut. Oubliant de rester sur mes gardes, je regarde avec compassion cet être effondré.

Rapide comme l'éclair, l'une des mains qui couvrent son visage jaillit et attrape le revolver avant que je prenne conscience de ce qui se passe. L'autre bras est projeté de côté donnant du coude dans le bas ventre de Rousseau. Rousseau grogne et s'effondre. Suivant sa chute, Rimmer se jette sur lui pour lui prendre son arme. Il s'en empare et nous tient en respect avec les deux armes. «Relevez-le», ordonne-t-il en montrant Rousseau.

Le visage d'Auerbach est blanc, ses yeux sont ouverts comme des trappes. Mais il s'agenouille et aide délicatement le rude policier à se relever. Rousseau respire bruyamment et se tient le ventre à deux mains. Son visage est tordu de douleur, mais on peut voir ses yeux, scrutant les alentours, cherchant un moyen, examinant les possibilités.

Rimmer est maintenant tout à fait en possession de ses moyens. «Nous allons au «Goose»», dit-il calmement. «Si jamais quelqu'un nous interroge, dites que nous voulons un endroit très discret pour discuter. Mon arme est pointée directement sur le cœur du prochain président des États-Unis», ajoute-t-il ironiquement, «donc c'est dans l'intérêt de tous, pour votre avenir, que personne n'essaie de quelque façon que ce soit, de me nuire. Grouillez-vous.»

À cet instant, une voix se fait entendre dans les arbres derrière nous. Ghostkeeper.

«Excusez-moi de vous interrompre», dit-il, en sortant sans bruit du bosquet. «Je suis venu vous demander à tous si vous voulez me rejoindre dans ma...» mais il s'arrête et son regard se fige.

Toutes nos têtes se sont tournées du même réflexe affolé à cette soudaine apparition. Je me retourne de nouveau vers Rimmer. Il a perdu tout son calme. Un étrange air de panique traverse ses yeux. D'autres hommes viennent vers la plage dans notre direction. Véronique a fixé son puissant regard sur Rimmer qui tremble, s'efforçant, à ce qu'il semble, de s'empêcher de la regarder. Auerbach, encore muet sous le coup de l'émotion, tâche d'attirer des yeux l'attention de Ghostkeeper.

Soudain, le bras droit de Rimmer s'élève, raide. Le pistolet vise la nuque d'Auerbach. Je vois le muscle du doigt qui se contracte et je plonge. Le coup qui part de l'arme me brûle la main au moment où nous tombons. L'autre coup passe dangereusement près de mon oreille. Puis, nous sommes couverts de corps. Je me rends compte que mes dents sont sur la gorge de Rimmer. Véronique me crie : «Arrête Arrête ! J'ai les revolvers.» Je relève la tête et crache du sang sur la face aux yeux tuméfiés sous moi. Rimmer se débat comme un requin, mais quatre hommes le tiennent solidement. Puis j'entends Véronique crier.

Carl Ghostkeeper est à genoux dans le sable derrière moi, les mains serrées sur la poitrine. Le sang jaillit sur ses mains. Il a la tête penchée, il regarde, d'un air interrogateur (sans rien comprendre). «Je ne...» commence-t-il mais il s'étouffe et en toussant il rejette des gouttes de sang.

Il passe sa langue sur ses lèvres. Véronique laisse tomber les deux armes et s'agenouille auprès du chef agonisant. Elle prend ses mains rougies entre les siennes. Et lui donne tout ce que ses yeux peuvent donner. Puis il tourne ses vieux yeux embrouillés vers l'ouest. Le soleil couchant donne à son visage des reflets de cuivre. Il rejette la tête en arrière dans cette attitude majestueuse qui lui est caractéristique et ouvre la bouche. Aucun mot ne parvient à ses lèvres. Il ferme les yeux, et s'effondre doucement, en pliant le torse dans la position qu'il avait précédemment et sa tête tombe sur ses mains sans vie et sur celles de Véronique qui les tiennent.

«Relevez-le»!

Mais la voix ne fait pas allusion au chef. C'est Peter Whiteduck qui debout devant Rimmer, crie aux hommes qui le retiennent.

Ils remettent rudement Rimmer sur ses pieds. Whiteduck qui a perdu sa timidité, avance empoigne à deux mains le chandail de Rimmer et le déchire comme un Kleenex. Il porte la main à sa ceinture et en sort un petit couteau de trappeur usé. Il en appuie la pointe sur le sternum de Rimmer et descend lentement, légèrement, le long de sa poitrine. Une fine ligne rose, qui s'emplit lentement de sang, se dessine au fil de la lame. Puis une voix dit avec autorité : « Ça suffit ! C'est assez ! Nous en avons trop à apprendre. »

Whiteduck se tourne à ces mots imposants et regarde l'arme que Rousseau pointe dans sa direction. Véronique lui dit doucement quelques mots en langue cree. Whiteduck hésite puis dit : « Notre heure viendra ». Il remet son couteau dans sa ceinture.

17

DRÔLE DE VEILLÉE

Nous nous asseyons tous dans la tente du chef décédé. En réalité, ce sont deux tentes de toile verte, communiquant par leurs ouvertures, jointes par une fermeture éclair, formant ainsi deux pièces.

On entend le chuintement d'une lampe à essence qui renvoie des ombres bien nettes sur les parois. Elle dessine chaque visage en amplifiant l'expression de choc et d'épuisement de chacun.

Depuis qu'il a tiré, Rimmer n'a pas proféré une seule parole. Il refuse l'eau qu'on lui offre. Il a voulu renvoyer une femme qui venait avec une trousse de premiers soins et a couvert avec répugnance la blessure longue d'un pied qui strie sa poitrine.

« Si c'était le Commando qui, d'une manière ou d'une autre, te tenait en son pouvoir, je pourrais comprendre, je pourrais même t'aider », plaide Auerbach. « Dis-moi, Wilson, pour l'amour du ciel ! Qu'est-ce que c'est que tout ça ? »

Rimmer regarde droit devant lui.

Dehors, sur la plage, les feux brûlent encore. Leur lueur nous éblouit, nous cachant l'eau derrière eux. Dans le long apprentis, à trente pieds de nous, le corps de Carl Ghostkeeper repose sous une couverture, sur la table. Quatre hommes sont assis autour de lui. Ils boivent leur bière lentement et demeurent calmes. Pour le moment.

Evan a promis de reconduire en avion le corps du chef, chez lui, au lever du soleil, au lac Mistassini à une demi-heure de vol vers l'est.

Enfin, Rousseau dit : « Laissez-nous avec lui, un moment, monsieur le Secrétaire d'État. »

Auerbach regarde durement le policier, hausse les épaules et se lève de sa chaise. « Je vais marcher dehors », dit-il. « Appelez-moi s'il dit quelque chose. »

Il sort, un pli amer au coin des lèvres.

Rousseau s'assied sur une chaise pliante tendue d'une toile à carreaux aux couleurs étonnamment brillantes. Il observe Rimmer un moment et dit : « Maintenant que le Secrétaire d'État est parti, je vais vous enseigner les choses de la vie, Rimmer. »

Les yeux d'insecte regardent en arrière, froidement.

« Vous êtes trop loin pour être sous la protection de la cour américaine, vous savez. Ici, on fait les choses un peu différemment. Bien entendu, mes hommes et moi sommes obligés de vous remettre à la justice américaine sain et sauf. Si nous le pouvons. Mais un accident est si vite arrivé ! Et il y a pas mal d'Indiens en colère sur cette île. »

Rimmer passe sa langue sur ses lèvres et ne dit mot.

« Savez-vous ce qu'est la Med-e-o, Rimmer ? »

Rimmer soulève légèrement les sourcils en entendant ce mot étrange.

« Eh bien », explique Rousseau, « dans les dictionnaires crees, je crois qu'on l'épelle Medew, mais la prononciation est Med-e-o et ça signifie une certaine puissance. On peut sentir cette puissance sur l'île ce soir. C'est la mort qui l'appelle. Comprenez-vous ? »

Rimmer avale sa salive par deux fois. Il ouvre la bouche, respire, semble être sur le point de parler, puis referme la bouche.

« Il est bien connu que Tono Valéry, le frère de Véronique, possède une très forte Med-e-o. Véronique elle-même semble jouir d'un peu de ce pouvoir. Tous les deux étaient très attachés au vieux chef. Il est mort dans les bras de Véronique, souvenez-vous en. »

« Je vais boire cette eau, maintenant », dit Rimmer d'une voix râpeuse.

« Bien, nous y arrivons. » Rousseau prend la tasse d'eau en émail et la tient juste devant le prisonnier. Rimmer a les bras attachés dans le dos et liés au solide mât de la tente. Il regarde d'un air malheureux l'eau que Rousseau tient sadiquement tout près de lui.

« Il y a une autre Med-e-o sur l'île », poursuit Rousseau pensivement, en regardant dans la tasse, « mais je ne sais pas qui en est le possesseur. »

Il prend une gorgée d'eau et fait claquer ses lèvres. Rimmer avale encore.

Rousseau dit : «Il paraît que la Med-e-o peut endormir les gens. Même les policiers.»

Il boit du bout des lèvres, puis avale une grande lampée et secoue la tasse. «Pourrions-nous en avoir encore?» demande-t-il. Véronique prend la tasse et va vers le lac.

L'air est frisquet dans la tente. De lents courants de bruine passent au-dessus de la plage dans la lueur des feux. Rousseau réfléchit un moment. Puis il essaie une nouvelle stratégie.

«Bien sûr, il y a les couteaux, comme celui de Peter Whiteduck. C'est contre ce genre d'objets que mes hommes et moi devons vous protéger en restant éveillés. Comprenez-vous Rimmer?»

«Je n'ai jamais eu l'intention de tuer Ghostkeeper. C'est la faute d'Ireton. Donnez-moi à boire.»

«La seule chose qui peut me tenir éveillé, c'est une bonne histoire. Si j'ai beaucoup de matière à réflexion, ça pourrait me tenir éveillé.»

Véronique revient avec la tasse. Rousseau tient la tasse pendant que Rimmer la vide entièrement. «Encore», dit-il âprement.

«Dans un moment», dit fermement Rousseau. «Maintenant examinez la situation très attentivement, Rimmer. Il n'y a qu'un moyen pour me convaincre de rester éveillé pour vous protéger des couteaux et des choses encore pires que, m'a-t-on dit, la Med-e-o occasionne à un homme qui est haï, c'est de savoir que vous avez quelque chose à offrir.

«Le Secrétaire d'État a déjà dit qu'il demandera la clémence du tribunal si vous racontez tout ce que vous savez sur le Commando et sur le complot pour attenter à sa vie. Si vous n'arrivez pas à nous convaincre que vous êtes prêt à tout raconter, je doute beaucoup que vous quittiez jamais cette île. Du moins, pas en très bonne forme. Voulez-vous réfléchir à cela?»

Il se cale dans sa chaise et bâille. C'est un vrai bâillement, il n'y a pas à s'y tromper. Rimmer regarde autour de lui. Tessier dort sur le sac de couchage dans un coin de la tente. Véronique est pelotonnée près de l'autre mât de la tente, la tête appuyée sur ses mains qui reposent sur ses genoux. Rousseau bâille encore et s'étire avec exubérance d'un large mouvement. Comment diable faire pour ne pas bâiller à mon tour.

Sur la plage, s'élève un doux chant au rythme d'un seul tambour.

Ah-yah-yah-yah-yah-yah-yah-yah-yah-yaaahhh! entonnent les voix, qui tombent brusquement à la dernière syllabe. Le tambour bat un rythme lent et hypnotique.

Rousseau pose le fanal Coleman par terre et l'éteint. La lueur du feu pénètre par la porte ouverte et dessine de grandes ombres derrière nous. Sans la lampe, le froid se fait plus intense, beaucoup plus vif. Je frissonne et je bâille. Rimmer frissonne.

Il y a un long silence.

Tout à coup, Tessier se met à ronfler bruyamment, Rimmer sursaute.

«Écoutez, Rousseau», dit-il, en avalant avec difficulté. Mais Rousseau est assoupi, sa tête tombant sur sa poitrine.

Je sens mes yeux qui se ferment. Je ne peux pas les tenir ouverts.

«ROUSSEAU!» crie Rimmer, en le frappant de ses pieds qui ne sont pas attachés. Il atteint le policier sur les tibias. «Merde!» aboie le policier, en se rasseyant brusquement. La longue silhouette d'Auerbach apparaît dans l'embrasure de la porte. «Qu'est-ce qui se passe?» demande-t-il. «Où est le fanal?»

«Rimmer va nous raconter une histoire», dit Rousseau en prenant le fanal.

18

LE COMMANDO
DE L'ENVIRONNEMENT

À ses débuts, le Commando de l'Environnement n'était constitué que d'un seul homme qui opérait à Los Angeles (c'est ce que Rimmer raconte). On croit qu'il a travaillé seul pendant deux ans, envoyant des lettres de menaces aux pollueurs, sabotant leurs installations s'ils n'obéissaient pas et écrivant dans les journaux les compte rendus de ses exploits. Il écrivait aussi bien pour la presse parallèle que pour les journaux de l'establishment, de sorte que ses articles paraissaient toujours quelque part. Personne ne savait qui était cet homme.

Pendant un certain temps, vers la fin des années soixante, il a disparu de la circulation — ou, plus exactement, il a cessé son activité. Puis, quand il est réapparu, ce fut à plusieurs endroits à la fois, répétant le même scénario de menaces et de sabotages dans tout le pays et il a commencé à recruter des membres en une organisation assez souple, par un système de cellules semblables à celles des premiers temps du parti communiste, chaque cellule ignorant l'adresse des autres, le tout relié   grâce à des messagers anonymes.

Rimmer s'y était mêlé, comme il nous l'avait déjà dit, d'abord d'aventure, cherchant à faire quelque chose de plus concret contre la pollution que d'en parler. Bientôt il s'est trouvé profondément engagé dans le mouvement, impliqué dans plusieurs actes criminels dont des affaires de chantage et d'incendies volontaires et, il l'admet, il appréciait le pouvoir et l'argent que cette situation lui donnait.

Pendant un certain temps, il a accepté la version qui voulait que ce soit un multi-millionnaire anonyme et fanatique qui dirigeait le Commando d'une base secrète, quelque part au Nouveau-Mexique, un homme qui, comme il le proclamait, brûlait de cette ambition personnelle de faire la guerre aux ennemis de l'environnement.

C'est alors qu'il se mit à faire des calculs, à évaluer les sommes payées à lui-même et aux cinquante autres membres — au moins — qu'il ne connaissait que par leur numéro ou leur code — salaires, frais de déplacement, notes de frais illimitées. Et le doute s'empara de son esprit : était-ce possible que tout cela fût financé par un seul homme ? Il a élaboré l'hypothèse d'une conspiration financée par des puissances étrangères, la Russie ou la Chine, du moins au début, puis, plus tard, il a pensé au Japon. Pour chaque action du Commando qui parvenait aux oreilles du public à cause d'un acte de sabotage (et plus tard, d'un meurtre) il y avait plusieurs centaines de manœuvres d'intimidation réussies.

Certains des messages de menace qu'on lui donnait instruction d'écrire ou de livrer n'avaient que peu de rapport avec la protection de l'environnement. Mais ils semblaient avoir une chose en commun : faire obstacle à certains types de développement technologique — dans les domaines de l'énergie, de l'aviation, de l'électronique et des communications.

Et c'est ce schéma qui l'a amené à soupçonner le Japon, avec ses énormes investissements dans le charbon et l'électricité et dans l'électronique et la technologie des communications.

Puis en 1970, un événement se produisit qui éclaircit un peu le mystère et prouva que le Commando n'avait pas pour vocation, en fin de compte la sauvegarde de l'environnement. La Corporation for Public Broadcasting a essayé de mettre sur pied un immense projet appelé le « Environmental Programming Center ». Le Commando a monté un complot — dans lequel Rimmer était directement impliqué — pour détruire ce projet, et a réussi. Les fonds ont été interceptés, des personnes en place achetées et des agents du Commando se sont infiltrés dans l'organisation pour embrouiller la planification. Finalement le projet a été abandonné.

Le style typiquement américain de cette campagne, le ton des directives, la clarté de la stratégie politique ont amené Rimmer à réexaminer son idée de conspiration étrangère.

Peu après, des instructions secrètes concernant la transformation du Commando en un nouveau parti politique ont commencé à arriver, un parti qui opérerait clandestinement avant d'avoir atteint son objectif premier : discréditer aux yeux de l'opinion les politiques du gouvernement des États-Unis, non seulement la présente déplorable administration, mais aussi l'opposition, de sorte que, quand il serait temps de prendre la relève, le peuple américain n'attende plus que cette image de propreté, de puissance, de fiabilité, de toutes ces vertus traditionnelles que se serait bâti le nouveau parti.

On n'a pas encore annoncé le nom du parti et Rimmer ne sait pas encore qui est derrière lui. Mais on lui avait laissé entendre qu'on était intéressé, dans les hautes sphères du parti, à le voir être candidat à un poste électif qui lui assurerait une place d'importance dans le nouveau régime. Rimmer commençait à rêver de pouvoir.

L'arrivée à Washington de monsieur Howard Auerbach est venue menacer les ambitions du Commando. Auerbach était populaire, il avait un pouvoir charismatique, il était humaniste et libéral, c'était le genre d'homme qui donnait de la démocratie populaire une image favorable. Déjà il s'était bâti une réputation par ses efforts pour la protection de l'environnement. Il était précisément ce que le Commando ne voulait pas voir apparaître sur la scène politique américaine à cette époque: une alternative valable, un héritier désirable de la présente administration, un homme qui pouvait redonner vie aux valeurs traditionnelles de la démocratie américaine et en tirer parti.

Sur sa propre suggestion, Rimmer avait été chargé de s'introduire dans l'entourage d'Auerbach et d'y découvrir quelque matière à scandale. Si cela échouait, ce qui arriva, il devait monter de toute pièce une histoire qui salirait sa réputation sans tache.

Quand il a fait rapport du plan d'Auerbach

concernant la baie James, les dirigeants du parti ont trouvé que c'était un tel tremplin pour Auerbach et une telle menace pour eux, qu'ils ont décidé de ne pas attendre le scandale qu'ils voulaient fomenter. Ils ont décidé de supprimer cette menace avant qu'il ne devienne candidat et, de la sorte, martyr.

C'est Rimmer lui-même, il l'avoue, qui avait proposé le voyage à Matagami, et il avait fait le projet d'assassiner son patron durant la nuit en s'arrangeant pour incriminer un des Indiens qui, Rimmer s'en serait assuré, aurait été complètement ivre à cette heure-là.

Un complot digne de Macbeth... sans la « Lady ».

J'avais monté le fanal Coleman à son plus haut avant le début de ce long récit. Puis, je m'étais installé à l'extérieur, dans le noir, de façon à filmer Rimmer sans qu'il s'en aperçoive, j'avais tout enregistré.

Rimmer dit : «Ils ont constaté que les électeurs s'intéressaient beaucoup à l'écologie. Ils savent que tout le monde parle de loi et d'ordre. Ils prévoient que dans quelques années l'Amérique sera mûre pour eux et qu'ils pourront la mener où ils voudront. Ce qui signifie un pouvoir total, TOTAL.

Ils ont commencé par assassiner le solitaire du début, créateur du Commando. J'ai découvert ça l'an dernier. Et ils vont me tuer, c'est sûr », dit-il tristement. « Même si vous m'enfermez en prison, ils sauront bien me retrouver pour me liquider. »

Il semble exténué.

Je profite de la pause pour recharger la caméra. Puis j'entends des pas sur le sentier à côté de moi, O'Leary se penche dans l'ouverture de la tente et regarde à l'intérieur, curieux de ce qui s'y passe. Auerbach lui fait signe d'entrer. Puis il dit à Rimmer : «Pourquoi devrais-je croire tout ce que tu racontes?»

Rimmer hausse les épaules : «C'est la vérité.»

Rousseau dit : «Ce n'est pas assez. Il nous faut des noms. Le seul moyen de sauver votre peau, c'est de tout révéler, n'avez-vous pas encore compris? C'est votre seule chance.»

Rimmer fixe le plancher.

Rousseau dit : «Regardez, Rimmer, vous pourriez avoir inventé cette histoire de toute pièce. Aucun tribunal ne peut vous accorder sa clémence pour des révélations qui ne peuvent pas être vérifiées. À part cela, qu'est-ce que ça peut bien faire s'ils vous tuent parce que vous avez raté l'assassinat ou parce que vous avez éventé la mèche. Si vous nous donnez assez d'indices pour nous permettre d'avancer, peut-être réussirons-nous à vous garder la vie sauve. Bien que je me demande pourquoi vous êtes encore intéressé à la vie après ce que vous avez fait.»

Les traits de Rimmer passent de l'exaspération au plus complet désespoir. Rousseau est peut-être allé trop loin, il en est peut-être arrivé au point où plus rien n'a d'importance, me dis-je. Mais lentement, Rimmer se remet à parler.

Des noms. Des noms que je connais. Les noms des directeurs et des présidents d'entreprises américaines parmi les plus importantes, qui ont ceci en commun, je le réalise, qu'elles ont toutes quitté les États-Unis pour transporter leurs capitaux et leurs usines à l'étranger, là où se trouve de la main-d'œuvre à bon marché, pour revendre leurs produits aux États-Unis en réalisant d'énormes profits. Des noms avec des noms codés et des numéros de téléphone du Commando. Des noms de politiciens. Un sénateur, deux gouverneurs d'États. Un leader religieux. Le stylo de Rousseau court sur son carnet. Wall Street. Hollywood. La NASA. Il finit par s'arrêter et Auerbach est d'une pâleur cadavérique.

«Ce n'est pas vrai», dit-il enfin d'une voix étouffée.

«Malheureusement, j'ai bien peur que oui», fait une nouvelle voix, une voix contrôlée. La voix d'O'Leary. Il dit : «Howard. Il y a des années que je vis avec une histoire dont je ne peux parler à personne. Une histoire de chantage. J'ai l'impression qu'il n'y a plus moyen de la taire à présent, parce que, quand le FBI fera enquête sur tout ça, elle finira bien par être divulguée. »

«Faites attention, Daniel, dit Auerbach. «La caméra est en marche, vous savez. »

«Ça ne fait rien. Je crois que la seule façon de réparer mes erreurs, c'est de les admettre ouvertement. Et j'ai fermement l'intention de rester à la tête du gouvernement du Québec jusqu'aux prochaines élections et de redemander au peuple sa confiance. Les gens comprennent qu'un homme peut se compromettre dans des histoires d'amour, et ils ont connu des régimes bien plus corrompus que le mien. Je vais redemander à mes électeurs de m'accorder encore une fois leur confiance. Je crois qu'ils vont me pardonner. Je crois qu'ils comprendront qu'ils ont besoin de moi pour mener à bien le projet que nous entreprenons ensemble. »

« Il ne s'arrête jamais », me dis-je. « S'il y a un homme capable de s'attirer des votes en faisant une confession, c'est bien lui. »

Et je continue à cadrer en plein sur son profil volontaire.

Il dit : « En 1968, un homme est venu me voir, au nom du Commando de l'Environnement, disait-il, pour m'offrir une aide financière pour ma campagne au leadership. Je lui ai demandé en quoi cela pouvait intéresser le Commando et il m'a répondu par des propos flatteurs, disant que le Commando admirait mon travail et voulait m'aider, rien de plus, pas d'engagement de ma part. Il m'a dit s'appeler O'Donnell, mais je ne l'ai jamais cru, il avait le type beaucoup trop latin. »

« O'Donnell ! » l'interrompt Véronique. « C'est un des noms d'emprunt de Tacon, le type qui est venu nous emmerder dans l'avion mardi dernier ! »

« Yeux rapprochés, dents écartées ? »

« C'est bien lui. »

« Eh bien », dit O'Leary, « je ne l'ai revu que quelques fois après ça. Mais plus tard, le Commando m'a offert de me payer un homme, un supposé spécialiste des questions de l'environnement, et évidemment, j'en ai été ravi jusqu'à ce que je me rende compte que ce petit gars-là était un espion qui cherchait à découvrir matière à scandale, ce qu'il n'a pas tardé à trouver, parce que ma vie privée était... compliquée par moments. »

Il hausse les épaules. « Je vous épargne les détails.

De toute façon, quand le projet de la baie James a pris corps, je ne voulais pas l'annoncer immédiatement parce que les études écologiques et financières n'étaient pas terminées. Alors j'ai reçu la visite de deux hommes, qui m'ont conseillé de lancer le projet à toute vapeur, sinon ils allaient rendre publics des faits très très compromettants. Eh bien, ces deux hommes figurent sur votre liste. »

« Je n'arrive pas à comprendre », fait Auerbach d'un air égaré. « Pourquoi tenaient-ils à ce que ce projet marche ? »

« Je peux vous le dire », dit Rimmer d'une voix résignée. « Ils étaient sûrs que le projet allait mal tourner. Ils prévoyaient que le prix du kilowatt allait grimper à un niveau inacceptable, que l'imbroglio politique avec les autochtones allait être inextricable et que tout cela allait tôt ou tard perdre le Québec. C'est alors qu'ils interviendraient pour prendre en main le projet et par la même occasion le Québec. Expansion territoriale. Le Québec est pas mal plus grand que le Texas. Il leur fallait donc, évidemment, faire échec à votre plan, parce qu'il rendait possible le projet de la baie James. »

« Trois choses », dis-je derrière la caméra qui n'a pas cessé de tourner. « C'est vous qui aviez placé le magnétophone dans le bureau de monsieur Auerbach ? »

« Oui. Comment l'avez-vous su ? »

« Je ne le savais pas. L'idée vient tout juste de me frapper. Mais je n'ai pas été des plus brillants pendant ce voyage. Avez-vous tué Cameron MacNab ? » Rien que le fait de poser cette question me glace l'estomac.

Mais Rimmer secoue la tête. Non. « Je pense que c'est Tacon », dit-il, « mais je ne le sais pas. »

Je ne peux pas savoir s'il ment. Je sens toujours ce glaçon figé dans mon estomac. Je dis : « Et Raab ? »

Rimmer regarde par terre et ne dit mot.

Le glaçon fond dans mon estomac. J'ai obtenu les réponses que je voulais. Étrangement, la colère que je devrais ressentir est absente. Comme si l'affaire était classée. Rimmer semble soulagé, lui aussi, exténué, mais calme.

Nous attachons Rimmer sur un lit de camp au milieu de la grande tente double. Nous convenons que Rousseau, Tessier, un des gardes du corps d'O'Leary et moi resterons avec lui dans la tente, montant la garde à tour de rôle. Le sort désigne Rousseau pour le premier quart. Mon tour vient ensuite. Je m'enroule, épuisé dans mon sac de couchage. Quelqu'un apporte une lampe-tempête et Rousseau éteint le fanal Coleman. La lampe-tempête est posée par terre et réglée de façon à n'éblouir personne. Rousseau s'assoit près de la porte sur une chaise pliante et allume une pipe.

J'entends les voix d'Auerbach et d'O'Leary qui devisent paisiblement dehors un moment, puis ils s'en vont. Véronique se glisse à l'intérieur pour me dire qu'elle restera avec les femmes : les enfants sont terrorisés et elles ont besoin d'aide supplémentaire. Elle m'embrasse tristement, doucement, passe ses doigts sur mes paupières fermées et sort. Je regarde l'heure à ma montre. Il n'est que vingt-deux heures mais je me sens comme s'il était cinq heures du matin. Je m'endors en quelques secondes.

J'ai froid en diable et une forte envie d'uriner tenaille ma vessie. Pas envie de me lever, je me pelotonne pour tâcher de la faire passer. J'aurai bien le temps de pisser quand Rousseau m'appellera, me dis-je. Ne regarde pas ta montre, c'est le meilleur moyen de ne plus te rendormir. Je regarde ma montre. Minuit! Ça fait plus d'une demi-heure que Rousseau aurait dû me réveiller.

Je m'assieds en roulant sur moi-même. La lumière s'est enfuie, Rimmer aussi. Un rayon de lumière venant de la plage éclairée par la lune pénètre par une fente de la porte et me permet de distinguer le lit de camp vide et le dossier vide de la chaise pliante.

Peut-être Rousseau l'a-t-il fait sortir pour pisser, c'est bien possible.

J'ouvre la fermeture éclair du sac de couchage et rampe jusqu'à la porte. Elle est ouverte à demi. Je me glisse par cette ouverture, renonçant à me battre contre la fermeture à glissière, qui, comme dans toutes les tentes doit sortir du même atelier que les ceintures de chasteté.

Je n'ai pas sitôt passé la moitié de mon corps par l'ouverture que des mains de fer m'empoignent les bras et qu'un bras m'enserre la bouche. On me relève sur mes pieds. Tono est devant moi. Ses yeux sombres sont comme des bassins reflétant la lune. Il ne me regarde pas, son regard semble dirigé au-delà de ce monde. J'essaie de grogner une question. Je regarde autour de moi affolé. Puis j'aperçois Rousseau. On lui a mis un bâillon en tissu grossier dans la bouche. Deux hommes le tiennent. Ses yeux lancent des éclairs.

Tono parle comme dans un rêve. « Nous ne

pouvons pas vous laisser aller. C'est trop dangereux pour vous. Il y a trop de puissance sur l'île cette nuit. La puissance va détruire Rimmer et vous aussi, si vous êtes libres. Nous vous retenons pour votre propre sécurité. »

Je ne bouge pas. Les yeux de Tono redeviennent normaux. Il regarde tour à tour Rousseau et moi. « Il va neiger cette nuit », dit-il calmement.

Je regarde la pleine lune. La plage est baignée de sa lumière. De la neige ! Comme pour confirmer ses dires, une brise se lève et soulève mes cheveux. En regardant le ciel, je m'aperçois que des petits nuages commencent à s'amonceler. Signe avant-coureur d'un front froid ? Ça se pourrait.

Tono dit : « Rimmer connaît la Med-e-o. S'il n'est pas déjà mort de peur, ça ne tardera pas. S'il bouge encore, nous verrons ses traces dans la neige qui nous conduiront à son corps. »

« Mais j'en doute. Nous lui avons donné le choix : de le remettre aux mains de Peter Whiteduck ou de le laisser se débrouiller dans la forêt. Nous avons senti qu'il valait mieux le confier à la terre. On ne pouvait pas vous le laisser. Tu comprends ça, n'est-ce pas, Joe ? »

J'essaie de lui faire signe que oui. Je sens une brise passer dans l'air qui n'a rien à voir avec les conditions météorologiques.

« Si tu acceptes de ne pas donner l'alerte et de ne pas réveiller tout le campement, nous pouvons te détacher tout de suite. Je crois. »

J'essaie de nouveau de lui faire signe que oui.

Rousseau a l'air furieux, mais il n'a pas le choix. Il acquiesce lui aussi en grognant fortement.

Peter Whiteduck émerge de l'ombre et enlève le bâillon de Rousseau. On relâche mes bras et l'étreinte du biceps sur ma bouche. Rousseau reste là à se frictionner la mâchoire et le cou, et ne sait trop que faire.

Je dis : « Tono, je crois que Rimmer est un excellent nageur. »

Tono regarde au loin encore. « Ça pourrait bien être un moyen de la Med-e-o pour le prendre. Il pourrait tenir au plus dix minutes dans cette eau glacée. La rive la plus proche est à deux milles. Et même là, il n'y a que la forêt que seul un Indien peut pénétrer. Non, la terre va le prendre. Ou bien l'eau. Ou bien la neige. »

Une haute silhouette vient à nous dans le clair de lune. Auerbach. « J'ai entendu des voix », dit-il calmement, « que se passe-t-il ? »

Nous lui racontons. Il écoute très calmement, regardant Tono de temps en temps avec une sorte de respect. Soudain, il lève la main. « Écoutez ! »

Un bruit à peine audible mais renvoyé par l'écho de la forêt. Je ressens une terreur profonde qui me ramène dans mon lit d'enfant écoutant les craquements de la vieille maison. Ça ressemble à une complainte, un cri retenu, toujours plus grave, comme une chute dans les profondeurs, comme la plainte d'un être irréel plongé dans une tristesse incommensurable. Whiteduck et les autres Indiens ne quittent pas Tono du regard. Les yeux de Tono sont fermés.

Le vent se fait plus violent ; j'ai un bon prétexte pour frissonner. «Allons boire un peu de thé», dis-je. J'embobine un film ultra sensible pour prendre quelques séquences de la veillée funéraire.

Un petit feu brûle encore vaillamment sur la plage, réchauffant les deux grosses théières de métal émaillé tassées tout contre lui sur des roches plates, laissant échapper de la fumée par leur bec. Nous restons debout et regardons derrière nous le long appentis, le lieu de rencontre, le reposoir. Deux feux brûlent doucement à l'extérieur. L'ombre du cadavre de Ghostkeeper ondoie sur le mur de rondins bruts du fond. Les hommes de garde se tiennent debout et droits à chaque coin de la table. Je passe de l'autre côté du feu pour ne pas être aveuglé et je contemple la surface ridée du lac sous le clair de lune, les barques et les canots sur le bord de la plage et les deux hommes de garde, j'aperçois l'ombre du canon d'une carabine se profilant dans le clair de lune sur le lac désert.

Désert !

«Le «Goose»!» m'écriais-je. À ces mots, nous entendons l'avion. On ne peut pas s'y tromper. Cette plainte du démarreur, puis ce toussotement des moteurs radiaux reproduit par l'écho de l'autre côté du lac.

«Le voilà!» Auerbach montre l'est, là où le lac semble noir, comparé au côté sud dont les vagues scintillent sous les rayons de lune. Il a dû nager jusqu'à l'avion, couper l'ancre et laisser le vent le pousser le long de la plage. On ne peut pas distinguer l'hydravion, mais à presque un mille, des éclairs de flamme orange jaillissent des tuyaux d'échappement du capot de l'appareil.

Auerbach empoigne l'épaule de Whiteduck. « Venez », crie-t-il, « il est encore temps ! »

Ils s'élancent sur la plage. Auerbach étire ses longues jambes tandis que Whiteduck accélère le rythme de ses petites jambes. Ils atteignent ensemble les canots, en mettent un à l'eau, sautent dedans, s'emparent des avirons et se mettent à ramer dans un mouvement synchronisé, comme s'ils étaient des partenaires de longue date, Whiteduck à l'avant, Auerbach à l'arrière.

Leurs avirons mordent dans l'eau, ensemble, faisant rejaillir des jets d'eau, les conduisant non pas à l'avion, dont on aperçoit maintenant la masse sombre fonçant dans le vent, mais dans l'angle où ils pourront l'intercepter au moment où il prendra son envol. Impossible que Rimmer les aperçoive à sa droite, le clair de lune étant trop brillant.

Le grondement des moteurs s'atténue, puis se met à accélérer. Comptant que les moteurs sont assez chauds pour mettre les gaz, Rimmer tire les manettes au maximum. Je me rends compte qu'Evan Evans est à côté de moi, regardant le lac avec horreur.

Je prends la caméra et la règle en demi-vitesse pour surexposer — on pourra corriger la vitesse en reproduisant le film sur vidéo et j'observe les événements par le viseur. Le sillon du canot trace une ligne sombre sur l'onde luisant sous la lune. Comme l'hydravion, envoyant dans les airs de grands jets d'eau éclairés par la lune, commence à s'élever, je vois la trace du canot dévier à droite pour compenser la vitesse prise par l'appareil. Puis le « Goose » est aéroporté, toujours en course horizontale, comme je l'ai dit à Rimmer, me dis-je amèrement, à pas plus de huit pouces de l'eau, accélérant rapidement. En vain dans ce vacarme je cris : « Howard ! Les hélices ! »

Mais le canot tourne soudain à gauche, à dix pieds devant l'avion qui effleure l'eau. Je vois la longue forme d'Auerbach se lever dans un mouvement qui rappelle la danse d'amour des grands oiseaux. Il veut attraper le flotteur de l'aile. Il se lève lentement, les bras étendus, puis il est projeté de côté par le choc du flotteur qui l'a heurté à au moins quatre-vingt milles à l'heure et il retombe dans un énorme éclaboussement. À l'instant même, quatre autres canots quittent la plage ; je peux les voir du coin de l'oeil. Mais je reste fixé sur le « Goose » qui entre dans le large reflet de la lune sur l'onde, encore à l'horizontale, trop vite, trop bas. J'ai l'horrible pressentiment de ce qui va arriver. En sentant la pression augmenter à l'arrière sur le gouvernail de profondeur, il s'efforce de tenir le nez droit, en poussant un peu trop fort. La coque s'est levée à huit pouces de l'eau, maintenant il n'y a plus que l'épaisseur d'un cheveu entre les deux, puis un jet d'eau apparaît, comme le tranchant d'une lame.

Ce qui s'ensuit est presque inévitable ; une fois que la carène a touché l'eau, le nez légèrement penché en avant, à cette vitesse-là, ça prendrait un pilote très calme et très expérimenté pour remédier à la situation et Rimmer est un fugitif terrorisé, mouillé et tremblant, essayant de sauver sa peau.

On entend un bruit étrange, comme une succion, qui s'élève par-dessus le grondement des moteurs et le

274

gros avion est propulsé hors de l'eau comme un missile, avec une traînée de diamants dans le clair de lune. Il ne peut pas grimper comme ça.

Pendant un moment, l'avion semble suspendu dans les airs, immobile, dans cet angle absurde, nez en l'air, une aile penchée de notre côté. Puis le nez descend d'un seul coup, il n'y a plus d'espoir. L'appareil frappe la surface de l'eau comme une explosion. L'élan du lourd appareil fait lever la queue et le nez s'enfonce. En s'enfonçant les forces sont trop grandes et avant que la queue n'ait terminé son arc, on entend un énorme bruit de déchirure et la carène éclate. Puis c'est le silence. La dérive et les deux dernières fenêtres apparaissent de biais hors de l'eau, puis commencent à glisser dans le lac.

Le remous au clair de lune ressemble à une illusion. Puis il disparaît à son tour.

Quelques instant plus tard, on transporte Auerbach. Sa main droite pend d'une curieuse façon. On le dépose près du feu et quelqu'un apporte du bois pendant que Peter Whiteduck commence à couper la manche de son chandail. Ce n'est pas beau à voir. Les deux os de l'avant-bras sont cassés et percent sous la peau déchirée.

Tono se met à donner doucement des ordres en langue cree. Les hommes courent chercher des couvertures et transportent des pierres chaudes du feu sous le corps de l'homme au visage de cendre, en le soulevant délicatement pour remplacer ses vêtements mouillés par les couvertures sèches.

Bientôt un très vieil homme, qui n'a pas dit un mot

durant la réunion, revient en apportant une tasse fumante. Il la tend à Tono. Tono la hume, fait un signe de tête, se penche et soulève la tête d'Auerbach dans le creux de son bras gauche. Les lèvres grises s'entrouvrent et il boit. Les yeux regardent Tono, puis il boit encore. Ses joues se colorent un peu. Il boit la potion; il la finit. Tono repose la tête, doucement.

Auerbach me regarde et ouvre la bouche. «Je crois que c'était un peu fou», soupire-t-il. «J'ai pensé que si je réussissais à attraper le flotteur je pourrais le faire redescendre... je ne sais pas... je...» Il ferme les yeux.

«Il est bel et bien redescendu, Howard», dis-je.

Mais il s'est endormi.

19

LE PLANCHER
DE LA SALLE DE MONTAGE

Quand nous atterrissons, Véronique et moi, sur une piste privée après avoir complété les formalités douanières à Dulles, il est dix-sept heures, c'est samedi. Il nous reste vingt-quatres heures pour bâtir l'émission. Nous avons développé tout le film tourné à Matagami excepté le Tri-X, pendant le trajet vers Montréal, après avoir laissé Howard Auerbach en sécurité dans le *Gulfstream* du gouvernement de Daniel O'Leary en direction de l'hôpital général du Lakeshore.

Nous retrouvons au poste de télévision Robert White, les joues encore roses et l'oeil encore clair malgré le manque de sommeil et le fiévreux travail de production. Il dirige les divers services de son réseau comme un chef d'orchestre ses musiciens, faisant appel aux divers instruments d'un geste direct et précis de la main, réussissant à faire travailler ensemble, l'équipe du vidéo, du studio, des caméras, les monteurs, les graphistes, les comptables (et ceci est un miracle en soi) et même Petra Nielsen, son patron, dans une heureuse harmonie et à une vitesse vertigineuse.

Ils ont été tous deux consternés d'apprendre l'accident d'Auerbach et je sais que ce n'est pas seulement par souci de sa santé. Ils veulent à tout prix un spécimen vivant dans leur studio demain après-midi, comme annoncé.

Petra et moi voulons avoir des nouvelles d'Auerbach mais nous n'osons pas de peur qu'un reporter de Montréal prenne l'initiative de rejoindre Auerbach et de mettre le monde au courant de ce qui s'est passé à Matagami. Nous ne voulons en parler à personne. C'est inédit.

Les avocats du réseau nous conseillent de mettre de côté les séquences où Rimmer mentionne des noms, jusqu'à ce que les enquêtes soient terminées. Nous pouvons utiliser le reste de sa confession étant donné qu'il est mort.

Une heure et demie après notre arrivée au poste, le film Tri-X sort du laboratoire. J'ai pris le risque de le pousser à 1600 ASA. Le grain est apparent en maudit sur le super 8, mais il y a une image.

Nous regardons la visionneuse avec une sorte de respect, revivant au ralenti ce qui s'est produit si vite il y a quelques heures, nous avons peine à croire ce que nous voyons.

D'abord l'eau, tachetée de rayons de lune, coupée de cette trace sombre qui s'éloigne, puis la silhouette d'un canot, deux ombres noires pagayant dans l'eau. Puis un vif panoramique sur l'avion, une masse noire crachant de la fumée, puis de nouveau le canot juste comme Auerbach se lève, et se profile jusqu'à mi-chemin de son saut dont la course nous est ensuite cachée par l'ombre de l'aile. C'est assez.

La chute, quelques secondes plus tard, nous coupe le souffle, nous passons et repassons la séquence dans la visionneuse, incapables de nous arrêter, jusqu'à ce que Bob White y mette le hola, nous rappelant que nous avons encore du montage à faire et nous enjoignant pour l'amour du ciel de ne pas égratigner ce précieux document.

On décide que je présenterai le reportage et que je narrerai moi-même les parties concernant les événements des cinq derniers jours. Ainsi Petra et moi prenons d'assaut la salle de montage où nous pouvons écrire, planifier et travailler avec le monteur, discutant fébrilement pendant des heures, en essayant de distiller la substance du reportage, tirant des interviews et des rencontres l'essentiel de leur sens et de leur progression dramatique, sans que le récit soit trop amoindri par le drame des dernières minutes.

White a fait appel à des ingénieurs de l'armée et ils ont répété l'immersion de l'énorme maquette, l'immergeant et la retirant de l'eau à maintes reprises jusqu'à ce que le minutage soit exact à deux secondes près.

Quatre projecteurs vidéo sont commandés pour l'émission. Le film tiré sera embobiné en petits formats et ceux-ci seront empilés, près à servir pour que White et son directeur puissent en intervertir l'ordre même après le début de l'émission, au cas où Auerbach ou quiconque leur réserverait des surprises.

Plusieurs sections concernant des éléments de

fond sur l'énergie éolienne et sur la crise de l'énergie sont coupées de différentes longueurs pour ajouter à cette flexibilité générale.

La feuille de régie de White — c'est un véritable volume — se déroule comme un plan de bataille, un chapitre différent pour chaque éventualité : s'il décide de choisir la version C de la section sur l'énergie éolienne après avoir entendu les propositions d'Auerbach à ce sujet, il faudra sauter toutes les pages concernant les versions A et B et passer tout de suite à la page 67, ou quelque chose comme ça, trouvant là les mots clefs et les minutages pour la suite normale de l'émission. Et de même pour chaque version différente.

White s'amène dans la salle de montage vers vingt-deux heures samedi. Je suis en train de roupiller sur un divan dans le coin. Petra est à la machine à écrire. Nous avons la nuit pour travailler avec deux monteurs. Alors on dort un peu pendant que les bouts de films sont coupés et collés, après avoir pris les dernières décisions sur ce qu'on gardera et ce qu'on jettera au panier.

White me secoue l'épaule et me chuchote : «Descends au VTR, je veux que tu voie ce qu'on y mijote pour l'introduction pour que tu en écrives le texte.» Nous descendons tous les trois au rez-de-chaussée et entrons dans les salles aseptisées des vidéos avec leurs hautes machines grises et le ronronnement constant des moteurs de succion et de l'air climatisé. Tout est très élégant et impressionnant, me dis-je, mais quand ils veulent vraiment de l'image ils se tournent encore vers le film.

Un opérateur installe une bobine et la machine se

met à tourner, l'image danse sur l'écran, puis se stabilise, un jeu de bandes de couleurs apparaît brièvement pour permettre le réglage des couleurs et on entend le signal sonore insupportable qui indique la donnée du son. Puis, tout devient noir et enfin un fondu sur le visage sombre d'un Indien pagayant avec assurance et efficacité. Le son est naturel. La prise de vue s'éloigne pour cadrer sur le canot en entier puis fait un panoramique en suivant le pagayeur qui manoeuvre à reculons et vient s'arrêter à quelques pieds de notre avion dont la paroi blanche étincelle sur l'écran. On voit apparaître le reflet de l'appareil sur l'eau avant qu'il n'occupe l'écran. La caméra cadre sur l'avion au moment ou l'écoutille s'ouvre pour nous laisser voir la tête d'Auerbach, ébloui par le soleil, souriant. On l'entend interpeller l'Indien du canot.

«Voulez-vous un passager?» Et on le voit se pencher pour retirer ses chaussures.

«Attrapez ça.»

Les chaussures volent dans les airs; la caméra reste fixée sur Auerbach. Puis il saute. Son mouvement ralentit, image par image jusqu'à ce que la silhouette s'immobilise dans les airs, les bras comme des ailes, un grand sourire sur ce beau visage large. La magie du vidéo. Ils appellent ce truc le «slo-mo». Puis la musique éclate, et le titre apparaît, au bas de l'écran. UNE ÉMISSION SPÉCIALE DE LA TÉLÉVISION NORD-AMÉRICAINE.

«Ça va, Charlie, merci», dit White à l'opérateur.

«OK, maintenant», dit-il encore, «on peut garder cette image aussi longtemps que tu veux, puis continuer le reste du saut. Pas question de parler de l'action, mais écris-nous quelque chose pour cerner le personnage d'Auerbach et le thème de l'émission, veux-tu?»

«Quelque chose comme «L'homme de l'heure: Howard Auerbach, s'envole pour le Canada et nous rapporte la plus grande nouvelle depuis...?»

«Fameux! Retravaille ça, perfectionne-le.»

White n'arrête pas de dire «Perfectionne-le», même s'il pense que c'est parfait. Parfois, ça l'amène à revenir à une version précédente qui a été gâtée par trop de retouches et de modifications. Mais souvent, ça nous amène à réaliser des choses dont nous nous serions crus incapables. On s'imagine toujours pouvoir faire mieux; si quelqu'un nous pousse dans le dos, on peut y arriver, c'est la spécialité de White.

Je retourne à la salle de montage. Le monteur a maintenant une bobine à nous montrer; la partie de la réunion de Matagami qui se termine par ces paroles de Ghostkeeper: «L'homme blanc nous a déjà promis beaucoup de choses.»

«C'est bon», reconnaît Petra, «mais il faut couper de trois minutes. Repasse-le Arla, veux-tu?»

Nous repérons en marchandant les sections qui peuvent être coupées, les passons et les repassons, jusqu'à ce que mes yeux s'embrouillent et que je ne puisse plus distinguer entre les paroles anglaises passées à l'envers et la langue cree dans le bon sens. Même son aspiré.

Nous nous mettons d'accord sur quatre coupures. Arla se met à l'ouvrage. Petra s'empare du lit. Je descends prendre un café.

Véronique m'accoste dans le hall. «Je pense que je n'ai plus rien à faire ici», dit-elle, en m'offrant sa joue pour un doux moment. «Je vais aller nettoyer les caméras et me familiariser avec le vidéo pour les prises aériennes à Dulles demain. Il faut que je manie les appareils pendant que tu seras à la caméra.»

«Si ça continue comme ça, tu devras peut-être piloter à ma place et être aussi à la caméra.»

«C'est pas grave, le pire est passé, maintenant.» Elle se blottit un moment contre moi et se sauve dans le grand hall.

J'entre dans la cantine du personnel. Elle est restée ouverte toute la nuit spécialement pour notre équipe. Il y a ici et là des techniciens aux yeux endormis et des monteurs avides d'un peu de repos. On me salue à la ronde «Salut, Joe! Fameux travail, Joe! Des prises magnifiques! Fantastique, la séquence de l'écrasement de l'hélicoptère, Joe!», et ainsi de suite. Eh bien, tous ces compliments devraient aller à Véronique. Il n'y a pas si longtemps j'étais jaloux quand ça se produisait, maintenant je commence à aimer cela.

Dans la salle de montage, nous ajoutons un peu d'Aquavit du flacon de Petra dans nos cafés déjà riches en sucre et en lait. Du vrai lait, pas de cette chimie au soya qu'on trouve dans plusieurs cafétérias américaines. Du vrai carburant. Et la nuit se passe ainsi. Visionner une séquence, choisir dans tout ça. Écrire les commentaires. Prendre une demi-heure de repos sur le divan.

À six heures du matin, je me sens merveilleusement bien. On vient me maquiller et on m'amène au studio pour enregistrer les quelques lignes d'introduction, en plein centre de la carte géante.

« Mon nom est Joe Ireton. Je suis un reporter cinéaste. Cette semaine... » et ainsi de suite. Un peu prétentieux — il semble que je ne puisse pas m'en empêcher — mais propre et au point.

À sept heures trente, nous nous réunissons tous pour une projection générale du film et du ruban. Un assemblage encore brut de toute l'émission, moins les parties en direct. Pas si brut que ça, finalement. Je suis émerveillé de l'excellent travail de condensation et de structuration que Petra et White ont su faire sur les films que nous leur avons retournés, autant que du matériel d'appoint : Fuller sur le harnachement du vent, faisant danser ses mains et pétiller ses yeux derrière ses verres épais ; la documentation politique sur les États-Unis et le Canada : trois minutes, un bijou de lucidité qui m'a appris des choses que j'ignorais sur mon propre pays ; la confession de Rimmer, à nous faire passer des frissons dans le dos, réduite à trois minutes, mais trois minutes palpitantes.

Tout y est, excepté les espaces réservés aux commentateurs qui seront sur place et à Auerbach.

Nous discutons sur les coupures qui doivent être faites. L'émission a encore dix-sept minutes, laissant dix minutes pour les analystes au milieu de la première heure et quinze minutes pour l'interview avec Auerbach vers la fin de l'émission.

Nous nous mettons d'accord pour quatorze minutes de coupures. Petra a voulu laisser tomber Peter Whiteduck et son territoire de trappage, j'ai refusé catégoriquement, la position des Indiens sera incompréhensible sans cet exemple. Finalement nous laissons tomber complètement la conférence de presse d'O'Leary et gardons seulement quarante secondes de mon interview avec lui à son hôtel. Et dire que c'est pour ça que je me suis fait tirer dans la tête.

On coupe encore la présentation de Fuller, encore la leçon de géographie.

Puis je dis : « Écoutez, Petra, Bob, tout cela se construit autour de la déclaration d'Auerbach. Tous les éléments de l'émission préparent cette déclaration. Je propose que vous supprimiez entièrement les commentateurs, ne coupez plus de film, laissez-moi environ une minute pour l'arrivée à l'aéroport demain après-midi ; tout le reste du temps en direct, donnez-le aux reporters qui voudront interroger l'homme qui veut être votre prochain président. Dieu sait que le président actuel ne leur laisse jamais une chance. C'est ce que tout le monde aimera. »

White réléchit environ deux secondes. La plupart des réalisateurs détestent changer quelque chose qui est déjà presque terminé. Pas cet homme-là. Toujours perfectionner. « Je suis d'accord », dit-il brièvement. « Petra, c'est ton bébé. »

Petra dit : « Passons-le encore une fois. »

Il est neuf heures quinze. Je me sens en pleine forme lorsqu'on éteint les lumières et que les moniteurs s'allument. Je ne me sens pas si bien une heure et demie plus tard quand on me réveille et que je réalise que j'ai dormi tout le long de la projection. Oh, et puis, je l'ai déjà vue.

Je dis : « Il faut que je pilote cet après-midi. Je pense que je vais aller me coucher, O.K. ? »

Petra dit : « Mais tu as déjà dormi, c'est pas assez ? ». Elle ébouriffe mes cheveux affectueusement. « Marche, Joe ! Ça va pour tes changements. Rien que du film et un narrateur jusqu'à l'écrasement du « Goose ». Puis on amène Auerbach et alors c'est chacun pour soi. »

Nous sortons dans le couloir ensoleillé. Nous sommes surpris de voir la lumière du jour. Petra me reconduit à la porte.

« Es-tu sûr que tu ne voudrais pas dormir ici sur le plancher de la salle de montage », me dit-elle avec un air à la fois retenu et plein de sous-entendus. Je pourrais toujours renvoyer Arla pour son heure de repas. »

Je lui entoure la taille de mon bras et, de ma main gauche, j'offre un tendre soutien à l'une de ces magnifiques rondeurs pendant que nous sortons dans le frais matin.

« Petra, ma chérie, si mon cœur n'était pas déjà pris... »

« Je sais Joe. Si au moins je ne l'admirais pas tant ! Si je ne l'aimais pas tant ! ». Elle pousse un long soupir. « Je voudrais bien avoir sa belle assurance. Elle sait garder son sang-froid dans les moments les plus difficiles. »

« Oh ! Ça me rappelle... » dis-je. « En parlant de sang-froid et de moments difficiles. Cette expédition que tu m'envoies faire en plein aéroport de Dulles demain, pour filmer l'arrivée triomphante du grand blessé Auerbach, te rends-tu compte à quel point ce sera dangereux ? »

«Bien... je l'imagine — mais tu as accepté de le faire, Joe. Allons! Ne recule pas maintenant!»

Du bout des doigts, je soupèse, ses admirables attributs. «Disons mille dollars de plus?» Et je file en bas de l'escalier en direction d'un taxi.

«Espèce de voyou, bandit! Artiste!» me crie-t-elle. «Tu penses que tu vas encore réussir à me faire cracher! Ne te représente plus devant moi!»

Je m'engouffre dans le taxi et referme vivement la porte. Enfin à l'abri de ses injures j'ose lui jeter un regard. Elle est encore en haut des marches. Elle me sourit, m'envoie un baiser et s'en retourne vers les portes vitrées. Je m'étends dans la voiture. «Clarendon», dis-je, et je me rendors.

Le chauffeur de taxi me réveille à l'hôtel. On est ouvert chez Louis pour le petit déjeuner; c'est inhabituel pour un restaurant de grande classe qui affiche nappes blanches et couverts d'argent, mais cela doit faire partie de l'entente conclue avec l'hôtel. Évidemment, monsieur Claude n'est pas présent à cette heure matinale, mais les gaufres aux bleuets n'en sont pas moins succulentes.

Je m'installe à une table près de la fenêtre et engouffre comme un automate bacon et gaufres, oeufs brouillés et café au lait. Je regarde le ciel ensoleillé de Washington et les visages réjouis des passants. Je me rappelle les paroles de Véronique: «Le pire est passé».

Il me prend une envie soudaine d'être près d'elle; rien de plus, juste près d'elle. Je laisse là ce qui reste de mon café, donne un généreux pourboire à la serveuse et file par la porte qui donne directement dans le hall de l'hôtel.

«Bonjour, M. Ireton.» Un bruit de métal. Nous sommes enfermés dans le vieil ascenseur aux cuivres polis. Je pénètre dans nos chambres comme portés sur un nuage. Je m'assois sur le lit et la regarde un long moment.

Le pire est passé.

Je jette mes vêtements sur la chaise et la rejoins dans le lit, roule sur le côté, adaptant mon corps à la courbe de son corps. Je l'entends murmurer quelque chose de doux et je sombre de nouveau dans le sommeil.

20

LES DERNIÈRES PIÈCES
DU MONTAGE

L'aéroport international de Dulles est un de ces complexes au gigantisme qu'on pourrait croire, de prime abord, fort encombrant, mais qui s'est révélé, finalement, très efficace à l'usage.

Quand on l'a inauguré au début des années soixante tout le monde s'accordait pour le critiquer à cause de son éloignement du centre de Washington, presque trente milles. Mais l'encombrement de l'aéroport National devint encore plus ennuyeux et l'excellence du service à Dulles a commencé à gagner la faveur du public.

Pour les pilotes c'est une aire spacieuse où l'on peut atterrir confortablement, des pistes parallèles amplement espacées, un contrôle excellent et efficace, et, pour les petits appareils, un service rapide et courtois du personnel de la base d'aviation générale.

Pour les passagers qui s'énervent toujours aux freinages grinçants sur les pistes trop courtes de l'aéroport National, qui frisent le Potomac à un cheveu et qui évitent tout juste les toits de la ville les jours de brouillard, la spaciosité à Dulles est rassurante.

En sortant d'un avion de ligne à Dulles, vous passez directement dans une salle de débarquement mobile puis dans une pièce tout en moquette située au même niveau. Cette pièce se détache et roule à travers l'aéroport, à environ vingt milles à l'heure, et en rouvrant la porte, vous vous retrouvez dans l'aérogare même. Très commode.

Mais l'arrivée d'Auebach a été prévue pour la télévision, comme tout ce qui touche la politique américaine. Pas question qu'il se laisse engouffrer et disparaisse dans une salle de débarquement mobile, il devra descendre les marches de l'avion ainsi que le font tous les héros qui rentrent au bercail. J'appelle à l'aéroport dès mon réveil à quatorze heures et apprends que l'avion, attendu, et confirmé, arrivera à dix-sept heures. Il s'immobilisera juste devant l'aérogare. Le premier ministre du Québec lui a gracieusement prêté son *Gulfstream* pour le retour. Une idée charmante. Une limousine l'attendra sur la piste, y monteront aussi les agents du service secret qui ont été dépêchés à Montréal ce matin même. Toute cette section sera encerclée par un cordon de policiers.

Miracle : la presse n'est pas encore au courant. Il n'y a pas eu une seule fuite : ça arrive parfois, le dimanche, à Washington.

Puis j'appelle l'Hôpital général du Lakeshore à Montréal. Auerbach a quitté l'hôpital pour aller déjeuner avec O'Leary ; son docteur dit que cet homme a une résistance fantastique, sa plaie ne s'est pas infectée, elle se cicatrisera lentement, mais il s'en remettra.

Nous déjeunons sur le pouce et sautons dans un taxi pour nous rendre aux studios.

White a décidé d'enregistrer à l'avance tout ce qu'il peut. Il a passé la matinée sur les génératrices éoliennes ; après plusieurs répétitions il a obtenu une bonne prise au deuxième essai. Au moment où nous entrons dans la salle de contrôle, le moniteur montre une vue aérienne simulée de toute la région de la baie James.

On a installé un grand miroir au plafond en le fixant au quadrillage de l'éclairage. Une caméra filme un second miroir placé par terre qui réfléchit le miroir supérieur, comme une sorte de périscope géant. Et on peut voir la forme des rivières se transformer doucement, inexorablement, à mesure que s'élève le niveau de l'eau, elles débordent sur leurs rives, se ramifient en de nouvelles rivières, se gonflent et se répandent implacablement, inondant apparemment des millions d'acres — en fait quelques pieds d'eau constituant la représentation miniature des terrains de chasse du chef Ghostkeeper.

Peut-être qu'on réussira à éviter cette catastrophe.

En voyant les images se dissoudre et tournoyer sur l'écran suivant l'inspiration du réalisateur qui, d'un geste de la main, d'un murmure prononcé d'une voix intense, commande au caméraman, en regardant l'éclairagiste et le directeur technique, je retourne en esprit à la réalité physique de ces lieux, aux rochers anciens, aux forêts sans fin, aux plages désertes, balayées par le vent, aux eaux glacées du lac

Matagami.

L'image du corps de Rimmer me revient, enfermé dans cet amas d'aluminium tordu au fond de ce lac qui ne sera bientôt plus qu'une étendue de glace désolée. Je revois ces premiers flocons de neige qui tombaient lourdement quand nous avons transporté Howard Auerbach sur un lit de camp jusqu'à l'embarcadère de la Gendarmerie royale, hier matin, première étape de son douloureux périple de retour.

Je me demande s'il va y arriver ; gagner son pari pour la présidence, convaincre le Congrès de débloquer des fonds, arriver à une entente avec le gouvernement de mon pays, se gagner l'approbation et la collaboration des Indiens et des Métis, maintenant que leur chef bien-aimé, Ghostkeeper, n'est plus.

Il faut absolument que le déroulement de l'émission prévoie assez de temps pour qu'on pose toutes ces questions difficiles à Auerbach. Après tout, il agit en homme ambitieux et autant je l'aime, autant je regretterais que les journalistes du New-York Times et du Washington Post se laissent impressionner par ses exploits au point de le traiter avec trop d'indulgence.

Je me propose d'aller trouver les journalistes et de le leur donner quelques idées. Je me demande s'il n'y aurait pas moyen de couper d'autres scènes superflues pour consacrer plus de temps au débat avec les journalistes.

Je m'assois auprès de Petra Nielson qui se cramponne à sa tasse de café comme à une bouée de sauvetage sur le bureau du monteur, haut placé au fond de la salle de contrôle. « Crois-tu que nous ayons vraiment besoin de cette séquence de l'arrivée à l'aéroport cet après-midi ? Il me semble que ce sera de trop. Il y a tellement de matière dans cette histoire, c'est déjà tellement dramatique, pourquoi en remettre ? »

Petra a l'air surpris sous ses paupières affaissées. « Je croyais que tu y tenais... pour le cachet. »

« Ouais. Je me surprends moi-même. Mais, je ne sais pas — je pense que trop, c'est trop. »

Véronique me parle tranquillement à l'oreille : « Je pense qu'il faut le faire, Joe. Ça n'a rien à voir avec l'émission. J'ai l'intuition que nous devons y être. »

« En tout cas », dit Petra, « Bob y tient mordicus. Tu sais, il pense que c'est un retour historique, et je crois qu'il a raison. Fais-le où je crie à la ronde que tu t'es dégonflé. »

Je hausse les épaules. Vaincu. Mais ça ne fait rien, j'ai toujours besoin d'argent.

Nous descendons au Salon Vert pour retrouver les journalistes, Irish Allmand, l'oeil caché sous son bandeau de laine noire, sa bouche canaille de Celte, et Peter North qui ressemble plus à un duc anglais réservé qu'à ce chroniqueur habile et sans pitié qui a découvert plus de scandales à Washington ces dix dernières années qu'aucun des cinq autres reporters réunis. Ils sont en train de parcourir des copies de l'horaire volumineux de White et un dossier rempli de photos, de cartes et de dessins à l'appui de la solution de l'énergie éolienne.

Je leur dis tout sauf l'intention d'Auerbach de se présenter à la présidence. La nouvelle portera plus si c'est lui-même qui leur annonce. Ce sont des gars sérieux. Ils prennent des notes et pourraient m'accaparer longtemps avec leurs questions mais Véronique me fait signe ; je regarde l'heure et m'aperçois qu'il est déjà temps de retourner à l'émission.

Elle me quitte et je téléphone à Dulles pour obtenir la permission de survoler l'aéroport à basse altitude.

« Ça va », me dit le chef de la tour de contrôle. « Mais n'allez pas plus bas que cinq cents pieds. J'ai des arrivées IFR prévues en provenance du sud. Le service de sécurité va gueuler si vous descendez trop bas. Avertissez-nous quand vous serez en route. »

Je marche dehors au soleil et grimpe sur le siège gauche du « Comanche ». Véronique s'asseoit à droite et me passe la minuscule caméra vidéo. Elle pèse à peine plus lourd que la Konishi-Weston. Je m'asseois et l'essaie un moment, filmant d'abord droit devant moi, puis j'ouvre la petite fenêtre de côté et me familiarise avec son maniement latéral. Pas de problème.

Le dispositif de contrôle ne prend pas plus de place que trois livres de poches empilés. Il se détache de l'enregistreuse ; Véronique a donc placé l'enregistreuse sur le siège arrière et, les fils passent entre les deux sièges avant, elle tient le dispositif de contrôle sur ses genoux.

Il aurait été plus logique de placer Véronique sur le siège du pilote, à gauche ; elle prendrait les commandes. Mais il faut que je filme à gauche par la fenêtre ouverte.

« Je m'occupe du décollage », dis-je. J'allume,

vérifie les jauges, et roule jusqu'au bout des trois cents pieds de piste. La manche à vent pend tout droit. Pas de vent debout, pas de vent de travers, pas de vent.

«Pas d'excuses», dit Véronique.

Ses sarcasmes me mettent hors de mes gonds. Cahots, dandinement, patinage... Véronique détourne poliment les yeux... nous décollons enfin, mettant le cap sur Dulles. Véronique appelle la tour de contrôle.

«Roger, Canadian Fox Echo Juliet India. Avons le contact radar. Devrions vous apercevoir sous peu. Si j'ai bien compris, vous voulez survoler le terrain pour une prise de vue, faire demi-tour à gauche une fois passé l'aérogare, pas plus bas que cinq cents pieds au-dessus des pistes, puis tourner à droite pour votre deuxième prise de vue. Le contrôle des arrivées s'occupe du *Gulfstream* présentement. Ils vont nous passer le contrôle d'un moment à l'autre.»

Véronique accuse réception. Je prends la caméra et lui passe les commandes. «Tout droit à travers l'aéroport,» lui dis-je. Dommage qu'on ne puisse pas voler plus bas. Il faut que j'étende le zoom à son plus long et avec cette grande distance focale, ça va être pas mal embrouillé.»

Nous sommes à trois milles. La largeur des pistes fait paraître la distance beaucoup plus courte. Véronique incline légèrement à droite pour maintenir le cap. J'ajuste la caméra droit devant moi, le zoom rapproché d'abord, pour me repérer.

Tout droit, stable. Prise de vue à gauche en bas, prendre au passage la limousine noire à gauche de l'aérogare, puis de nouveau l'édifice.

La radio se fait entendre : « Tour de Dulles, Canadian GPQ sur la fréquence. » Une voix riche à la Charles Boyer.

« GPQ, tour de Dulles. Vous avez l'autorisation d'atterrir, et bienvenue à Washington. » Un peu de baratin pour la santé des relations internationales, me dis-je. Et en l'honneur d'Auerbach.

À un mille et demi au sud j'aperçois le *Gulfstream* au-dessus des balises d'approche ; il s'apprête à se poser sur la piste. Voilà la fin d'une semaine incroyable, me dis-je.

Mais ce n'est pas fini, pas encore : Véronique me dit soudain, en alignant le nez sur l'aérogare pour nous amener au nord du dôme de la tour de contrôle : « Joe, il y a un homme sur le toit. Je crois qu'il est armé. »

Je me dis que les Services de sécurité, ne reculant devant rien, ont posté un homme sur la gouttière du toit du fameux aérogare de Dulles : un exercice de haute voltige. « Relaxe », dis-je, « c'est un des nôtres. » Je regarde l'aire de débarquement pour cadrer ma prise. J'ai la vague sensation que nous dévions rapidement vers la tour. Trois cents pieds plus bas, je vois étinceler du coin de l'oeil le dôme blanc du radar.

Véronique dit : « Non, Joe, ce n'est pas un des nôtres. Il vise l'aire de débarquement. Regarde Joe, je t'en prie ! »

Son ton pressant me convainc. Je vire la caméra à droite et me sers du zoom comme d'une lunette d'approche. Nous sommes presque au-dessus de l'aérogare. Dans une ou deux secondes, le toit

296

recourbé couleur crème disparaîtra de notre champ de vision. Véronique incline fortement l'aile gauche et je sens pivoter mon siège quand elle fait quelques manœuvres pour nous maintenir en équilibre et sans aucun doute possible, j'aperçois à travers la lentille l'image rapide mais bien réelle de la silhouette d'un homme tenant une arme en joue.

Il vise l'endroit précis où l'avion d'Auerbach doit s'arrêter!

Le Service de sécurité? Parbleu (!!!) non! Ils doivent patrouiller le terrain pour prévenir les ennuis. Ce n'est certainement pas eux qui visent la seule place où il ne peut y avoir d'assassin, seulement une victime.

Un peu en arrière, à ma gauche, le *Gulfstream* quitte la piste pour s'engager dans la voie de circulation rapide.

J'estime qu'il peut encore s'écouler deux minutes avant qu'Auerbach n'apparaisse au soleil et dans la cible de cette arme sur le toit.

Nous tournons légèrement à gauche vers le sud, toujours à cinq cents pieds au-dessus du sol. Les yeux de Véronique me disent : Fais quelque chose.

Je lui lance la caméra vidéo. Je m'empare des commandes et plonge en virant brutalement à gauche, enfonce le bouton du micro.

Je crie : «Il y a un homme armé sur le toit! Retenez le *Gulfstream*! Retenez-le!»

Je serre encore le virage, négligeant toute prudence. L'avertisseur de perte de vitesse se met à clignoter. Je pique encore plus bas pour nous assurer une vitesse raisonnable.

Mais la terre se rapproche dangereusement : La tour me répond froidement : « L'appareil qui appelle la tour de Dulles est prié de s'identifier. »

« FEJI dans le tournant gauche. Il y a un homme sur le toit de l'aérogare avec une carabine. Retenez l'avion d'Auerbach. »

La tour répond avec la même froideur : « Ce n'est qu'un agent de sécurité, FEJI vous pouvez... ». Mais il a dû m'apercevoir, survolant horizontalement (en rase motte), me dirigeant droit sur lui à cent quatre-vingt milles à l'heure. Il manque d'exploser.

« FEJI, vous êtes complètement détraqué ! Remontez, remontez, il y a un 747 qui approche, remontez ! American 101, il y a un petit bimoteur très bas qui s'apprête à traverser la piste, essayez d'arrêter tout de suite, tout de suite ! »

Je peux voir le Boeing qui va toucher le sol à un mille à ma droite. Je ralentis brusquement en approchant de la piste, il faut qu'on perde de la vitesse, je serre un peu le virage. Nous dérapons à l'est, je sors le train d'aterrissage et je pivote de nouveau en direction de l'aérogare. À ce moment j'aperçois la porte du *Gulfstream* qui s'ouvre, l'arme sur le toit pointe exactement dans sa direction.

Mon cœur bat à tout rompre. Un mille et demi ne m'a jamais semblé si interminable. Je crie à la tour.

« Arrêtez-les ! » Mais la tour crie à son tour « FEJI remontez, remontez, bande de crétins. Je vais vous flanquez toutes les violations du livre, remontez ! Remontez ! »

Je vise la silhouette sur le toit. Plus le temps de

parler maintenant. On se rapproche rapidement. Un demi-mille. Je crois apercevoir quelqu'un à la porte du *Gulfstream*. Véronique saisit l'autre micro de sa main gauche. De la droite, elle tient la caméra et filme droit devant. Elle dit tranquillement : « Tour de contrôle, c'est sérieux. Il y a un assassin sur le toit. Regardez derrière vous, en bas, vous allez le voir. Empêcher Auerbach de sortir de l'avion. »

Pour toute réponse pendant un bon moment : un silence religieux, puis un rapide « Check ! » et je l'entends qui appelle le *Gulfstream*.

Mais pour le moment je n'ai pas autre chose à faire que de me concentrer et de piloter l'avion avec toute la précision que je me suis toujours dit que je pouvais rassembler si jamais j'en avais besoin. Je baisse légèrement le nez de l'appareil. Nous allons raser de près le pignon du toit de l'aérogare. On m'a toujours dit que je n'ai jamais su situer la roue avant. Cette fois, il s'agit de ne pas me tromper !

La silhouette sur le toit se voûte pour viser. Plus que quelques fractions de secondes. Attention à la roue avant !

Je ne sais plus à quelle distance nous sommes quand il finit par nous entendre et se tourne pour nous voir. Véronique dit que c'est un visage stupéfié qui est apparu grossi dans le viseur et elle a reconnu Tacon, Tacon du Commando, Tacon, le pirate de Watertown, Tacon qui a tenté de me liquider, c'est du moins ce que je crois.

Tout ce que je sais, c'est que, au moment où je sens qu'il se retourne, je presse à droite pour suivre son mouvement en tenant le nez bien en avant, je vois une forme disparaître sous moi dans un brouillard, et j'entends un «bang» terrible venant de la roue avant.

L'appareil fait une embardée et frémit. Je concentre mes efforts sur le palonnier pour contrôler la course de l'appareil et nous évitons de justesse le toit à une vitesse folle.

Je vire encore à gauche et pousse au fond les manettes des gaz. Derrière, du coin de l'oeil, j'aperçois une forme tombant du haut du toit. Je serre encore plus le virage pour que Véronique ait un meilleur angle.

«C'est fini, «bébé», c'est fini maintenant», me dit-elle.

Ma tête cogne. L'avion semble trembler de partout. Serait-ce rien que moi? Je me dirige droit au-dessus du terrain vers le poste de télévision. Moins de dix milles à parcourir. Je regarde l'heure pour une raison ou pour une autre. Il est cinq heures : Nous sommes en ondes... Un Indien pagayant dans un canot apparaît sur les écrans de télévision d'un bout à l'autre du pays. Ma voix se fait entendre.

Je regarde le voyant du train d'atterrissage. Il est encore au vert : train verrouillé sorti. Mais il y a un étrange sifflement qui vient de la roue avant. Est-ce que le choc a rompu le câble qui relie le train sorti au voyant qui en indique la position?

La tour appelle froidement : «Canadien FEJI, vous avez l'autorisation d'atterrir. Présentez-vous au gérant de la tour aussitôt que vous serez à terre, s'il vous plaît. »

Je ne prends même pas la peine de répondre. Il persiste à appeler, puis abandonne. Je lui parlerai demain. Ça ne le regarde pas...

Puis je me rappelle de regarder le miroir du fuseau moteur qui reflète l'image de la roue avant. La roue est bien en place, ainsi qu'une longue carabine noire automotique munie d'une mire super-puissante ; le canon m'apparaît coincé entre le pneu et le haut de la fourche.

Ça va être du sport, atterrir dans ces conditions ! me dis-je. Il faut que je retienne le nez aussi longtemps que je peux. « Saute à l'arrière Véronique. Mets du poids en arrière autant que tu peux. »

Elle se précipite jusqu'au fond du compartiment à bagages. Elle prend avec elle la caméra et l'enregistreuse et tout ce qu'elle peut trouver de lourd.

Pendant que je réduis la puissance et ralentis à quatre-vingt-dix et qu'il ne nous reste plus qu'un demi-mille avant de toucher le sol, elle dit : « Avec tout ça, je n'ai pas pu prendre la séquence de White avec Auerbach à la porte de l'avion. »

« Ma chérie », lui dis-je joyeusement, malgré ma voix qui sonne comme si mon gosier était encombré de pierres, « si on ne montre pas ton film dans toutes les classes d'histoire dans cent ans d'ici, eh bien...! Dommage que l'émission soit déjà commencée. Imagine quelle introduction ça aurait pu faire ! Attends que Petra voie ça ! White va être obligé de faire des changements. »

Oh ! les mauvaises habitudes ! Parler pendant l'atterrissage. Me préoccuper d'histoire, de télévision et de Petra Nielsen et oublier de m'assurer de la position de la roue avant.

Il y a une petite secousse, le devant grince. Le nez se soulève. Et nous voilà de nouveau dans les airs. Je soupire et réduis encore la puissance pour qu'on redescende plus doucement. Puis je baisse les volets et tiens le nez le plus haut possible. On sent une bonne secousse en retombant de six pouces.

Je freine en sentant tomber l'avion et avec Véronique à l'arrière, le nez reste bien haut un bon moment. Quand la roue avant touche enfin la chaussée, on entend un grincement semblable à celui des ongles sur un tableau. La crosse de la carabine, probablement. Je laisse rouler l'appareil jusqu'à l'aire de circulation où je l'immobilise à quelques pieds de la piste.

J'éteins tout et sors.

Véronique me suit avec le ruban.

Nous restons là à nous regarder un bon moment, encore tremblants. Puis je m'avance près du nez et saisis la crosse de la carabine de Tacon. Elle fume encore d'avoir été frottée contre la chaussée. Je presse le pneu de mon pied pour dégager l'arme. Le canon se détache. J'ai toujours désiré posséder un de ces machins-là, en vain me dis-je. Le FBI en fait aussi collection !

Je pose négligemment l'arme sur mon épaule.

« Allons bousiller les plans de Bob White », dis-je.

FIN

TABLE DES MATIÈRES

DATE DUE

Achevé d'imprimer
en mai mil neuf cent soixante-dix-huit
sur les presses de l'Imprimerie Gagné Ltée
Saint-Justin - Montréal.
Imprimé au Canada